译文纪实

大学病院の奈落

高梨ゆき子

[日]高梨有希子 著　　张士杰 殷玥 译

医院的深渊

上海译文出版社

序言　一名男子的死亡

那一天，正值黄金周假期。患者家属刚刚从陪护中短暂抽出身来，却突然接到医院的通知，说是病情骤变。当家属紧急赶到医院的时候，那名躺在病床上的男子已经在接受心肺复苏抢救了。

2014年5月上旬，在位于群马县前桥市的群马大学医学部附属医院（下文简称为"群马大学"）的ICU（重症监护室），一名住院男性患者停止了呼吸。

这名男子60多岁，迎来了退休的日子，刚刚步入"第二人生"。在现代日本，这个年纪要说得享天年的话，则为时尚早。但是，就在这一刻，他的腹腔出血情况极其严重，已经到了无计可施的地步。据说，或许是因为腹腔内出血过多而外溢，红色的血液甚至从耳朵、鼻子里流出。他的脸色苍白，全无血色。

死因是"出血性休克"。自从今年1月下旬，他接受腹腔镜肝脏切除手术以来，已经过去了3个月零1周。在此期间，该男子出现了严重的术后并发症，持续不断地遭受着病痛的折磨——胆汁泄漏、出血，以及感染引发的高烧。家属曾经接到医生的术前告知，据说患者所接受的手术，原本就应该是"伤口小、对身体好、恢复快的手术"。那么，到底为什么会变成这样呢？

"这难道原本不就应该是一个低风险的简单手术吗？既然如此，

为什么患者这么快就死了呢?"

面对家属的疑问,主刀医生仅仅给出了如下解释:

"手术本身很顺利。究竟为什么会变成这样?死亡原因还不清楚。"

家属中有人这样问道:

"不能进行司法解剖吗?"

医生答道:"这种情况,一般不进行司法解剖。"

看得出来,主刀医生多少有些慌了神。

这个回答,实在让人难以信服。不过,虽说患者已经是一具"遗体"了,但解剖仍然会对身体造成更进一步的伤害。家属在那3个多月的时间里,一直照顾着、一直守护着这个男人,也一直眼睁睁地目睹着他在病痛的折磨下苦苦挣扎。解剖,是他们所无法承受的。于是,他们放弃了对医生的追问。他们的心中弥漫着一团难以消散的巨大疑惑,但谁都没有冲着医生厉声责备,没有发泄怒火,也没有大喊大叫,仅仅是默默地陪伴在遗体旁边,静静地离开了医院。

大学医院里住着大量重症病人[①]。如果有患者不治而亡,虽说是很不幸的,但也确实极为平常。

但是,这名男性患者所遭遇到的痛苦的、让家属迷惑不解的死亡,却成了一个重要的契机——这所医院乃至医疗界的阴暗面,都因之而被曝露在了光天化日之下。

[①] 大学医院是大学医学部附属的教育、研究设施,往往配备最新的医疗器械和设备,推行最前沿的临床试验,因而重症、疑难病患者很多。[本书脚注皆为译注]

目　录

第一章　"死亡率12%"的冲击
　　　　头条报道 / 001
　　　　死者家属一无所知 / 003
　　　　"没事儿，没事儿" / 005
　　　　医生一直都不在 / 008
　　　　充满苦痛的临终时刻 / 010
　　　　无可违逆的"天下的群大" / 014
　　　　谢罪发布会 / 016
　　　　不当获取保险金的骗局 / 019
　　　　开腹手术也造成10人死亡 / 021
　　　　连续发生的死亡病例 / 024

第二章　潘多拉的盒子打开了
　　　　开始院内调查 / 031
　　　　校长竞选前的丑闻 / 033
　　　　所有案例均存在过失 / 036
　　　　律师团揭露的新事实 / 039
　　　　针对院内调查的批评 / 043
　　　　主刀医生的反击 / 046

第三章　医院的内斗

　　第一外科 vs. 第二外科 / 050

　　有力助教授为何成为弃子 / 054

　　谣言满天飞的教授选举 / 057

　　性骚扰问题 / 061

　　被召回的男子 / 064

　　谁都没能制止 / 067

　　弥补微薄薪水的秘技 / 070

　　简直就是"手术工厂" / 073

　　只能哭着入睡 / 076

　　第一外科的内情 / 080

　　"我没有错" / 083

第四章　逐渐清晰的真相

　　重新开始的调查 / 086

　　唯有手术，别无选择 / 089

　　恶劣的传统 / 092

　　针对50例死亡病例的检证 / 094

　　充满纷争的理事会 / 098

　　激辩之后的会长选举 / 101

　　问题的本质 / 105

　　KIFMEC的建立与苦涩的终结 / 109

　　最终报告书 / 115

　　"学习曲线"意味着什么 / 120

　　惩戒解雇与劝告解雇 / 123

第五章　遗属的故事
　　　　妹妹的遗愿 / 129
　　　　　　对峙/对抗病魔/不信任/悔恨/决心
　　　　父亲的真相 / 147
　　　　　　疑虑/诉求/确信
　　　　母亲的脆弱 / 155
　　　　　　打击/放弃

第六章　技术低下导致的悲剧
　　　　主刀医生的技能 / 161
　　　　只要是医生，谁都能做手术 / 164
　　　　专科医生资格的骗局 / 167
　　　　技能究竟是什么 / 170
　　　　手术数据库的虚实 / 174

第七章　功利心切的医生们
　　　　挑战"腹腔镜手术" / 178
　　　　功利心的代价 / 181
　　　　手段与目的的错位 / 184
　　　　沉默的医生们 / 188
　　　　"学会偏倚" / 191

第八章　先进医疗的陷阱
　　　　引进新技术的盲点 / 195
　　　　历史惊人相似，事故反复发生 / 198
　　　　保险的灰色地带 / 201
　　　　守护安全的"4项程序" / 207

终　章　目标是"完全转型"
　　　　从防范过失到提高质量 / 212
　　　　医学界的自我净化努力 / 216
　　　　日本医疗因群马大学医院而改变 / 221

后记 / 224
在那之后——文库版后记 / 229
主要相关报道 / 239

第一章 "死亡率12%"的冲击

头条报道

腹腔镜手术术后8人死亡
高难度肝脏切除手术 均系群马大学医院同一医生主刀

据悉，2011年至2014年之间，在位于前桥市的群马大学医院接受使用腹腔镜的高难度肝脏手术的100多名患者中，至少有8人死亡，医院为此而专门设立院内调查委员会，并展开了相关调查。8名患者的主刀医生均为同一人。按照该医院的相关规定，这些手术均有必要接受院内的术前伦理审查，但负责手术的外科部门事实上并未提出相应申请。

据医院相关人士介绍，实施手术的是第二外科（消化外科）。8名死亡患者均为60岁至90岁的老年人，都是为治疗肝癌而接受了腹腔镜肝脏切除手术。关于手术与死亡之间的因果关系，目前尚不明确。但是，8名患者均在术后发生病情恶化的情况，并且都在大约3个月之内因肝脏衰竭而死亡。

医院方面认为事态严重，目前已经停止了第二外科肝胆胰（肝脏、胆管、胰腺）小组的全部手术。

使用腹腔镜进行的肝脏切除手术,一般分为"部分切除手术"和"区域切除手术"。"部分切除手术"因相对容易实施,而在2014年4月被纳入保险适用范围之内。但是,"区域切除手术"将高超技术视为必须条件,且其有效性和安全性尚未得到充分确证,所以被排除在保险适用范围之外。

据悉,第二外科实施了大量的保险适用范围以外的此类手术。前述8人所接受的手术,即属于这一类。这些手术,必须作为临床研究而向医院伦理审查委员会提出申请,获准之后才能实施。但是,第二外科并未提交相应申请。

今年4月,在千叶县癌症中心接受胰腺等腹腔镜手术的患者相继死亡一事浮出水面。截至10月共计对11名死亡患者的相关情况展开调查。

群马大学医院总务科科长小出利一表示:"未经伦理审查而进行治疗,是一个绝对禁止发生的严重问题。我们已经着手在院内从各个方面展开调查,并对相关情况加以归纳整理。一旦整理完毕,我们将立即向遗属、向社会作出详细说明,并展开进一步的深入调查。"关于主刀医生,他表示"不便回答针对医生个人的问题"。

群马大学医院是北关东地区的医疗重镇,拥有725张病床,甚至还引进了重离子射线治疗等最尖端的医疗技术。

癌研有明医院的消化道中心负责人山口俊晴,是一位精通消化道癌症诊治的医学专家。他表示:"一般来说,接受腹腔镜肝脏切除手术的患者在短时间内死亡,是非常罕见的。该医院的死亡人数,可以说非常之多。调查委员会应该彻底查明原因,防止此类事件再次发生。"

(2014年11月14日《读卖新闻》早报东京最终版头版)

死者家属一无所知

那一天，天气炎热，就算站着不动，也会汗流浃背。也就在那一天，关于群马大学医院相继发生的那一系列令人费解的术后死亡的重大事件，我理出了一些头绪。

我曾在《读卖新闻》社会部任职，负责厚生劳动省方面的工作，因而关注医疗领域。之后调任医疗部，开始从事临床治疗方面的现场采访。2015年4月，千叶县癌症中心发生了一起由腹腔镜胰腺手术引发的患者死亡事故。在该事故被周刊报道之后，千叶县有关部门展开了调查。当时，我非常关注那一事件。

恰在此时，我听说了群马大学医院的事情。相关消息是零星的、碎片式的，令人难以置信。但是，我还是不禁联想到千叶县的那一案例。我们开始着手推进调查和采访，并逐渐查询到死亡患者的遗属。当我们准备与遗属们取得联系的时候，10月已经悄然过半了。

那个时候，自群马大学医院着手内部调查以来，已经过去了好几个月。通过一些零星的迹象，我们隐隐约约地觉察到，群马大学已经秘密拜会了文部科学省的某些官员。拜会的具体时间尚难确定，但最迟不会晚于初秋时分。而且，死者遗属应该也已经接到了来自医院方面的联系。可实际情况也并非全然如此。我们的采访组最终与全部8名患者的遗属都取得了联系，其中愿意接受我们采访的却只有6家的遗属。我们刚刚开始接触各家遗属的时候，这6名死者的家属都明确表示，他们并没有收到来自群马大学医院的任何联系。据遗属们的介绍，自从患者去世、以遗体的模样出院以来，他们就完全没有接到来自医院的任何联系。而且，我们在对死者家属的采访中，很快就察觉到他们的证词之间存在不少共通之处。

DAIGAKUBYOUIN NO NARAKU

就在撰写这篇报道的前一天，即 11 月 12 日的下午，记者前往毗邻医院的临床医学研究大楼内的教授办公室，突然造访了群马大学医院的院长野岛美久。面对意外来访的记者，野岛感到非常诧异。一听到记者说明此行的访问目的，他的脸色顿时阴沉了下来，不由得露出了少许的狼狈相，但立即就稳住了神，貌似镇定地开口说道："我还有事，马上要去大学本部。"

群马大学本部位于前桥市荒牧町，距离医学部和附属医院所在的前桥市昭和町大约有 10 分钟的车程。野岛掏出手机，叫来办公室的职员，并指示他们应对采访，然后就像是要甩开记者似的，急匆匆地把临床医学研究大楼抛在了身后。

接受采访的是总务科的科长小出利一。对于医院内发生的肝脏腹腔镜手术相关事件，他起初一直都是含糊其词的，似乎总想要避开记者的问题。

对死亡患者家属，医院没有作出任何沟通和联系。

小出面对一再追问事实真相的记者，开口抛出了这样一句话："如果要说，那也不应该是先告诉你们，而是先告诉死者家属啊。"

记者问道："不过，这 8 名患者的诊疗中是可能存在问题的，而且医院也已经展开了相关调查吧？"

小出答道："这个嘛……会彻底调查的，然后会在必须通告的时候，妥善通告遗属。"

小出接受了长达约 2 小时的采访，不得不面对一个又一个被摆在眼前的事实，最后渐渐地松了口，承认医院方面已经掌握了相关情况。在接受采访的过程中，小出曾多次表示，医院有计划向死者家属作出解说，并公开发布相关情况。

记者问道："那是在什么时候？这个月吗？"

小出答道："这个月恐怕不行。不太清楚……接下来会拟定日期吧……"

一说到具体日期，他马上就又变得闪烁其词了。

"没事儿，没事儿"

"腹腔镜手术和开腹手术大不相同。开腹手术必须把腹部切开很大尺寸，但腹腔镜手术就只需要在腹部开5个小孔，内脏器官因而不接触空气，所以，对患者来说也很轻松，恢复起来也很快的哟！"

60岁出头的克喜（化名）和他的家人，从主刀医生早濑稔（化名）的口中听到了这样的一种说明。

腹腔镜手术，已经广泛应用于大肠和胃部的治疗，甚至可以说是一种很成熟的常见手术。这种手术一般是在腹部开几个小切口，从切口处插入微型摄像头和手术器械。医生通过监控屏幕，观察患者的身体内部影像，借以进行内脏器官的切除或缝合等操作。据说，较之于开腹手术，腹腔镜手术有其优点，即腹部切口的创伤小、身体负担小，而且，手术后留下的瘢痕也不明显，对于一般的患者来说，这一点或许也是一个巨大的魅力。

关于开腹手术，早濑并非只字不提。只不过，他所作的解说和腹腔镜手术相比，是大不相同的。

他说："要是开腹手术的话，伤口会很大，术后疼痛也很强烈，对于患者来说是非常辛苦的，而且还会留下很大的伤疤呢！"

克喜的妻子回忆道："我没有听他说过腹腔镜手术的缺点。我觉得，他好像是在劝说我相信'腹腔镜手术是更好的哟'。"克喜的儿子也很肯定地表示，医生的解说自始至终都是在说："腹腔镜是主流"。

克喜的病，叫"肝门部胆管癌"。胆汁是一种由肝脏产生的消化液，胆管是胆汁从肝脏流向十二指肠的通道，"肝门部"则相当于胆汁从肝脏进入胆管的出口部位。在肝门部发生的胆管癌，就是"肝门部胆管癌"。如果采取手术方法切除克喜的癌变部位，则需要切除肝脏的三分之一和胆管的一部分，并且要在这一基础之上，将胆管切口与肠道连接缝合，以维持其消化功能。肝门部胆管癌所处部位的器官结构之复杂、在消化器官癌症中其手术难度之高，在外科手术界已经成为一种共识，即便是开腹手术难度也极高。专家之间的主流意见也是"不应该实施腹腔镜手术"。尽管如此，克喜一家对这种手术的认知，毋宁说和医学界的共识、和专家的意见，恰恰是截然相反的。

死者家属对早濑的话记忆犹新——"他才60岁出头，还很年轻。只要做手术把坏掉的地方全部切掉，就会恢复健康的！"这样的话，是面向未来的，是充满了希望的。克喜的妻子说："医生说我丈夫的情况'没事儿、没事儿'。其实，当我们得知他得的是癌症的时候，感到非常的震惊和沮丧。那时，医生微笑着告诉我们说'没事儿的！'，所以，我们也觉得很安心，就放心地接受了手术。"

从癌症医疗界的共识来说，肝门部胆管癌的术后康复预期很差。早濑之所以选择了那种积极乐观的说法，或许是想要给罹患严重疾病而满心恐惧的患者以及他的家人，带去哪怕仅仅是一丝一缕的希望。但是，这种手术未必十分适用于肝门部胆管癌的治疗，甚至有医生说把腹腔镜手术作为肝门部胆管癌的治疗方法是"危险的"。这样看来，患者及其家属被给予的关于手术的认知，无疑与真实情况相去甚远，甚至可以说是背道而驰的。

克喜去世后，他的家人产生了强烈的疑问——"明明是做了一个低侵袭、低风险的手术啊！究竟为什么这么快就去世了呢？"

在这一点上，其他死者家属也是一样的。实际上，他们从未听人说过自己的亲人将要接受的腹腔镜肝脏切除手术的真实情况及其在临床医学上的定位。

裕美（化名）的遗属对当时的情形作了说明。他说道："医生告诉我，腹腔镜手术和开腹相比更有优点，出血少，伤口也小，所以即便是从患者体力的角度来看，他也更愿意采用腹腔镜，而不是开腹手术。"

死者裕美当时年近七十，而且罹患其他顽疾，已经和病魔抗争了好几年。她之所以接受肝脏切除手术，是因为其他部位的癌症转移到了肝脏。

裕美的女儿清楚地记得早濑的建议："如果手术能把癌变部位切除，那最好还是切掉。现在的话，还是能做手术的。"

当时，家人们觉得裕美的病情并不好，实际上她正处于与病魔抗争以来的最糟糕的状态。她曾讲述过自己的情况，说是感觉身体容易疲劳，因为神经麻痹而导致听觉下降，而且视力模糊，嗅觉也退化了，就连坐着都很费劲。但是，裕美好像是受到了"现在的话，还是能做手术的"这句话的刺激似的，她本人也要求做手术。她毕竟长久地挣扎在疾病的苦痛之中，或许是想要抓住那最后的一根稻草吧。家属深感不安，生怕她那早已虚弱不堪的身体会吃不消，但最终还是向医生道了声"拜托了"，同意了手术。

裕美的女儿说："我一直认为，腹腔镜手术难道不是唯一的选项吗？那个时候，我一门心思地想要救她，所以就跟医生说'拜托了'。"

其他死者的家属也说过类似的话。武仁（化名）去世时70岁出头。他的妻子问我们："我以为，除了腹腔镜手术之外，别无他法。难道还有其他的手术方法吗？"

70出头的圭子（化名）在接受手术的一个多月之后就去世了，而她的家属甚至都不知道患者做的是腹腔镜手术。

圭子深受家人们的敬爱和尊重。对于和睦友善、团结一心的这一家人来说，圭子的重病无疑是一件天大的事。尽管如此，在她女儿女婿、外孙的记忆中，连"腹腔镜"这个词都没有一丝一毫的印象。甚至在由圭子女儿保管的手术同意书中，手术名称一栏里也根本就没有"腹腔镜"的字样。

据死者家属的证词可知，患者所接受的手术是在保险适用范围以外的，而且安全性和有效性尚未得到确认的腹腔镜手术，但是，这一事实却完完全全地被隐藏了起来。所谓知情同意，原本应该是建立在提供正确信息的基础之上所达成的协议。因此，我们怀有强烈的质疑——在知情同意方面，医院存在着非常严重的问题。

医生一直都不在

一名死者的女性家属，描述了自己对早濑的第一印象，说："医生看起来很亲切温和，让人安心。最初是去了当地的医院，那儿的医生向我们介绍说'群大有一位好医生'。医生看起来相当年轻。我心里想：这么年轻的医生，竟然那么了不起，真是年轻有为啊！"

她说早濑在解说病情的时候，样子非常认真，而且温和平静，决不让患者感到丝毫的不安。"没有给我留下不好的印象"——这是她坦率的想法。

"温和"，也是另一名死者的女性家属对早濑的印象。

她说："他很温和地向我们解说，我也因此而很信任他。最初的时候，我觉得能来到这里真是太好了。"

这名女士也表示，早濑给她的第一印象是很好的。

不过，早濑对病情和手术本身的解说，似乎就很难说得上是容易理解的了。

她回忆道："他说话一点儿也不严厉，更谈不上吓人。但是，那可是群马大学的非常了不起的医生啊，而且思路清晰、口若悬河。我们都是外行，听着听着，也就只能在嘴里随声附和着说：'是的，您说的对呀。'"

早濑说话的语气绝不是强硬的，相反还非常地柔和，而且应该是有意地选择了能给患者带去希望的措辞。但是，这与讲清问题并不是一码事。温和亲切的措辞和语气，并不一定就能让患者和患者家属正确地理解诊疗方案，并在真正意义上明白和接受他的治疗方案。

当然,患者如果有不明白的地方,也是可以提出疑问的,直到能够理解为止。话虽如此,但如果从患者及其家属的角度换位思考的话,事情就远远不是那么简单的了。

一名患者对治疗怀有深沉的不安。他的妻子催促说:"要不,就去问问医生吧!"然而,丈夫的回答给她留下了深刻的印象。

他回道:"问也没用啊!他们尽是讲那些理论性的话,让人听得一头雾水,但又无法躲避。我都烦透了。"

她说:"我能明白我丈夫的意思。他是说,医生本以为自己解释得很详细,但听者还是很难理解的。如果再向医生询问的话,医生还是会用那些专业术语,给我们讲这讲那的,而且肯定还是让人听得稀里糊涂的。所以,我丈夫才会有那种感受的吧。"

遗属中有人这样形容群大附属医院:"在我们看来,说起群大的话,那就是最先进的医院了。"

不难想象,生活在当地的居民一般都会有一种敬畏感和畏缩心,会产生这样的心理暗示:"如果群大的医生那么说的话……"

要说群马大学医院的话,当然是群马县内首屈一指的大型医院,而且也是北关东地区[1]排名第一的医疗重镇,甚至连周边各县的患者也会慕名而来。实际上,在接受腹腔镜手术后死亡的8名患者中,有3人是来自埼玉、栃木等邻县的居民。群大医院是北关东地区最为核心的医疗机构,当地居民甚至因此而怀有些许的自豪感,很多人也把在那里工作的医生视为"精英"。

有的死者家属也曾说过,他们为了慎重起见,曾经考虑过咨询第二诊疗意见,但遭到了亲戚的劝阻。亲戚告诫道:"那可是群大医生的诊断啊!你还要考虑第二诊疗意见的话,那不是太失礼了嘛!

---

[1] 日本茨城、栃木、群马三县。

我们还是应该把治疗完全托付给群大的医生。"

　　对于住在东京等大都市的居民来说，可供备选的大型医院不胜枚举。如果对目前就医的医院不满意，那也大可以换到另一所。但是，如果在小地方的话，能提供先进医疗的医院是非常有限的，所以就很难另换一所大型医院。在那样一种情况下，当地的国立大学医院被赋予的社会定位，实际上与该医院的真正医疗水准或许并不相称，甚至有的医院在当地的社会定位竟然凌驾于大都市的一流医院。正是这种由地区差而产生的复杂情况，遮蔽了问题重重的现实。

　　死者家属的陈述中，还有一个共同之处——早濑的忙碌。
　　死者家属们不约而同地说出了这些话：
　　"医生是一个非常忙碌的人。"
　　"即便是要想问些什么，医生也是一直都不在。"
　　"医生白天去别的医院。即便是想要咨询什么，要是不等到夜里很晚的话，根本找不到他。"
　　在问题遭到曝光的当时，隶属于第二外科的消化外科肝胆胰医疗小组，包括早濑在内，仅有两名医师。死者家属所说的"去别的医院"，应该是指去本县的关联医院兼职诊疗。早濑医生异常忙碌。这一点，即便是在那些不知内情的死者家属眼中，也洞若观火。据说，护士们也曾告诉陪护的患者家属，说："那位医生太忙了。我们也不清楚他什么时候会来。"显然，这也是死者家属难以获得充分说明的一个原因。

充满苦痛的临终时刻

　　手术之后，直到去世，患者的每一天里都充满了痛苦，饱受着煎熬——在死者家属以及相关人员的陈述中，我们越来越清晰地感受到这一点。每一个在第二外科接受早濑腹腔镜手术后死亡的患者，都经历了那样一段极度痛苦与艰难挣扎的最后时刻，短的是 17 天，长的则多达 97 天。

武仁在手术之后，反复出现腹腔内出血的情况，结果不到一个月就去世了。他的病情骤变，是发生在手术之后的一周左右。

家人一接到通知，就紧急赶到医院。但是，武仁已经进了 ICU。他的血压不断地急剧下降，人也已经失去了意识。

医务人员说："如果血压再上不来的话，我们也无能为力。"

医疗人员认为情况很严峻。武仁体内出血很严重，已经排了几次血，也进行了大量的输血。

"爸爸、爸爸，坚持住啊！"

武仁戴着呼吸机，许久未曾齐聚的女儿们围在病床旁边。但是，任凭她们在耳边一遍一遍地呼唤，他也没有作出任何的反应。即使她们紧紧地握住父亲的手，也丝毫感觉不到他的回握。在那之后，将近 20 天的日子里，武仁一直都没有恢复意识，最后停止了呼吸。

克喜也是如此，因大量失血而丢了性命。他接受手术，被切除了部分胆管，余下部分与肠道接合起来，而且因为需要在术后将胆管与肠道接合处渗漏出的胆汁排至体外，又被放置了一根引流管。当然，引流管是需要定期更换的。然而，手术之后过了两周左右，就在第一次更换引流管之后，克喜的情况突然急转直下。

他的妻子回忆当时的情景道：

"在那之前，他看上去好像是在正常的康复过程中。但是，一换完引流管，情况就变得糟糕起来，甚至还引发了肺炎。"

克喜本来是自己走着去更换引流管的。但是，大约 2 个小时之后，处置结束的时候，克喜被人用担架抬回病房。显然情况发生了逆转，病情已经极度恶化。他发着高烧，身体异常地颤抖着。她被告知说，克喜的免疫力已经减弱，可能是感染了细菌。

她说:"简直是太不可思议了。就在刚刚还是好端端的,但是去更换引流管回来后,竟然就恶化到最糟糕的状态了。"

胆管的切割处以及其与肠道的缝合处,多次发生出血情况。这应该是由于手术缝合不当而导致的吧?

克喜的妻子说:"'缝合不当'这个词,我根本就没听说过,完全没有印象。而且,医生跟我们说的,手术本身很成功。我觉得简直是太不可思议了!到底是为什么,为什么会一次又一次地出血?"

对于家属来说,这是盘踞在心头最大的疑问。但是,他们并没有从主刀医生的口中听到令人信服的答复。手术之后,克喜在重症监护室里躺了很多天,一直徘徊在生死边缘。而且,为了把呼吸机的管子连接到喉咙里,他的气管也被切开了。于是,他就发不出声音来了。据说,有一次,克喜用尽了全身力气,在ICU里的白板上,写下这样的一句话:

"让我出声说话"。

妻子回忆道:"我想,我丈夫一定是有什么话要说。他的想法应该和我们全家是相同的,觉得现在的情况和医生说的根本就不一样啊!"

渐渐地,克喜连拿笔写字的气力也没有了。临近去世之前,他写下了最后的一句话,让妻子至今都难过不已。

"再也坚持不下去了"。

虚弱已极的克喜写下这句话,眼中流出了泪水。

克喜的情况非常严重,而且一直都没有好转的迹象,甚至连护士也说:"从来没见过患者在重症监护室这么长时间。"结果,在手术的3个多月之后,他遭遇了最为严重的后果——腹腔内大量出血,引发失血性休克。

裕美的家人也明显看得出,她的身体状况在手术之后一天重似一天地虚弱下去。裕美在术后第17天去世,是8个人中坚持时间最短的。裕美在接受肝脏切除手术后,曾向家人吐露过自己的痛苦——旧疾引发的面部麻木、头痛的症状愈发恶化。而且，因为肝功能低下，必须通过血浆交换治疗的方法，清除血液中蓄积的致病物质。此外，还有并发症肺炎。

裕美的女儿追寻着那些让人心碎的记忆，回想着母亲充满痛苦的最后的日子，说道：

"手术后，她完全站不起来了，也无法进食。最后，她好像是已经放弃了，觉得不用治疗了，感觉像是想死似的。"

大概是手术之后的一周左右，裕美开始诉苦说："我不想再接受治疗了。"那个时候，她很难说出话来，交流是通过笔谈进行的。负责护理她的护士跟她说："不治疗的话，会更痛苦的。"但是，即便如此，裕美还是恳求似的答道："停止治疗吧！我想死。"她悲苦的神情仿佛是在诉说自己身上正遭受着难以承受的苦痛。她的家人陪伴在身边，怀着深沉的悲伤，艰难地度过了那一段苦痛不堪的日子。

在裕美去世的那天早上，她的家人接到病情突变的通知后，紧急赶到医院。据说，早濑当时就在现场，但对裕美的家人，连一句话也没有说。

裕美的女儿回忆说："我啊，当时也是在等着，等着医生说些什么。我在心里想，医生啊，你说点什么啊！哪怕不是对我说什么安慰的话，只是跟我说说事情的经过也行，其实无论是说什么都可以呀！但是，什么话都没有，他就是站在那里，尽量回避我的目光。"

裕美的女儿哭个不停，痛不欲生。护士们抱着她的肩膀，想尽量给她一些安慰。但是，早濑什么也没说，什么也没做，只是跟在送行人群的后面。女儿陪伴着裕美的遗体，钻进了车里。她从车里抬起头，向医院大门望去，看见了早濑。汽车刚一开动，早濑就转过身，径直走进了院内，消失在裕美女儿的视线之外。在她朦胧的泪眼中，只留下那一袭白衫轻快飘动的下摆。她感到一种决绝、一种冷酷，仿佛被一股更加尖锐的悲痛刺中了心头。

"医生还有下一个患者，所以，就算是有病人去世了，也不能为之——忧心伤神吧。这可能就是大学医院吧。这样想着，我的心中猛地涌起一阵莫可名状的异常的悲凉。我的妈妈，她是遭受了怎样的痛苦呀！真的，她受了太多苦了。"

无可违逆的"天下的群大"

接受早濑腹腔镜手术后去世的患者的家属中，没有一个在患者去世后请律师提起诉讼的。不仅如此，甚至没有任何一个人正式要求医院方面作出详细的说明。当然，这并不说明大家对治疗都很满意。实际上，他们大多感到非常费解。而且，也有人一直怀有疑问，感到愤怒。

"现在的人啊！一旦结果不好，马上就会到法庭起诉。"

我们在进行医疗采访时，往往总会从医务人员嘴里听到这一类不满。事实上，医疗诉讼的数量确实与日俱增，在2004年达到了峰值。自那以后，虽说呈现出下降的趋势，但在近5年里，每年新提起的医疗诉讼仍徘徊在800件左右。这一数字是1990年的两倍。尽管如此，这一数量在整个民事诉讼中也只不过是极小的一部分。在接受腹腔镜手术后，有8名患者死亡，但他们的遗属都没有提起诉讼。

"究竟为什么会去世呢？实在是匪夷所思。"

——这是所有死者的家属在接受采访时的感受。

"不要紧。会好起来的！"

据说，早濑在手术前都会对患者和家属说这种积极向上的话，而且还会把手术解说成是"低侵袭性的"，因而"身体负担轻"，"对患者而言也很轻松"。听到这些话，患者和家属们降低了对手术的不安，情绪也变得积极起来，因而会说："要是那样的话，就接受手术吧。"

而且，不少家属还清晰地记得早濑强调的那句话"手术本身进展顺利"，但在术后却发现患者的病情非但没有好转，反而不断恶化。这样的一个说明，与亲眼所见的现实之间，产生了巨大的落差。这让死者家属不禁产生了疑问。

要想查明死亡原因，可以选择遗体解剖的方法。通常，患者的死亡被认为与手术相关或是死亡原因不明的情况下，原则上由医院方面提出病理解剖的申请。但是，这8名患者在死亡之后，都没有进行解剖。

"就算提起医疗诉讼也没用。他们是专家，我们外行人是不可能赢的。"

"只能认命了。"

笼罩在死者家属心头的，就是这样一种难以释怀却又无可奈何的情绪。哪怕他们想过"究竟为什么会去世呢？实在是匪夷所思"，但他们的内心伏藏着一种恐惧，担心如果继续追究下去的话，很可能会危及自身。在日本，对于生活在地域社会的人来说，身边的人请律师几乎是闻所未闻的，似乎是件离自己非常遥远的事。至于诉讼什么的，更是不得了的大事。更何况，对方毕竟是在当地被称为"天下的群大"的公立大学医院。在群马县周边地区，这是一种普遍的看法。因此，遗属们每天似乎都在劝慰自己，告诉自己只能放弃，只能在心里妥协。除此之外，没有任何办法。

院方当初的看法非常简单，认为早濑对待患者如至亲一般亲切，所以即便患者去世了，死者家属也一定会在心里怀着深深的感谢，当然更不会惹出什么麻烦来。但是，这种想当然的看法，与实际情况相去甚远。直到手术死亡事件频频发生，乃至进一步发酵成了社会问题之前，院方一直都没有试图去了解死者家属的真实想法。

死者家属在几乎要放弃对医院的质疑时，情绪上发生了转变，更倾向于"自责"。

"因为是自己至为重要的母亲，因为希望母亲能活得久一些，所以才劝她做了手术。但是，没想到结果却是这个样子……"

失去了母亲圭子，女儿追悔莫及，由衷地发出了这样的感叹。据说，圭子曾经说："做手术会伤害身体。我不想通过这种方式来延长生命。"

圭子当时不到 75 岁。她的肝脏部位长了一个肿块，在手术之前一直都不清楚肿瘤究竟是恶性的还是良性的。但是，当早濑医生建议做手术的时候，她也只能选择相信，并回应说："拜托您了。"除此之外，别无选择。女儿回忆着当时的情况，心里怀着后悔，说："如果满足她本人的愿望，是不是会好一些呢？那样的话，母亲或许还能多活一段时间吧。"

圭子的女儿反反复复地问着这样一个没有答案的问题，心中充满了无尽的悔恨。

与之相同，裕美的女儿也是如此。当时，仿佛是身陷绝境而不知所措。在那样一种情况下，当她听到医生说"按照目前的情况来看，还是可以做手术的"，就好像是看到了最后一线希望似的。尽管自己并没有充分理解医生的话，也没有完全听懂关于病情、手术的解说内容，但还是对医生说"拜托您了"。

"当时那么说，是出于好心，是想要救她。但是，后来回想起来却很懊悔，因为手术成了母亲的一种极大的负担。我一直在反省，不知道当时选择做手术是不是一个适当的决定。"

遗属的自责，绵绵无绝。悔恨的日子，或许永远都不可能迎来结束的那一天。

谢罪发布会

在 2014 年 11 月 14 日早晨，《读卖新闻》刊发了关于群大医院事件的第一篇新闻报道。随后，群马大学医院向群马县政府的记者俱乐部——刀水俱乐部——通报称，院方将于上午10点30分就新闻报道所刊载的问题举行记者会。出席记者会的，有医院院长野岛、医疗安全管理部（同年12月起，改为医疗质量安全管理部）部长永井弥生、事务部部长原忠笃三人。不过，作为关键人物的第二外科教授兼诊疗科科长松冈好（化名）和主持手术的当事人、主刀医生早濑，却并未现身。

"对于此类事件，我们医院方面持高度重视态度。对于给患者以及各位死者家属造成的巨大的担忧与心痛，我们由衷地表示诚挚的歉意。非常抱歉。"

记者会刚一开始，野岛即发言致歉。面对蜂拥而至的采访阵容，野岛与另外两人深深地低下了头。记者会上所披露的事实，主要如下：

自2010年12月至2014年6月期间，有8名患者在第二外科接受腹腔镜肝脏切除手术之后死亡。这8名患者出于治疗肝癌或胆管癌的目的，接受了肝脏切除手术，但在术后的两周到一百天不等的短短的时期内，发生了感染、败血症、肝脏衰竭等情况而死亡。

在上述期间之内，第二外科所进行的腹腔镜肝脏切除手术，共计92例（作者注：后更正为93例，直至停止手术的9月为止，共计103例），而且几乎都是由同一名40多岁的男性医师主刀。

这名男性医师在大学里的职称是助教，相当于过去的"助手"。然而，在诊疗现场，他是第二外科消化道小组的核心人物，专攻肝胆胰外科领域。

手术与患者死亡之间的因果关系尚不明确。目前，正在调查诊疗过程中的细节是否存在问题。不过，手术前一般需要对患者进行肝功能评估，以确定肝脏在切除手术之后是否能保持相应机能，但这种检查几乎都没有实施。此外，由于病历记录不充分，因而无法确定知情同意是否得到适当的执行。

死亡的 8 名患者所接受的手术，不在保险适用范围之内。治疗方法基本上正处于研究阶段，其安全性和有效性尚未得到完全确证。院方认为，该手术本应向医院伦理委员会提交申请，并由该委员会审查是否存在医疗伦理问题。如果审查通过，则可进入手术实施阶段，而且术后必须对手术结果进行核查检验。但是，这一程序并没有得到执行。原本不在保险适用范围之内的腹腔镜肝脏切除手术，共计进行了 56 例（注：后更正为 58 例），包括患者死亡的 8 例。其中，提交伦理审查的手术只有 7 例。

记者大多怀有这样的疑问：如此草率而危险的行事方式为何通行多年？主刀医生或者教授，到底是怎么看待这件事的呢？根据野岛等人在记者会上的发言，我们能够清楚地确认，他们对于患者死亡的情况是有所了解的，但并不认为那是个问题。对于实施保险适用范围外的、安全性和有效性尚未得到确证的手术，必须向医院伦理委员会提出申请一事，他们表示："对需要提交申请的认识不足。"这意味着，他们在伦理和安全保障方面的意识极低。

以院长为首的医院安全管理部门，未能掌握此情况吗？野岛表示："存在掌握并不充分之处。诊疗实施方本身也存在问题，如果医师没有按照规定严格提交申请的话，院方也无从掌握。"他承认，医院确实把决定权交由治疗实施现场，而未能实行有效监管。而且，他承认医院在管理机制上存在松懈之处，认为："应该向各诊疗科以及医生个人进行有效遵守必要程序的宣传，并采取措施以保证他们遵守，但我们在这一方面存在少许疏忽。"

关于主刀医生继续实施这种手术的动机，他们的回答自始至终都含糊其词，如"我对此一无所知"（野岛）、"确切情况，我也不清楚……"（永井）之类，根本没有作出清楚的回答。关于这类手术不在保险适用范围之内而且难度极高等情况，按照主刀医生的说法，他曾"对患者讲过",即执行了知情同意,但据记者会上野岛等人的回答可知,医院并无相应记录。

在记者会临近结束时,野岛作出了内容如下的反省:

"本院也曾发生过活体肝脏移植手术方面的问题。当时,我担任医疗安全管理室室长而参与其中。这次的问题虽然并不相同,但很类似,对此我感到非常遗憾。发生问题之后,本院即不再进行活体肝脏移植手术。在此种意义上,针对此类问题的机制改善在那之后是否就止步不前了呢?对此,我深感遗憾。"

野岛所说的"活体肝脏移植问题",指的是2005年11月在群大医院发生的一起重大医疗事故。在第一外科实施的活体肝脏移植手术中,由于用药失误,致使原本身体健康的供体(器官提供者)落下了下半身瘫痪的严重残疾。

群马大学医院目前设置有医疗安全管理部,由专职医生任部长。在此之前,医疗安全管理室室长是负责医疗安全管理工作的最高职位。野岛当时在专门从事代谢科的诊疗以及教授职责之外,另以兼任的形式担任医疗安全管理室室长。野岛所提到的"活体肝脏移植问题"将在后文详细探讨,但几乎可以肯定的是,如果在活体肝脏移植事故发生时,采取彻底的预防措施,那么,这一次的第二外科的问题很可能就不会发生。

不当获取保险金的骗局

细想之下,我们发觉群马大学医院举行的第一次记者会的解答内容中,存在一个可疑之处。

据出席记者会的院长野岛等人所说,根据医院的内部调查,第二外科在2010年12月至2014年6月期间,共计实施56例(注:

后更正为58例）保险适用范围外的腹腔镜肝脏切除手术。包括死亡8例在内，这些手术多数是在未经伦理审查的情况下实施的。然而，如果这些手术不在保险适用范围之内的话，手术费用又是如何支付的呢？关于这一点，他们并未作出说明。

就一般原则而言，如果属于保险适用范围之内，则意味着该治疗被视为一种标准的治疗方法，其安全性和有效性均已得到确证，并且可以在全国各地医院得到广泛使用。正因为此，该治疗方法会被公共保险所覆盖，医院也可以从保险中获得医疗补助，患者只需承担部分自费费用（一般而言，自费比例为医疗费用的30%）。那么，如果是保险适用范围外的手术，又该如何呢？当然，这种治疗就不能使用保险支付的相应费用。这就意味着，该治疗的费用支付方式只有两种：一是自费诊疗，由患者自己承担全部医疗费用，如整容手术；二是将该手术作为临床研究项目的一部分，由医院从研究经费中支付全部费用，而不需要患者承担治疗费用。但是，无论这两种支付方式中的哪一种，都必须经过伦理审查。然而，第二外科所实施的大部分手术，并没有经过伦理审查程序。

假设手术是自费的，那么这多达几十人的患者只是些普通百姓，怎么可能作出这样一种特别的选择——在原本就存在开腹手术这一选项的情况下，却不惜自费支付高昂的治疗费用，而接受实验性质的手术呢？假设将手术作为研究实施，则需要由医院承担相关费用。但是，这样一所陷入经营困难的地方性国立大学医院，是否拥有足够财力，用以承担这几十名患者手术所需的总额高达数千万日元的医疗费用呢？实际上，两种假设显然都不现实。

通过对死者家属的采访，这个谜团逐渐清晰了起来。

在接受采访的死者家属中，没有一个人知道自己的家人接受的是高难度手术，而且也不知道该手术至今仍未被纳入保险适用范围之内。死者家属们保留了当时的医疗费用的账单和收据。我们确认了这些票据，发现患者一方所支付的费用并非全额医疗费用，而只是相当于保险适用范围之内治疗方法所需要负担的自费部分。这意味着，医院方面涉嫌保险欺诈行为，即把保险适用范围外的手术，充当为保险适用范围内的手术而进行诊疗，并以不当方式获取保险金。

因为这一缘故，群马大学医院后来受到厚生劳动省的监管审计，并被要求退还金额巨大的保险补助。

开腹手术也造成 10 人死亡

事件被公之于世后大约一个月，另有其他情况逐渐浮出水面——群马大学医院第二外科的问题，并不止于腹腔镜手术。在第二外科，由早濑主刀的肝脏开腹手术中，自 2009 年 4 月起的仅仅 5 年左右的时间里，先后有 10 人死亡。死亡率竟然超过 10％。这一情况比腹腔镜手术的问题更为严重。

没有任何证据表明第二外科举行了以腹腔镜手术为议题的死亡病例研讨会。所谓死亡病例研讨会，是在发生手术关联死亡的情况下，进行的相关调查与研讨、论证，从而有助于防止类似情况的再次发生。一般来说，一所正规医院应该在相应情况下举行病例研讨会。尤其在大学医院，病例研讨会更是备受重视的。因为大学医院不仅仅是医疗机构，同时也是教学研究机构，承担着培养医学专业人才和青年医生的责任。但是，群马大学医院第二外科不仅没有进行相应的调查研讨，反而若无其事似的，继续实施下一例腹腔镜手术，以致一而再、再而三地连续发生患者死亡的严重问题。这一问题，在开腹手术的情况下难道也同样存在吗？否则，如此之高的死亡率就无法得到解释了。

群马大学医院肝脏切除开腹手术致 10 人死亡
——主刀医生与腹腔镜手术同为一人

继群马大学医院（前桥市）实施高难度腹腔镜肝脏手术致 8 名患者死亡事件曝光之后，我们通过相关人士了解到，第二外科（消化外科）在过去 5 年间所实施的 84 例肝脏开腹手术中，多达 10 人在术后 3 个月内死亡。开腹手术的死亡率竟然高达 11.9%，是日本全国肝脏开腹手术死亡率的 3 倍。

开腹手术要在腹部开一个大切口。在肝脏手术中，相对于从微创伤口插入摄像头（腹腔镜）以及手术器具的腹腔镜手术，开腹手术是应用更为广泛、更为普遍的方法。

第二外科自 2009 年 4 月开始，直到今年夏天被叫停全部肝脏手术为止，共计对 84 名肝癌患者实施了肝脏开腹手术。其中，有 10 名年龄在 60 岁到 89 岁的男性和女性患者因败血症和肝脏衰竭等死亡。

据医院相关人士透露，这 10 名患者的主刀医生与主刀腹腔镜手术并造成患者死亡的主刀医生是同一个人——一名 40 多岁的男性助教。该助教主刀的腹腔镜手术在 2010 年 12 月至 2014 年 6 月期间，共计 8 名患者死亡。而且，因开腹手术而死亡的 10 名患者中，有 5 名都集中在 2009 年。即便如此，第二外科仍然在翌年新引进了不同于开腹手术的腹腔镜手术，并由同一名医生担任主刀医师。

第二外科共计实施腹腔镜肝脏手术 92 例，死亡率高达 8.7%。其死亡率之高，显然是一个重大问题。开腹手术的死亡率为 11.9%，相较于腹腔镜手术还要高出 3.2 个百分点。国家临床数据库（NCD）收录有日本全国范围内所实施的外科手术数据。根据此数据库所进行的一项关于肝脏切除手术结果的研究表明，仅限于高风险肝脏切除方法的肝脏开腹手术的术后 3 个月内的患者死亡率为 4.0%。然而，群马大学医院的开腹手术，包括低风险切除方法在内的死亡率，却高达全国平均数据的 3 倍。

就目前所掌握的情况来看，手术与患者死亡之间的因果关系尚不明确。不过，一般情况下，如果是只剩几个月寿命的患者，原本就不应该作为手术的对象。

群大医院正在对腹腔镜手术死亡案例进行调查。院方表示："此次调查是针对腹腔镜手术展开的。关于开腹手术的调查尚未进行，因此也无法发表相关说明。"

◆"死亡率明显偏高"

日本大学医学部消化外科的高山忠利教授，是一位拥有大量肝脏开腹手术经验的临床医学专家。他表示："一些实施大量手术的医院，其肝脏开腹手术的死亡率可以控制在 0.5% 左右。接近 12% 的死亡率是明显偏高的。之所以出现这种情况，很可能是因为很多手术是在肝脏情况原本就不适合的状态下实施的。因此，有必要建立一套机制，由院内院外对手术导致死亡的案例进行核查，以阻止此类问题连续发生。"

（《读卖新闻》早报东京最终版头版，2014 年 12 月 22 日）

在这篇报道发表之后，群马大学医院表示将对开腹手术的诊疗内容进行详细调查。关于开腹手术患者中也曾发生多人死亡的事实，院方似乎也已经在同一时间向厚生劳动省以及文部科学省提交了报告，但目前尚不清楚院方是否计划进行详细的调查。不过，该领域的专家认为开腹手术的死亡率"明显偏高"，因此，要对腹腔镜手术的问题作出说明，就必须对开腹手术进行核查与检证。

这篇报道一经刊发，群大医院的相关人员也就不得不着手相关工作了。尽管是在临近年末而异常繁忙的时期，他们还是拜访了接受肝脏开腹手术后死亡患者的家属，并作出相关解释。

"你们是因为被报道了，所以才过来解释的吧？"

"如果没有报道的话,你们难道不是根本就没想要调查吗?"

对前来拜访的医院相关人员,有的死者家属迸发出这样的诘问。

连续发生的死亡病例

我们在采访中,逐渐明确地认识到,第二外科在腹腔镜手术中的"失控"最初肇端于 2010 年 12 月初。当时,第二外科实施了第一例腹腔镜肝脏切除手术。事实上,这第一例手术的患者,恰恰就是第二外科腹腔镜肝脏切除手术的第一名死者。接下来,我们将按照时间顺序,从第一名死者开始,追溯整个事件的开端直至东窗事发的过程。

第一名患者是居住在邻县的 70 多岁的女性。在那一年 11 月份的健康检查中,她被检查出肝脏内长有疑似恶性肿瘤的 1.5 厘米大小的肿块。该女性患者的肿瘤位于肝脏的主要血管附近,如果采取腹腔镜手术方式切除的话,难度相当大。但是,旨在引进腹腔镜肝脏切除手术的第二外科,竟然在这种情况下采取了高难度的治疗方案。那么,第二外科究竟是出于什么样的目的和原因,选择这名女性患者作为第一例腹腔镜肝脏切除手术的对象呢?

早濑是第一次做腹腔镜肝脏切除手术,副手是一名熟悉腹腔镜的年轻医师,比早濑晚一年入职。这名年轻医师在腹腔镜手术方面具备一定的技术,持有日本内窥镜外科学会颁发的技术认定医师资格证书。不过,他的专业虽然也是消化器官,但细分领域却是大肠等消化道。就此而言,实施这次手术的医师中,竟然没有任何一人拥有充分的腹腔镜肝脏切除手术经验。

术后,该女性患者出现腹腔积液症状,而且症状持续,不见好转,表明其肝脏功能低下。大约经过三周左右,已然临近年底,但积液症状依然没有消失。不过，因为身体整体状况相对稳定，她被要求在新年前出院。

然而，患者在回家之后，也就是在刚刚走进新的一年的时候，病情急剧恶化。而且，恶化之快、情况之糟，令家人倍感不安。

"她说腹痛，接连腹泻了7次。"

她的家人为了将其病情不断恶化的情况告知医院，而不得不在新年当天给大学医院打电话。然而，患者的腹部胀满感愈来愈强，以致新年的头3天还没过完，就不得不匆忙赶赴医院急诊。

当时，早濑并不在医院。或许是新年休假，或许是去别家医院兼职，具体情况尚不清楚。接诊的值班医生并不是肝胆胰小组的医师，甚至都不是消化外科的医生。他在电话里和早濑商量之后，将患者的腹腔积液抽出2升，告诉患者次日再来医院，然后就让患者回家了。当时做了血液检查，结果显示数值异常，表明患者肝功能低下，但值班医生并没有将这一情况告知早濑。

次日清晨，患者在家中陷入昏迷状态。随后，她被紧急送往二三十公里外的群马大学医院。送抵医院的时候，她已经处于心肺停止状态，身体也已经开始僵硬。经过一个小时的心肺复苏抢救，但她仍然于上午10点30分被确认死亡。

第二外科肝胆胰小组的第一例腹腔镜手术，以患者在术后短短一个月之内死亡的最坏结局，宣告结束。

实际上，这一严重后果的发生，关联着一系列的失误与过错。首先，是让一个被判断为并未充分康复的患者出院；其次，在患者出院仅几天便出现病情恶化的情况而紧急前往医院就医的时候，医生尽管已经确认患者病情恶化，却并没有让患者紧急住院。这些过失导致了极其严重的后果。

在出现患者死亡的情况下，诊疗科通常应该向院内各相关方面通报，并就此召开死亡病例研讨会，以核查问题所在。

但是，事情并未如此发展。与之相反，关于腹腔镜肝脏切除手术第一例患者在术后不到一个月即告死亡一事，甚至连许多第二外科的相关人员都并不清楚。

在第一例患者死亡之后仅仅过了一个星期左右，也就是2011年的1月初，另一名70多岁的女性患者就被实施了腹腔镜肝脏切除手术。

该患者的肝脏处被发现长有肿瘤样包块，但经检查并未发现癌细胞，因此被诊断为"炎性假瘤"，肿瘤大小为直径9厘米。医生建议做手术切除。

这一手术也不在保险适用范围之内。该女性患者在接受手术的一个多月之后，即2011年的2月中旬死亡。她是第二外科引进腹腔镜手术后的第三名患者。在短短不到一个月的时间里，就有两人相继死亡。第三名死者是一位来自群马县的男性患者。他在2011年7月上旬接受了腹腔镜手术。该男子刚刚年过八十，是8名死者中年龄最大的一位。他患有丙型慢性肝炎，在一次定期检查中发现肝脏内长有肿瘤。

肝胆胰小组最初计划实施的，是一种在当时属于保险适用范围内、被称为"外侧区域性切除"的腹腔镜手术。但是，肿瘤实际上已经侵入肝脏的主要血管和胆管，因此需要切除的部位超过原先计划的范围。而且，手术的复杂程度也较高，要切除肝脏左侧的三分之一以及部分胆管，然后要将胆管切除处与肠道连接缝合，因此整个手术的实施时间远远超过了原计划，持续了9个半小时。

该男子在术后感染了肺炎，并且因为缝合不当而导致了腹腔内出血。他被这些并发症折磨得痛苦不堪，最终在两个月后的9月上旬撒手人寰。

这名80多岁的男性成为第三名死者。在他去世的一个月后，一名住在邻县的60多岁的男性患者为治疗肝癌，接受了腹腔镜肝脏切除手术。

这名男性原本因为患有丙型慢性肝炎和肝硬化而长期就医，检查结果显示他的肝脏有三处疑似发生癌变。手术是在腹腔镜下同时进行肝脏的切除和脾脏的摘除。

和之前死亡的三名患者一样，这名60多岁的男性患者也在术后经历了一个非常痛苦的时期。由于反复发烧，而且接连出现黄疸和腹腔大量积液等症状，他的肝功能呈现出明显的下降趋势。这名男性患者在两个多月的日子里，与病痛进行了艰苦的抗争，最终于12月上旬死亡。

这一时间，离第一例女性患者接受腹腔镜手术正好一年。

死亡患者在短短的一年时间里，就达到了4人。截至2011年12月，在第二外科接受腹腔镜肝脏切除手术的患者总数约为20人。这意味着，此一时间段内的死亡率实际上达到了20%。

翌年即2012年，第二外科在这一年里，对20至30名患者进行了腹腔镜肝脏切除手术，其中2人死亡。死亡的2名患者都是住在群马县内的70多岁的男性。从死亡人数来看，当年共计2人，但2名患者都是在9月份去世的。也就是说，在同一个月之内就有2名患者相继死亡。

先去世的患者，是一名患有肝癌的男性。他在2012年7月下旬接受了手术治疗。术后，因为肝脏功能衰竭，引发持续性的腹腔内大量积液症状，进而诱发肾脏功能不良，并感染并发症。最终，该患者未能康复，于9月上旬去世。这是第五名因腹腔镜手术而导致死亡的患者。

继之不幸死亡的，是一名在8月下旬接受手术的男性患者。他的癌细胞已经扩散至肝脏和胆管。该男性患者所接受的是一项复杂程度较高的手术，要切除肝脏左侧的三分之一以及部分胆管，并且要将剩余胆管与肠道连接缝合。这个手术难度很高，手术时间超过12小时，术中发生大量出血，出血量接近3升。根据该男性患者的情况可以推测，他在术后不到一个月的时间内死亡与其术后腹腔内反复大量出血的情况之间，应该是存在关联的。

该男子是第六名死亡患者。他与第三名死亡患者，也就是那名80多岁的男性所接受的是同一种手术。这一手术方式已经导致一人死亡，一年后却又重蹈覆辙，重复了同样的失败。早濑作为主刀医师，应该最清楚其中情况。但是，他究竟作了怎样的回顾与反思呢？遗憾的是，因为没有留下相关记录，相关情况至今不明。

2012年9月，相继发生了第五名和第六名患者的死亡。此后，直到2014年3月的这一年半的时间里，没有再出现患者死亡的情况。在这一期间，他们当然也和之前一样，以每年20至30例的节奏，开展腹腔镜肝脏切除手术，但没有再次出现患者在术后住院期间死亡的情况。一年半的时间里没有发生患者死亡情况，这或许导致了医生们的麻痹大意。

在第二外科，几乎全部的腹腔镜肝脏切除手术都由早濑主刀。或许正因为此，早濑愈发地自信。到了2014年，他开始向难度极高的手术发起挑战，尝试针对一名罹患肝门部胆管癌的患者实施"完全腹腔镜下"操作的手术。

腹腔镜手术分为不同类型，其中有一种"腹腔镜辅助下"实施手术的折衷方法，即仅在部分操作中使用腹腔镜，通过腹部一个几厘米的小切口，进行精细的切除操作。

截至那一时间，已经死亡的6名患者中，有4人接受的是这一类型的手术。在刚刚引进腹腔镜肝脏切除手术的情况下，主刀医师往往会选择这种方法。2011年以前，早濑在大多数腹腔镜肝脏切除手术中都采取了这种方法。但在2012年以后，早濑逐渐变为主要选取"完全腹腔镜下"手术，即从第一步到最后一步都是在腹腔镜下完成所有操作。然而，肝门部胆管癌手术即便是采用开腹手术的方法，难度也是非常高的。这种手术要将切断的胆管和肠道连接缝合起来，这一操作相当复杂，当然需要高超的手术技巧。因此，即便是对腹腔镜手术持积极态度的外科医生，也认为肝门部胆管癌的手术"不应该采用腹腔镜方式"。

该手术在2014年1月下旬进行，患者是住在群马县内的一名60多岁的男子。肿瘤位于左侧肝门部，手术全程都在腹腔镜下进行，手术内容包括切除左侧肝脏的三分之一以及部分胆管，并且要将胆管与肠道连接缝合，手术耗时近13个小时。手术后，该男性患者的胆管和肠道连接处，被安装了一根引流管，用于将液体引流排出体外。但是，由于胆汁持续渗漏，引流管内流淌着的满是浑浊的黄褐色液体。手术两周后，或许是因为更换引流管而引发了感染，患者的病情突然恶化，继而出现高烧症状。从那时起，他开始高热不退，而且由于感染了肺炎，呼吸困难的症状也越来越明显。2月下旬，他被送进了ICU，不得不依靠呼吸机维持生命。3月初，从设置在腹部的引流管里流出的液体变成了血液。这一迹象表明，他身体内部的某处发生了出血情况。随着肝脏功能的恶化，医院多次采取措施，为其置换浑浊的血浆。

差不多在同一时期，居住在邻县的一名60多岁的女性患者也接受了腹腔镜肝脏切除手术。该患者曾在几年前罹患其他疾病，但在当年1月份的检查中，又被发现肝脏处长了一个肿瘤，于是决定将肿瘤切除。其手术是要切除肝脏右侧的三分之二，剩下的部分只够勉强维持生命。当然，一般来说，肝脏是具有再生能力的，即使被切除一部分，随着时间的推移，也会重新长成原来的大小。即便如此，对于一名身体虚弱的患者来说，手术的风险无疑也是相当高的。

术后不久，从放置在腹腔的引流管中流出了血。实际上，该女性患者以前就患有旧病，而且一直反复发作，在做了肝脏手术之后，病情更进一步地恶化。她开始强烈地抱怨说，自己面部麻痹，头部后侧疼痛，且听觉困难。不仅如此，她又患上了肺炎。随之而来的是疲劳感、呼吸困难、恶心干呕等症状，而且越发地严重起来。这些都大大加剧了她本人所遭受的痛苦。随着肝功能的减退，她的身体状况进一步恶化。最终，在3月下旬，她因多器官功能衰竭而死亡。在这名女子去世后，一名60多岁的男性患者也因病情严重而陷入生死难料的境地。他患有肝门部胆管癌，在1月份的时候接受了腹腔镜肝脏切除手术。术后，由于病情恶化，他被送进了ICU。因为不断发生体内出血的情况，他被反反复复地实施输血治疗，但病情依然没有好转的迹象，甚至愈加严重，竟至腹腔内多处大量出血的严重状态。最后，在术后90多天，也就是5月上旬，他因出血性休克而停止了呼吸。

这名男性患者的死亡成为一个重要的分界线，情况由此开始发生巨大变化。那段时间，医疗安全管理部部长永井1月份以来经常前往ICU，观察因第一外科的医疗事故而陷入危重状态的患者的情况。也就是在那个时候，他注意到了在第二外科接受手术的那名60多岁男性患者，隐约觉得他的身上有一种令人不安的迹象。实际上，该病患的诊治情况并没有作为医疗事故而被报告至医疗安全管理部。但是，永井仍然心怀疑虑，并在私下里询问过一位可能了解内情的医师。

"那个患者的手术，没有问题吗？"

据说，那位医师压低声音但态度坚决地说道：

"我认为有重大问题。"

这成为促使第二外科"失控"局面得以停止的重要契机。恰好在那个时候，一家周刊报道了千叶县癌症治疗中心因采取保险适用范围外的腹腔镜胰脏手术而发生患者死亡的事故。这一报道引起了群大医院有关人员的警觉，他们不禁怀疑："莫非我们医院也发生了类似的情况？"事实上，那个时候距离第二外科引进肝胆胰腹腔镜手术并造成第一例死亡病例，已经过去了3年半的时间。

第二章　潘多拉的盒子打开了

开始院内调查

2014年8月28日。傍晚时分，群马大学医院召集成立了"腹腔镜肝脏切除手术事故调查委员会"，并举行了委员会成立后的第一次会议。委员会成员包括3名来自其他大学的医师。医院设立该医疗事故调查委员会的目的，在于调查第二外科实施腹腔镜肝脏切除手术后，多名患者相继死亡的问题。

负责人于当年5月掌握了这一问题，并从6月开始推进内部调查。在夏季即将结束之际，医院正式成立了这个包括外部委员在内的院内事故调查委员会。

院内事故调查委员会以医院内部人员为主，委员长由妇产科教授兼医院副院长峰岸敬担任，成员包括综合诊疗部教授田村遵一等3名院长助理以及医疗安全管理部部长永井弥生、事务部部长原忠笃等人。委员会成员中有7名内部委员和5名外部委员。不过，外部委员中的绀正行实际上担任群大医院的顾问律师，因而很难将其视为纯粹的"外部"委员。因此，可以说真正意义上的外部委员只有4名。除顾问律师以外，另4名外部委员分别是：来自其他国立大学肝胆胰外科的一名教授和一名副教授，以及肝胆胰外科医生兼神户大学医院医疗安全管理室室长味木彻夫、在医疗安全领域首屈一指的名古屋大学医院医疗质量与安全管理部部长长尾能雅。外部委员中的国立大学肝胆胰外科教授和副教授，因其本人拒绝公开身份，故一直没有正式公布其姓名。此外，该副教授从未出席事故调查委员会的会议，而是根据病历、影像胶片、手术录像进行医学评估。

在事故调查委员会的第一次会议上，群马大学医院针对8个死亡病例作了详细说明。毫无疑问，对于各例患者诊疗问题之严重，外部委员无一例外均感到无比震惊，并表现出了极其严肃的态度。出席会议的每一位审查委员都意识到，仅仅三四个月之前的2014年4月发生在千叶县癌症治疗中心的事件，与群大医院的问题具有较高程度的相似性。而且，从医疗内容来看，群大医院的问题很可能远比千叶的事件严重得多。更进一步地说，这是根本就不应该发生在国立大学医院而又恰恰发生在国立大学医院的医疗事故。毋庸置疑，每个人都深感此事态无比严峻。

关于千叶县癌症治疗中心的腹腔镜手术患者死亡事故，可以从新闻报道中获知相关情况：由同一名医生主刀接受腹腔镜胰腺手术的患者在术后相继死亡。该事故一经报道，千叶县当即宣布展开正式调查。为此，医院成立了完全由第三方外部委员组成的调查委员会，负责核查消化外科腹腔镜手术的死亡病例，调查所涉诊疗范围甚至包括胃部等肝胆胰以外的消化器官领域。该调查委员会的成员，包括在群马大学医院调查委员会担任委员的名古屋大学的长尾教授。

据说，在调查委员会的第一次会议上，不知是哪一位外部委员曾提出过严厉的意见："难道不应该向这全部的8名死者的家属说明情况，并向有关部门进行报告，最后公布事件的真相吗？"

群马大学医院虽然召集成立了事故调查委员会，也召开了会议，并对8名死者的诊疗情况展开了正式调查，但实际上竟然没有与死亡患者家属取得任何联系，也没有做出任何的解释。对于普通民众而言，这当然是令人难以置信的。如此严重的医疗事故，难道不应该在开始调查时就正式地对外公布吗？外部委员想必也怀有如此看法。千叶县便是如此，由县政府公开宣布将要展开调查。对于这样的意见和质疑，群大医院方面似乎没有反驳。不，院方应该是无力反驳吧。院方已意识到问题之大。

校长竞选前的丑闻

"竟然真的有电视剧里演的那种事情啊！"
　　一直到了10月份，死亡患者的家属们接受了记者的采访，才知道医院内部正在进行相关调查。面对记者的来访，没有一名遗属能隐藏自己心中的震惊。也有一些人始终无法让自己平静下来，因为他们原本几近绝望而即将放弃，原本苦痛不堪而宁愿选择努力忘却，但是那些痛苦记忆，现在又被重新唤醒，以至于有人脱口说出了上面那样一句颇富戏剧性的感想。
　　在接受采访时，很多遗属表现得比预想之中要更为克制、冷静和积极。但是，当他们面对那些陌生记者，被突然问到那些意想不到的事实的时候，他们心中究竟会掀起怎样的惊涛骇浪呢？显然，那种冲击是不难想象的。
　　但是，遗属似乎已经切实地感觉到，记者的这些提问与他们被埋藏在心底深处而又一直悬而未决的疑惑和猜测，一定是不谋而合的。
　　"到底还是这样的啊！"
　　"我一直就觉得不对劲！"
　　这样的话，或许能够传递出一些遗属的心声。这一刻，他们的心中应该是有所期待的——自从患者去世以来，始终笼罩在他们心头的疑团，可能终于要拨云见日了。作为当事人，他们理应被告知相关事情的真相，但院方并未作出一丝一毫的说明。

群马大学医院迟迟没有对遗属们作出解释，也一直都没有公开发布相关情况。即使已经进入了11月，院方的行动依旧相当迟缓。

9月4日，也就是院内事故调查委员会召开第一次会议的一周之后，第二外科肝胆胰小组的所有手术都被叫停，原先预定的手术以及由地区医院介绍来的患者都不得不转至其他医院诊治。从那个时候起，该事件的影响开始扩散至邻近医院。即便如此，群大医院还是极度恐惧事态曝光，仍然在医院内部秘密地推进调查。

从举行第一次会议的8月28日到刊发新闻报道的11月14日，院内事故调查委员会已经召开了两次会议。出席会议的审查委员除法律顾问之外，没有任何其他外部委员。会议的主要内容是听取手术相关人员的情况说明，说明人主要是主刀医生早濑稔本人、他的上司第二外科负责人松冈好教授，以及第二外科中与手术相关的其他医生。据说，医院实际上已经多次召开这种"院内会议"，以期更为频繁地进行调查。但是，遗属们被蒙在鼓里，他们丝毫也不知道亲人死亡背后的巨大隐情，甚至不知道院方正在展开正式的调查。

到底为什么会是这样的一种状态呢？

医院当局之所以踌躇于将事态公之于众，自有其难言之隐。

群马大学计划在2014年12月5日举行下任校长选举。2015年春，群马大学现任校长即将任职期满，而校长选战也随之而来。争夺下任校长宝座的候选人有两位，分别是附属医院的现任院长野岛美久和前任院长石川治。两人在2014年10月，经校内外有识之士遴选会议的选举，当选为"校长适任者"。因此，这一次校长选举将是附属医院新老两任院长之间的对决。

据说，在当时的医院高层干部中，支持野岛的声势很大。野岛本人心里的真实想法是不得而知的，但医院内部弥漫着一种担忧的气氛——如果在这样一个关键的时刻，公布如此严重的丑闻的话，不会对校长选举产生负面影响吗？

新老两任院长都忽视了腹腔镜手术中存在的问题，也没能尽早且及时地遏制事态的进一步发展，因而都负有责任。石川担任院长是在2011年3月份以前，野岛则在之后的4月份接任。第二外科引进腹腔镜手术是在2010年的12月，截至2011年3月底已经有两名患者先后死亡。

但是，他们竟然都没有向遗属作出解释。这究竟是为什么呢？其实，原因不难想象。如果有更多的人发觉手术存在问题，甚至扩大到遗属这一类的外部人群，那么信息扩散的风险就会越来越大，也势必影响校长的选举。这，实际上正是他们的担心所在。

据相关人士透露，事实上院内调查已经取得了一定的进展，而且早在11月初就已经整理出了中期调查报告。有关人员也在私下里普遍认为，医院将根据该份报告，向所有患者家属进行说明，向有关政府部门作出正式报告，并在之后召开记者会公布报告内容。但是，当记者在11月份的第二个星期三即12日拜访野岛院长时，院方甚至还没有着手安排与8名死者的家属面谈。如果等到11月的下半月才开始安排面谈相关事宜的话，那么在根据对方情况而调整面谈日程的期间，12月5日的校长选举就能非常巧妙地悄然完成。这样巧妙的时间安排，难道不是他们掐着指头精心算计出来的吗？

后来的结果是，医院方面在11月12日接受采访之后，立即开始电话联系死者家属。在报道刊发之前，如果一次都没有跟当事人联系过，无疑是一件咄咄怪事。出于此种考虑，院方才行事如此仓促。同样，院方向厚生劳动省递交报告也是在接受采访的次日，也就是11月13日。校长选举的日期迫在眉睫，就在下个月的5日。正因为此，对于医院当局来说，此一问题应该是在最坏的时间点被曝光了。12月5日，群马大学的校长选举如期举行。附属医院现任院长野岛一举击败前任院长石川，取得了胜利。

那么，校长选举是否影响到了事件的公布进程呢？这一点在之后的调查中，也未能获得一个明了的结论。但是，医院是在被媒体报道之后才迟迟地作出了应对。显然，这种处理问题的方式，反而在很大程度上加深了人们对群马大学医院的不信任感。

所有案例均存在过失

据群马大学医院完成于2015年2月12日的院内调查报告书，显然可知问题极其严重。调查报告书的构成不仅包括整体情况概要书，也有针对8名患者各自情况而分别撰写的内容更为详细的个人报告书。院方的相关负责人在2月份下半月的约两周时间里，同各位死者的家属进行了会面，并向遗属递交了死亡患者相关情况的个人报告书。

3月3日上午10时，野岛院长等人召开记者会，发布了"群马大学医学部附属医院腹腔镜肝脏切除手术事故调查报告"，将事故的全貌公之于众。在这场记者会上，医院公布了8名腹腔镜手术患者的调查结果，此外还公布了另一重大事件——在2009年4月以后因接受肝脏开腹手术而死亡的10名患者中，有一名患者的死亡诊断报告中存在弄虚作假问题，即早濑对该患者的死亡原因作了虚假记述。患者死亡之后，据病理诊断显示其没有罹患癌症，但死因一栏却被填写了"癌症"一词。野岛义正辞严地宣布了这一事实，而且使用了前所未有的严厉措辞，斥责早濑"欠缺作为一名医生的资格"。

当天公布的调查报告书中，8名患者按照编号依次罗列，并针对各个病例的检证内容作了归纳性陈述。不过，患者编号并非根据手术日期的先后次序排列的，而是随机编排的。报告书中每个病例的检证内容，首先是关于"诊断""手术术式"和"术后经过"三个项目的简要概述，之后是最后的"检证结果"。根据各个患者的不同情况，检证结果被概括为 3 到 5 点。

以"6 号患者"的调查报告为例，其中记录如下：

〈6 号患者〉
【诊断】肝门部胆管癌
【手术术式】完全腹腔镜下肝脏左叶及尾状叶切除手术＋胆管切除手术、胆总管空肠吻合术
【术后经过】术后，因胆总管空肠吻合术的缝合不当而引发感染，且情况难以控制。重症胆管炎无法控制，发生肺炎及念珠菌败血症并发症。术后第 97 天，死亡。
【检证结果】
① 术前知情同意书中，没有提供替代性的治疗选项，并且没有关于并发症以及死亡率的具体数据的相关记录。鉴于此，调查委员会认为该知情同意书的相关说明并不充分。
② 因胆总管空肠吻合手术缝合不当，而由胆汁瘘引发重症胆管炎，且在病情无法控制的情况下，并发念珠菌肺炎、败血症，并引出出血倾向。
③ 肝门部胆管癌的治疗，即便采用开腹手术也具有较高难度，因此对实施腹腔镜手术应该慎重研讨。
④ 手术进程中，肝脏右动脉受损。该处损伤虽经修复止血处置，但存在动脉血流阻断或减少并导致剩余肝脏供血不足的可能性。不能排除这一处置与肝脏衰竭或缝合不当有关。
⑤ 根据以上情况，可以判定为存在过失。

从调查报告书来看，全部 8 名患者的检证结果的最后一项陈述完全相同——"根据以上情况，可以判定为存在过失"。

而且，在个别结论之外，报告书中还有针对整体情况所作的综

合性结论，内容如下：

【结论】

① 在引进新的医疗技术时，作为诊疗科而未展开有组织的认真研讨，并且存在疏于向 IRB（临床试验审查委员会）提交申请等问题。

② 术前评估不充分，术中存在过度侵袭情况，且可能导致术后恶化。

③ 关于手术的说明以及患者一方知情同意的文字性记录不充分，无法确定诊疗方是否取得了适当的知情同意书。

④ 由于缺乏主治医生的诊疗记录，导致调查委员会难以根据诊疗记录推断和把握主治医生针对手术指征、术后严重并发症等情况而作出判断、处置的思考过程。

⑤ 诊疗科未能充分通过举行会诊等措施对诊疗进行回顾，而且对于手术成绩不佳的情况并未作出充分应对。

⑥ 医院设有院内报告制度，但未曾收到诊疗科的报告，以致院方对存在问题的病例的掌握较为迟缓。

⑦ 对保险诊疗制度的理解肤浅，作出了保险金的不当申请。

⑧ 第①～⑥项问题点，是全部 8 名患者的共通问题。而且，针对腹腔镜手术的手术指征、术中处理、术后管理等方面，均已一一指出问题所在。鉴于上述情况，所有案例均可以判定为存在过失。

⑨ 医院在全局性管理机制方面存在不备之处，包括问题案例的早期把握、伦理审查的彻底执行、保险申请的正当性、医疗事故的报告等。

第⑧项中所写的"鉴于上述情况，所有案例均可以判定为存在过失"，与每位患者个人的"检证结果"的最后一项相同。

此项结论一经通报，便在医疗相关人员中间引起一片哗然。他们对调查报告书中写入"存在过失"这一表述大感惊讶。一般情况下，由医生组成的医疗事故调查委员会在拟定调查报告时，往往会倾向于避免对是否"存在过失"作出明确判定，因为这种表述会对医疗诉讼产生重大影响。

事实上，医疗界确实对医疗事故调查报告中明确写入"存在过失"之类表述怀有抵触心理。但是，这一系列的死亡事故中确实存在着太多问题。例如，明明是保险适用范围外的手术，竟没有经过伦理审查便得以实施；又如，对患者的手术知情说明及其相关记录也极为不充分，甚至连肝脏切除前所必须进行的检查都没有做。因此，医疗界一般也认为，该报告书中的"存在过失"这一表述并无不妥。或许，医疗界人士会认为，关于"过失之有无"，应该由院方在对调查结论进行确认之后再作出判断吧。

律师团揭露的新事实

2015 年年初，院方正在进行调查报告的整理工作，一场声援死者家属的行动开始了。

2015 年 1 月的一个星期天，在前桥市市中心一栋大楼的房间里，"医疗问题律师团"和死者家属举行了第一次会见。该团体由有志之士组成，旨在从患者立场出发，为解决医疗事故问题提供法律支援。律师团中两位来自东京的律师召集了这次会见，以期直接向有意愿获得法律援助的死者家属说明其所能提供的支援。

遗属都置身于相似的境地，但彼此之间无从取得联系。采访中，好几名遗属向记者吐露了自己的想法："想见一见其他遗属""想和相同处境的人谈一谈""我自己一个人的话，没有信心去面对医院"。其中，也有遗属向群马大学医院的负责人提出要求，"希望院方举行一个不同患者的家属同时参加的联合说明会"，但被院方以保护个人信息为由拒绝了。实际上，遗属们当然都会怀有一种疑虑——在医疗这个高度专业化的领域里，自己作为一个外行，能和作为专家团队的医院进行平等的对话，并得到令人信服的解释吗？对于每一位遗属而言，这都是破天荒的头一回，当然任谁都会怀有满心的不安。就事态的发展情况而言，记者团队是唯一能够将相关各方联系起来的重要存在，也自然而然地充当了这一连接纽带的角色。

参加当天见面会的人员，有3名腹腔镜手术死亡患者的家属、2名开腹手术死亡患者的家属，计5名死者的遗属，共11人。一些死者家属因日程不便而未能出席此次见面会，但是，无论是腹腔镜手术的患者遗属，还是开腹手术的患者遗属，都一直渴望着向律师团队咨询相关问题。

此次遗属支援行动的发起人，是医疗问题律师团的成员梶浦明裕。梶浦任职于东京的一家律师事务所，是律师团中的一名激情洋溢的骨干律师。最近一段时间，他作为近视手术受害者援助律师团的团长，正致力帮助那些因接受不得当的近视矫正手术而导致视力受损的患者。受梶浦之邀，资深律师安东宏三加入了此次法律援助活动。二人曾经有过合作的经历，在曝光于2004年的东京医科大学医院的多起心脏手术死亡事故的法律援助活动中，他们作为受害者律师团成员，共同展开与院方的交涉，并最终促进了问题的解决。

在东京医科大学的医疗事故中，多名患者在同一名医生主刀的心脏瓣膜手术之后相继死亡。在这一点上，东京医大与群大医院的事件具有相通之处。在此次见面会上，两名律师就东京医科大学医疗问题的解决历程，向群大医院事件的死者家属作了回顾性介绍，同时解释了律师团的角色和作用。医疗问题律师团是一个法律专家团队，不仅曾经参与解决东京医科大学案件，而且多次致力于推动解决艾滋病、肝病的医源性传播等已俨然成为社会问题的重大医疗事件，在为受害者提供法律援助方面做出了重大的贡献，并获得了显著的成绩。

律师团设有一项用于法律援助活动的专用基金，以期在推动解决具有社会性影响的重大医疗事件的过程中，尽可能地将患者及其家属的经济负担降低至最小程度。借助于此项基金，律师能够在不接受委托金的情况下成为代理人，成为帮助受害者解决社会问题的有力后盾。

有遗属说道："如果咨询律师的话，还要担心钱的问题，而且医疗方面的问题又太过专业。对我们来说，这简直是绝对不可能进行下去的。我们都是外行，面对那些专家，是绝对不可能有任何胜算的，因此从一开始就都放弃了。"

参加了与律师团第一次会面的死者家属，像是松了一口气似的，吐露了自己的心声，说出了他们长久以来对医院保持沉默的原因和顾虑。

因群马大学医院第二外科手术死亡事故而接受采访的那些死者家属，无论是腹腔镜手术还是开腹手术的患者遗属，在问题曝光之前就一直对诊疗怀有疑问。但是，他们中没有任何一个人要求医生重新作出解释，也从没有向医生表达强烈的不满。在他们的内心深处，一直盘踞着无法抑制的悲伤和矛盾。自从失去亲人之后，他们就开始不断地苦恼、后悔、自责。正因如此，他们之中确实有人需要向专业人士咨询，也希望能得到专业人士的真诚帮助。

这次见面会之后不久，也就是刚刚进入2月份的时候，又有新成员加入律师援助团队。安东、梶浦，以及新加入的6名中坚律师、年轻律师，组成了共计8名律师的"群马大学医院肝脏手术受害者援助律师团"。律师团团长由资深律师安东担任。最先是2名腹腔镜手术死亡患者的遗属决定向律师团发出辩护委托，并签订了协议。其中之一是一对姐妹，她们失去了70多岁的母亲；另一组是一名死亡患者的儿子，他失去了80多岁的父亲。那个时候，律师团也接到了其他多名死者家属的咨询与商谈。

律师团建议死者家属，要求医院提供患者的病历、影像胶片和手术录像等全部的诊疗记录。律师团将所获取的全部诊疗记录，委托给某大学医院的消化外科医生，目的在于针对2名患者的诊疗内容展开独立调查，以确认诊疗过程中是否存在问题。实际上，正是这项独立调查，将一个令人不忍直视的诊疗状况真实地展示了出来。2015年3月6日，也就是群马大学医院召开记者会公布调查报告之后的第三天，律师团召开了记者会，并向媒体披露了关于两例腹腔镜手术的独立调查结果。

协助调查的医生对这两例手术提出了严厉批评。这一批评产生了巨大的影响。例如，针对手术手法，协助调查的医生在观看和审核手术录像之后作出了如下评价：

> （主刀医生的）手法相当稚拙。手术钳的使用并不熟练，而且不论是剥离操作还是止血操作，全部很糟糕。可以说非常地拙劣。术野①都因出血而被污染了，手术完全是在一片血海之中进行的。就腹腔镜手术的技术而言，可谓是非常之差。此外，也没有采取防止肝脏遭受非必要灼伤等方面的保护性操作。助手的腹腔镜摄像头操作也很拙劣。

核查对象分别是第二、第三名腹腔镜手术的术后死亡患者，即第二外科肝胆胰小组在引进腹腔镜手术之后的第一年内去世的4名患者中的2人。这说明，医生以并不成熟的技术踏足一个新的领域，必将带来极大的危险。

对于造成如此之多死亡病例，却并未采取改善措施的做法，该

---

① 医学术语，指手术时视力所及的范围。

医生提出了极为严厉的批评：

> 一般的大学医院，在发生意外死亡的情况下，一定会召集医疗安全委员会进行核查、研讨。通常情况下，只要发生一起事件，就必须认真反省，研讨改进方案，并拟定章程以防止同类事件再次发生。一般来说，诊疗科科长也要采取一些相应措施。就群大医院的情况而言，不得不说诊疗科科长并没有妥善履行管理职责。如果在一年之内有4人死于腹腔镜手术，那么，一般的大学医院本身都要停止手术。如果发生一例腹腔镜手术死亡事件，甚至会考虑暂停所有的腹腔镜术式。群大第二外科如果在出现第一例死者的时候就展开讨论，那么他们就会因为没有进行ICG（注：肝脏切除手术实施之前，普遍要求进行ICG15分钟滞留率检测）而受到严厉斥责，并制订和出台相应的补救措施。

"至于医院方面的调查，则因教授和主刀医生的解答并不充分，而无法揭示事态全貌。应该重新进行认真调查。"

记者会上，律师团指出院方所公布的调查结果并不充分，提出严厉批评，强烈要求院方进行重新调查。

针对院内调查的批评

群大医院于2015年3月公布了调查报告，其中包括针对8名腹腔镜手术后死亡的患者的医学检证报告，该报告最后一栏内写有"可以判定为存在过失"。这一表述令医疗相关人员倍感震惊。事实上，对这一表述最为惊讶的，是作为调查委员会成员参与拟订该报告书的外部委员们。外部委员曾审阅报告书，对最终的内容进行确认并签字。但是，相较于外部委员签字的最终版，院方正式发布的报告书在内容上存在变动之处。

群马大学医院设立的院内调查委员会的成员，除医院的顾问律师之外，还有 4 名作为外部委员的医生。这些外部委员均为隶属于其他国立大学医院的医师。据称，外部委员曾在当年 2 月阅读了本应作为最终版的报告书并签了字，表明自己对该报告书的内容予以认同。然而，外部委员所审阅的报告中，关于 8 名死亡患者个人"检证结果"的末尾处，并没有"可以判定为存在过失"一句。

实际上，院方在那 4 名外部委员对报告书内容予以认同之后，又根据自己的判断对那 8 项内容进行了补充和修改。4 名外部委员在得知真相后，均与群马大学医院取得联系，对院方私自更改报告书内容一事表达遗憾之意。其中，两名肝胆胰外科医生向群马大学医院递交了一份书面文件，以抗议院方在未经授权的情况之下擅自添加"存在过失"这一表述的行为，并要求院方将私自添加部分删除。

根据院方的说法，同一表述实际上也存在于 4 名外部委员看过的那一版报告书中。也就是说，在报告书最后部分的总括性"结论"一栏中，列举了 8 名患者的诊疗过程中均存在的 6 个共通的问题点，包括未经伦理审查、术前检查不足等。并且，每一名患者的手术指征、术中处理和术后管理等方面均存在问题。正因为如此，报告书中才写上"所有案例均可以判定为存在过失"一句。

如前所述，这部分内容也出现在最终公开发布的报告书中。然而，如果仅此一处的话，想必也很难被人察觉。或许正因为如此，4 名外部委员似乎并未充分认识到这一点。的确，如果把与此相同的表述分别写入各个病例的报告书中，则相当于作出了总计 8 处的修改。那么，其效果自然就大不相同了。外部委员一方也主张："完全没有打算针对每个病例作出过失认定。"

其中的是非曲直，暂且不论。但是，在并未得到委员会全体成员同意的情况下，医院对本已完成的调查报告擅自作出单方面的改动，是不合常理的。外部委员颇为震惊，表示道："居然动手修改一份经过委员同意并已经签字的调查报告书。这简直是闻所未闻的咄咄怪事！"

据院方所作说明，写入"存在过失"这一表述实际上是医院作出的判断，而不是包括外部委员在内的调查委员会的认定事项。之后，医疗质量安全管理部部长永井在记者会上，就院方对该修改的意图作了解释："医院出于便于遗属理解的考虑，作出增添了此一表述的判断。"同时，他也承认，医院擅自增添内容的行为是不恰当的。

对此，甚至有观点认为："医院方面难道不是想以退为进吗？即，明确摆出承认己方过失的姿态，借以回避批评，从而加速该事件的收场。"

同样遭到诟病的，还有医院调查委员会的调查方法本身。2014年8月28日，调查委员会召开了第一次会议，4名外部委员中有三人出席，一人缺席。而且，之后的历次会议中，除顾问律师以外的4名外部委员从未被邀请出席过一次。因此，一时间质疑之声四起，人们不禁怀疑"该调查是否可以称得上是客观的"。群马大学医院作为一所承担先进医疗业务的特定诊疗机构，是经日本政府批准与承认的，此次竟被披露发生严重医疗事故。因此，厚生劳动大臣的咨询机构——社会保障审议委员会医疗分会——正在讨论协商可否继续对群大医院给予批准和承认。审议中存在针对群大医院的极其严厉的批评意见。

除外部委员很少受邀参加调查委员会会议以外，还存在如下问题：调查委员会并未就其对主刀医生早濑、诊疗科科长松冈教授的问讯内容，向外部委员作出充分的通报，而且问讯本身也并不充分。此外，调查内容大多是由以医院高层为主的内部人员整理的，这也引发了公众的广泛质疑，认为该调查"绝非公正"。

围绕最终报告书的内容、调查委员会的调查方法，产生了如上所述的诸多问题之后，院方于 2015 年 4 月 2 日在东京再次召集调查委员会，决定对第二外科所实施的腹腔镜手术以及尚未得出调查结论的开腹手术重新展开全面调查。当天，永井等人在东京会议结束之后，返回前桥市，召开了记者会，对事情始末作出说明，并公布了东京会议上所作的决定。此外，院方关于"可以判定为存在过失"的这一认识尽管没有改变，但明确表示将在报告书中删除此一表述。

主刀医生的反击

2015 年 3 月的最后一天，也就是调查报告的公布之日，早濑从群马大学医院辞职。

自前一年 6 月医院开始内部调查以来，早濑毫无疑问地被停止了所有的手术，而且渐渐地连门诊也被禁止了。他虽然还去医院上班，但每一天都是低调地做一些事务性工作。私下里早有传言说，他来年要被调到其他的医院。之后，又有传闻说是已经定下来，要把早濑调任到他曾经兼职出诊的一所关联医院。但是，随着 3 月份调查结果的公布，早濑的真实姓名和照片被刊登在周刊上，受到公众的关注。据传，原本已经定好的去向安排，也因此而被取消。

由于开腹手术的调查还未开始，而且院方正在讨论是否重新展开针对腹腔镜手术导致 8 人死亡事故的调查，因此关于早濑以及相关人员的处理方案尚未确定。在此一情况之下，早濑提出了辞职。院方对早濑退职金的支付因而被搁置下来。在尚未确定具体工作去向安排的情况下，早濑决定在群马县内的各处关联医院作临时兼职。

在辞职之前，早濑与他的上司松冈教授联名提交了一份针对调查报告的反驳书。在反驳书中，他们认为，已经公布的调查报告所给出的"存在过失"之结论，是在未能充分反映其二人观点的情况下武断得出的。他们对此表达了强烈不满，并要求重新展开调查和讨论。在这份长达 13 页的文件中，他们对术前评估、知情同意等被认为存在问题的各个项目，逐一提出了异议。

反驳书中，他们虽然承认了病历记载不充分，并表示"非常抱歉"，但其余内容则都是从他们自己的立场出发作出的详细申辩。

关于知情同意书，反驳书中解释道："我们非常用心于对手术作出说明，为此而使用了图表，以使解说清楚易懂。解说时间超过了一个小时，而且最后一定会向对方确认是否有不明白的地方。"关于死亡病例研讨，他们主张说虽然没有留下相关记录，但事实上是作了讨论的。关于手术成绩，他们强调医院公布的数据不准确，实际上不是"93 例中有 8 例死亡"，而应该是"103 例中有 8 例死亡"，并要求院方予以更正。他们在病例数目这一点上表现得异常执着，因为作为分母的病例数必然会影响到死亡率的高低。

在反驳书中，尤其是关于引进腹腔镜手术之前的准备工作，他们使用了很大篇幅，详细列举了如下事项：2010 年至 2011 年期间，曾多次参加相关学术会议，两次前往以技术先进而闻名的岩手医科大学，参加了使用动物的技术实习。就手术方式而言，早濑主张，最初的时候是选择了"腹腔镜辅助下"手术，即仅仅在手术的初始阶段使用腹腔镜操作，肝脏切除操作本身则是在腹部切开一个几厘米的切口，并从切口处进行肝脏切除的操作。在实施了 12 例手术之后，他转而采用"完全腹腔镜下"手术。因此，他宣称腹腔镜手术完全是"完备机制之下的引进"。

反驳书中有一些内容虽然与医疗事故的事实本身没有直接关系，但意味深长、引人深思。例如，关于开腹手术的陈述中有如下内容：

> 调查报告书中写到，调查委员会查明，肝脏切除开腹手术

也有10名患者死亡。但是，调查报告书中仅仅写入这一事件本身，却对该问题的背景置若罔闻。实际上，由于信息管理上存在疏漏，以致有人借机故意向报社泄露信息，从而迫使我们不得不被动应对。至少在我们和医疗安全管理部部长交谈的过程中，他也对开腹手术患者信息可能泄露这一问题表露出强烈的担忧。正如他所担心的那样，开腹手术的患者信息实际上在不久之后即被泄露。因此，我们被迫应对开腹手术的问题。

而且，截至目前，至少有4篇新闻报道存在信息泄露问题。刊发于平成二十六年（2014）11月14日、15日、16日以及12月22日的报道中，登载了只有院长、副院长和院长助理级别的医院核心层中的特定相关人员才能获取到的信息。我们听说，这些信息是医院核心层在某种意图之下，泄露给特定媒体的（这一情况是详细掌握信息细节的医疗安全管理部部长所说的）。此外，在11月发生的一次信息泄露事件中，泄密内容甚至包括了可能识别出患者身份的个人信息。对于在调查期间发生这样的非法泄密事件，我们感到无比震惊。

针对这些事实，医院院长在平成二十七年（2015）1月7日召集第二外科医学协会成员，说明了相关情况，并就信息泄露问题表示歉意，而且承诺"将展开详尽调查，并在查明原因的基础上，采取相应措施"。但是，直到目前为止，他们仍然没有对信息泄露问题采取任何的实质性行动。

对事态发生的来龙去脉，早濑他们竟花费如此多的笔墨来发泄心中的不满。这里涉及的一个背景，就是群马大学医院内部的政治斗争。在过去，这种斗争时有发生，如果撇开这一点来谈问题，是很难说得通的。

在问题被报道之初，第二外科相关人员最先想到的就是他们的竞争对手——第一外科。在群马大学医院，外科分为第一外科和第二外科，分别实施相同类型的外科诊疗，事实上早已形成了对立关系。

据一名患者家属所说，在2014年2月腹腔镜手术问题遭到曝光之后不久，她陪同患者在门诊接受早濑的诊疗，早濑当时的奇怪反应给她留下了深刻的印象。那名患者因肝癌而由早濑主刀做了腹腔镜手术，出院后仍定期去医院继续接受治疗。

这名患者家属问早濑："新闻中报道的，是您的事吗？"

她因死亡病例相继发生的报道而感到不安，因此表达了心中的疑问。然而，早濑却说出了这样的一番话：

"报道的确实是我们小组的事，但应该是和我们关系不好的第一外科故意散播这种负面消息。"

这名女性嘴上应付着回道："真有这样的事吗？简直就像是电视剧里演的一样呢！"但是，她的内心中仍然怀着深深的疑虑。

"我当时在心里想，医生到底在说什么啊？那种事和患者也没有什么关系啊！"

从患者的角度来看，这个解释显然是莫名其妙的。因此，这样的事也必定会令她记忆深刻。这个小插曲，似乎可以映射出当时群马大学医院内部人员的心理状态。

医院内部的相关人员中间，流传着这样一种观察和推测——这次泄密事件很可能与校长选举有关。实际上，就在手术患者相继死亡这一异常严重的事态遭到曝光之后，他们最先想到的、也最为关心的"大事"，并非调查事故原因，亦非商讨如何防止事故的再次发生，而是"到底是谁，到底是为了陷害谁，而泄露了内部消息"和"到底又是谁，能从中获取利益"等诸如此类的事情。

第三章　医院的内斗

第一外科 vs. 第二外科

群马大学医院的外科划分和多数大学医院传统的分科方式一样，采取由教授领衔的讲座[①]为单位组成诊疗团队的编号制，分为第一外科和第二外科。第一外科成立于1944年，以医学部外科学讲座教授为首，开始诊疗业务。第二外科成立于1954年，晚于第一外科10年，由另一位教授领衔开设新讲座，并以之为基础而设立。

此后，第一外科主攻消化外科，第二外科主攻乳腺外科，并行发展起来。虽然如此，但实际上二者都逐渐扩大了诊疗范围，各自涉足外科的各类诊疗领域，并存至今。2002年4月，群马大学医院以器官为分类依据进行部门重组。当时，第一外科和第二外科的消化外科在名义上实现了一体化统合，由第一外科教授出任诊疗科科长。

当时，日本各地的大学受到国立大学法人化的影响，纷纷进行机构重组，将重心从本科学部转移到研究生院。群马大学也被这一波浪潮推动，对外科系的讲座进行改组，重设为研究生院医学研究科下辖的病态综合外科学讲座（第一外科）和内脏器官病态外科学讲座（第二外科）。同一时期，部分大学还按照器官类别对大学的讲座和附属医院的诊疗科进行整合重组，以使不同部门各司其职。然而，很多大学的改制重组并无实质性进展。群马大学也是如此，诊疗科的一体化统合，实际上也仅仅是改了个名称、换了块牌子而已。事实上，重新组建的诊疗科依然如故，原先一分为二的第一外科和第二外科仍然以原来的讲座团队为单位各行其是，各自进行着类型相同的诊疗。

第一外科和第二外科各自拥有被称为"关联医院"的专属领地，关联医院内有对应科室的医局②成员或已离职的关系医师。医局以兼职或专职形式向关联医院派遣医师，二者之间结成了彼此倚重且利益攸关的工作关系网。对于关联医院来说，医局的重组意味着医生的供给无法得到稳定保障，且将导致其与其他区域性医疗机构之间的竞争，因而很难轻易接受这一改制；对于医局来说，关联医院一直发挥着重要的作用，既是向己方顺利输送转诊患者的纽带，同时也是保证医局成员兼职收入的稳定财源。因此，有相关人士指出医局和关联医院之间存在秘密的资金往来，即"医局向关联医院派遣医师，从而获取派遣费"。

2014年11月，第二外科的手术连续死亡事件经媒体报道而浮出水面。以此为契机，日益高涨的批评也将焦点转向了分设两个外科部门以致效率低下的这一机制。2015年4月，医院的诊疗科被统合在一起。在此之前，第一外科包括消化外科、呼吸外科、乳腺·内分泌外科、移植外科和小儿外科；第二外科包括心外科、消化外科、呼吸外科、乳腺·内分泌外科以及移植外科。多年来，两个团队彼此独立，各行其是，互不合作，持续着类型重复的低效率诊疗。

---

① 此处的"讲座"特指日本大学内设置的以研究、教学为目的的组织，该组织由教授、副教授、讲师、助教等组成。
② 大学医院中以讲座教授即科主任为核心，统一调配科室内医师工作、人事等的组织机构。其主要职责是让医局成员在临床、研究、教育三个方面发挥作用。

有医院内部的相关人士这样形容二者的关系："一外和二外，可以说就是'冤家对头'。彼此敌对，矛盾很深。"

二者的对立，由来已久。在过去，他们甚至连服装和气质都体现着截然不同的特色。一外的信条是"绅士风度"，着装上总是西装革履系领带。相反，二外崇尚"现场主义"，着装上比较随意，穿运动鞋或凉鞋，而且绝不打领带。近年来，虽然已经不再表现得那么极端，但依旧各有特征，泾渭分明。

医院相关人士也曾这样描述二者的不同："一外和二外的术式也不尽相同。一外只做传统的手术，二外则喜欢做与众不同的手术，更倾向于选择那些非标准的手术。"

不过，也有不同的说法，认为群马大学医院大体上存在两派势力。一个是以东京大学毕业生为中心的旧制帝国大学①派，另一个是毕业于群马大学、留在群大医院的本地派。但是，这应该是本地派一厢情愿的想法，他们认为来自东京大学以及其他旧制帝国大学的人侵占了自己的空间，因而感到不满。事实上，那些出身于旧制帝国大学的人，并未形成一个团结一致的稳固派系。甚至也有人认为："旧帝大的人之间关系并不好，倒不如说是很差的。"或许可以说，他们仅仅是因为冷峻的利害关系而因时因地聚散离合。与之不同，本地派则怀有一种共同奋斗的意识，团结一致地对抗旧制帝国大学精英，力争立于不败之地。

在近年来的机制之下，第一外科和第二外科的教授在履历上有着显著的不同。第一外科由旧制帝国大学出身的教授领衔，而第二外科则由群马大学毕业的本地派担任教授。第一外科与第二外科之间对立的形成与持续，除了传统风格上的差异以外，也有教授出身不同的影响。因手术死亡事件而引起争议的主刀医生早濑稔隶属于

---

① 指东京大学、京都大学、东北大学、九州大学、北海道大学、大阪大学、名古屋大学等七所明治时期建立的日本最高学府。二战后日本实行新学制，旧制帝国大学摘掉了"帝国"二字，转型为新制国立大学。

第二外科。第二外科的负责人松冈好教授 1982 年从群马大学医学部毕业，被时任教授指定为继任者，他以此为重要跳板，在 2006 年 11 月继任教授。与之相对，第一外科的教授毕业于七所旧制帝国大学之一的九州大学，于 1998 年 5 月就任群马大学教授。第二外科的前任教授并不是出身于群马大学的本地派，而是毕业于九州的某所地方性大学。他和第一外科教授虽然毕业于不同的大学，但同样来自九州。因为这一点，周围的人认为他对第一外科教授"或许怀有复杂的情感"。

平日里，他就总对医局成员强调："绝不能输给一外。"因此，有不少人认为他是在"煽动与一外之间的对立"。

奇怪的是，松冈和第一外科教授都是消化外科的医生。同一所大学的外科竟然有两位同一领域的教授，仅此一点就已经非常不自然了。在医学医疗高度专业化的今天，考虑到诊疗和研究的效率问题，按照器官类别重组机构理应是时代的要求。但是，群大医院的上述情况，实际上可以说是和这一时代性趋势背道而驰的。这种令人费解的情况，可以追溯至松冈担任第二外科教授的 2006 年以前。

松冈之前的第二外科教授专攻心外科，而第一外科教授则以消化外科为专擅，二者在一定程度上是互补共赢的。但是，据说在那一时期，第二外科与第一外科的矛盾反而处于激化的状态。

1991 年 2 月，第二外科的前任教授在大家的期待下，作为"卓有成就的优秀心脏外科医生"，就任群马大学的教授。

当时的一位教授回忆道："那个时候，第二外科在乳腺外科方面做得很好，在心脏外科手术方面则不尽如人意。所以，人们满心期待着这位心脏外科手术专家的到来。但是，也许是我们的期望过高了……"

结果，之前的热情期盼与高度评价并未持久，大家对新任教授的热情似乎没多久就冷却了下来。群大医院心内科医生的选择很耐人寻味，也能说明一些问题：如果自己的患者需要进行手术治疗，他们不会安排患者去群大医院的外科，而是选择把患者介绍到其他医院去，甚至舍近求远地转院到群马县外的大学医院。

有力助教授为何成为弃子

据说，在松冈的前任教授时期，第二外科针对第一外科的对抗意识陡然激烈起来。其标志性事件是，双方都积极进行活体肝脏移植，由此形成了对立。

20 世纪 90 年代，活体肝脏移植是当时的尖端医疗技术，不仅引起了医疗界的关注，也受到社会层面的广泛关注。围绕于此，第一外科和第二外科展开了激烈的竞争。二者都试图将这一先进技术引进群马大学医院。无论是第一还是第二外科，消化外科医生所面对的重大课题都是"谁能先一步成功实施第一例手术"和"谁能完成更多的手术"。

相关人士回忆说："当时，一外和二外都争先恐后地准备引进活体肝脏移植。二外包括松冈老师在内的当时的骨干医生，轮流被派到器官移植方面十分先进的美国匹兹堡大学留学。之后，他们开始陆续派遣年轻医生到京都大学，向活体肝脏移植领域的权威专家田中纮一医生学习相关医疗技术。实际上，田中医生曾经来过群马大学，并亲自主刀活体肝脏移植手术。这次出了重大问题的早濑医生也是去京都大学进修过一段时间的。"

第一外科则得到了教授的母校九州大学的支持，以抗衡第二外科。他们从九州大学引进专业的外科医生作为移植外科的核心成员，并且派遣年轻医生赴九州大学学习器官移植的相关知识和技术。

1999 年 10 月，率先成功实施了群马大学医院第一例活体肝脏移植手术的是第二外科。大约一年后，第一外科在 2000 年的 9 月和

11月，相继成功完成了群马大学医院的第二例和第三例活体肝脏移植手术。

群马大学医院首例活体肝脏移植手术由第二外科实施完成，但实际上有京都大学的田中教授等经验丰富的医生参与其中。移植手术完成之后，第二外科举行了记者会，公布手术进展，并呼吁引进先进的医疗技术。县内的媒体闻风而动，纷纷对此大加报道。

当时，第二外科活体器官移植团队的核心人物，是一名主要负责消化外科手术的助教授（注：相当于现在的"副教授"，地位仅次于教授）。

在大家看来，这名助教授对下一任教授的位置虎视眈眈。据年轻医生们所说，他是热爱手术到无以复加的那一类医生。甚至有人说："听他自己说过，连做梦都经常梦到做手术。"作为一名外科医生，这名助教授不仅技术精湛，而且更愿意挑战高难度、不寻常的手术。但是，他也遭人诟病，被认为"在判断手术指征方面，有不合理之处"。另外，他脾气暴躁，是那种对己严格、对人严厉的体育会系[①]式的老派外科医生。他对医局成员也是颐指气使的，稍有不满就大发雷霆，甚至有人被他训哭。但是，也有不少骨干和年轻医生曾经受到他的手术指导。据说，这名助教授毫不掩饰自己对第一外科的对抗心理。

于是，这名助教授的为人处世逐渐引起周围的不满。据知情人士透露，第二外科的前任教授最初也曾考虑让这名助教授做自己的继任者，因而指导他撰写和发表了不少论文，帮助他积累业绩。然而，情况不知从何时起悄然生变。

一名相关人士说起当时的情形："在旁人眼里，助教授的态度变得越来越骄横起来。事实上，他应该是因为自己在手术现场负责和

[①] 日语中指在校时参加运动类社团活动，因而形成坚忍不拔、重视体能、信奉论资排辈等处世理念的人。

指挥而极度自负吧。而且,他的傲慢之心日益膨胀,甚至在和前任教授擦肩而过时,竟然都不愿意低头问候。"

第二外科掌门人的宝座近在咫尺。助教授不禁愈发地志得意满起来,不仅在自己专擅的消化器官领域里趾高气扬,甚至开始对心外科、呼吸外科、乳腺外科等其他诊疗小组也心骄气傲地指手画脚,导致医局内部怨声不断。虽同处一个医局,但各诊疗科对彼此的领域互不干涉,只做各自感兴趣的事,以保持人际关系的平衡。但是,助教授的为人处世显然打破了这种和谐。在他手下工作的年轻医生们渐渐地心生厌倦,不满于医局内部复杂的人际关系,也不愿纠缠于与第一外科的无益对抗,因此一个一个就像梳子断了齿似的,纷纷离开了群大医院。

在这种局面下,形势发生了变化,继任教授的新人选浮出了水面。松冈当时只是那教授手下的讲师,却成了教授候补。前任教授不知从什么时候开始考虑让松冈继任,并在后来公开表明了这一点。对前任教授的诊疗评价姑且不论,他当时可是医院院长,同时也是大学理事中强有力的人物,松冈因此有了一个强大的后盾。

松冈的为人和助教授形成了鲜明的对比。助教授是个令手下心惊胆寒的人,而松冈则是个"爱喝酒的老好人",很容易相处。乍看之下,他性情温和,毫无攻击性,也没有一丁点让医局成员感到畏惧的气质。他有时候也会说出些尖刻的话,但基本上是一个开朗和善的人,对后辈也关照有加。不过,大家都很清楚,他的业务水平一般,作为一名外科医生,却并不擅长手术。他曾在以器官移植著名的匹兹堡大学留学研究,但似乎从未在研究上取得什么突出的业绩。

人们的看法是大致趋同的,都觉得"从前任教授的角度来看,松冈是召之即来、挥之即去的。他听话,使唤起来也顺手"。对于前任教授来说,最重要的莫过于此。比起那个态度越发显得骄横的助教授,松冈无疑是一个容易驾驭的人选。此外,松冈也有一些重要的人脉资源。例如，在手术死亡事件曝光之后担任群大医院院长的田村遵一和松冈大学同届，是他的盟友；继前任教授担任医院院长的皮肤科教授石川治，是松冈学生时代同属排球部的前辈。以此二人为中心的群大毕业本地派，当然全力支持作为自己人的松冈出任教授。前任教授应该也有自己的算计。有人推测，他在继任人选安排上的这种变化"难道不是因为他自己瞄上了大学校长的位子，所以才谋划着拉帮结派的吗"。

在这种局势之下，当时的教授选举毫无疑问地纷争骤起。助教授原本以为教授之位唾手可得，没想到突然被当成了弃子。于是，他违逆前任教授的意愿，一意孤行地参加了教授竞选。

据相关人士透露，有一次，前任教授把第二外科的医局成员全部召集到大礼堂，在大约 60 人面前，对助教授进行了一番激烈而严厉的批判，然后让所有人进行无记名投票。实际上，教授遴选是由教授们选举决定的，医局成员是根本没有资格投票的。但是，前任教授还是要求在场的医局成员在松冈和助教授之间做出选择，写上自己认为适合教授职位的人的名字。结果，松冈以压倒性优势大获全胜。医局成员们面对眼前的局势，无疑看清了权力的风向标，因此几乎所有人都写下了松冈的名字，投票给助教授的不过寥寥几人而已。

谣言满天飞的教授选举

形势陡然生变，助教授早早地从候选人名单上消失了。结果，第二外科教授的候选人缩小到 3 名。

松冈之外的另 2 名候选人也都是群大毕业的。一名是心脏外科医生，毕业后在东京的一所大学医院接受培训；另一名是乳腺外科医生，毕业后加入了群大第二外科医局，后任职于西日本的一所大学医院。

实际上，群大教授会议当初计划的就是物色一名优秀的心脏外科医生，作为第二外科的继任教授。据说，最初阶段的候选人大多是心脏外科医生。还有传言说，"参加这次教授竞选的候选人，有一位是第二外科出身的心脏外科医生，现在在其他县的大学医院任教授"。至少在一开始的时候，第二外科的前辈和当时群大其他领域的教授中许多人都有这样的考虑："如果两个外科的教授都是消化外科的话，其实并不好。现任教授就是心脏外科专业的，那么选择同为心脏外科的人继任教授，不是在情理之中吗？"而且，心外科也是第一外科所未涉及的领域。因此，无论是谁都会觉得，从两个外科互补共赢的角度来看，选择心脏外科医生是合情合理的。

据说，最终 3 名候选人中的那名心脏外科医生之所以决定参选，也正是因为受到了持有这种观点的相关人士的鼓励。但是，时任教授的选择令人倍感意外。他并不希望自己的继任者出自自己所掌控的这一领域，决定推举松冈为自己的接班人。关于这一点，有一种看法认为："群大内科往往会越过本校的外科，舍近求远地将需要进行外科诊疗的患者介绍到其他医院，那名心脏外科医生所在的东京的大学医院还是其中之一。对前任教授来说，应该是无法接受自己的继任者来自那样一所医院的。"

另外，乳腺外科过去曾是第二外科的主攻方向。在松冈的前任教授上任之前，负责第二外科的教授便是乳腺外科医生。乳腺外科一直以来都是第二外科的传统领域，因此出现专攻乳腺外科的教授候选人也就不足为奇了。

教授选战呈现出异常激烈的局面。支持松冈的势力发动了各种攻势，甚至不惜对松冈的竞争对手进行诽谤和中伤。在旁观者眼中，他们的做法肆无忌惮，毫无体面可言。诸如"那个家伙性格很差，能力低下，管不好医局"之类，以人身攻击为主的负面谣言被散布开来，说得煞有其事。据说，其他候选人在遥远的学生时代和作为医生初出茅庐时的小事，也被添油加醋地恶意描绘，遭到滑稽怪诞的改编，并以歪曲的形式传播开来。

正式选举的时候，3名最终候选人在担任评审委员的教授们面前分别发表了演讲，阐明自己在诊疗、研究和教育方面的方针。有人还记得当时的情形，支持松冈的评审委员竟然对其他候选人露骨地表达出冷漠的态度。

据说，当时群马大学的教授竞选有一个不成文的惯例。候选人一旦成为最终候选人，就要去拥有投票权的教授的研究室一一拜访问候。有教授回忆道："前来拜会的教授候选人在感觉上与传言中的恶劣评价截然不同。这一点让人备感惊讶。"

3人之中，心脏外科医生最先落选。随后，在剩下的两人之间进行了决选投票。结果，最后赢得选战，将教授宝座收入囊中的，是松冈。

那名与第二外科教授职位失之交臂的心脏外科医生是新浪博士，他后来被聘任为埼玉医科大学国际医疗中心的心血管外科教授。他的哥哥新浪刚史也是一位杰出人士，历任罗森、三得利的首席执行官。现如今，新浪博士在心血管领域成绩斐然，由他主刀完成的手术数量之多堪为业内顶级，成为最顶尖的心脏外科医生之一。事到如今，就连群马大学的相关人士也扼腕叹息："当时，如果是他做了第二外科的教授，就不会产生那样的严重问题了，而且群马大学医院的医疗水平也一定会上一个大台阶。"

事实上，我们也听到了一种略带自嘲意味的"自我剖析"："在教授竞选中胜出，与其说是凭借候选人作为医生的实力，倒不如说是内部斗争的结果。这一点，简直称得上是群大的传统了。"

2006年11月，松冈从第二外科讲师的位置上飞升登顶，一下子越过了他的上级——曾被视为教授候选人的助教授，并且击败了来自其他大学的强有力的候选人，就任第二外科的第五任教授。不过，松冈的前任教授事实上早在8个月前即2006年的3月，就已经卸任第二外科的教授职位，升任医院院长，并兼任群马大学理事。也就是说，第二外科的教授职位在长达8个月的时间里一直处于空缺状态，经过诸多波折才最终确定了继任人选。

据说，松冈作为消化外科专业的教授，面对同样是消化外科教授领衔的第一外科，怀有比以往任何一任教授都更为强烈的竞争意识。又或许，他是经过一番曲折才终于登上了教授宝座，因而激发了更大的野心。实际上，有些人之所以推荐松冈担任教授，在某种意义上是因为他性情温厚而可能成为一个"协调者"，有利于调和彼此对立的两个外科之间的关系。但是，现实并非如此简单。渐渐地，出现了这样一种声音——"自从当上教授，松冈变了"。

"一外和二外之间，将是一场百年战争"——当时，时常有相关人士如此窃窃私语。第一外科的教授也绝对不可能欢迎一位与自己同为消化外科的医生担任教授。后来，第一外科和第二外科每逢教授选举，都会明争暗斗，想方设法帮助支持有利于己方的候选人获胜。看到这种情形，人们不禁揣测，这种对立会像连锁反应似的长久持续下去吧？所谓"百年战争"的担忧，其实也不无道理。

不过，在展开与第一外科的对抗之前，第二外科迫在眉睫的大事是重建因教授选举而内部撕裂的组织。助教授在教授选举中落败，处境日益艰难，不得不离开群大医院。他曾在第二外科主持消化外科，受过他指导的那些年富力强的外科医生，不可避免地和群大医院益渐疏远起来。但当时的第二外科即将迈向新起点，确保手术人材正是一项当务之急。此前，第二外科的消化外科手术一直都是以助教授为主力的。虽说松冈本人就是消化外科医生，但实际上大家普遍认为他并不擅长手术。为了能在手术业绩上与第一外科相抗衡，他不得不重建力量薄弱的消化外科阵容。

第二年，也就是2007年4月，松冈从第二外科的一所关联医院——前桥红十字会医院，把自己颇为中意的一个后辈学弟召回了群大医院。这位年轻的中坚医生，正是后来在肝脏腹腔镜手术等大量手术中造成患者死亡事故而备受关注的早濑。

性骚扰问题

围绕第二外科教授竞选而发生的激烈攻防战，在之后的日子里也留下了挥之不去的伤痕。2006年11月，在松冈就任第二外科教授前后，第一外科的丑闻相继遭到曝光。相关人士认为这些丑闻的曝光与第一外科和第二外科之间由来已久的对立有关。

第一外科原本就有一处很大的软肋。2005年11月，第一外科在实施活体肝脏移植手术过程中，发生了医疗过失。因为弄错了肝素（凝血酶抑制剂）用量而导致器官提供者发生硬膜外血肿，造成其下肢瘫痪这一严重残疾的后果（见第一章）。而且，接受活体肝脏移植的患者也在术后仅仅4个月即2006年3月，因感染而死亡。器官提供者留下严重后遗症的这一事实，竟然是在医疗过失发生之后的约8个月即2006年7月的记者会上才得以披露的。当时，群大内部正因为教授选举而展开激烈的斗争与角逐。因此，质疑之声纷起——这起严重的事故显然是因失误造成的，理应尽快对外公布，但竟然遮遮掩掩地推延了8个月之久。至于延迟公布的原因，第一外科解释说是"考虑到患者可能通过复健而恢复"。

就在举行这次记者会的上一个月，第二外科因另一起重大事故引起了警方的注意，医院决定召开记者会。在一次心脏手术中，医生因粗心而误将一根Swan-Ganz气囊漂浮导管缝合在患者的心脏上。术后，漂浮导管受力牵引而使心脏破裂，导致患者大出血死亡。这一严重医疗过失的肇事者，是专攻心脏外科的前任教授的直系弟子。第一外科活体肝脏移植手术事故发生在超过半年之前，却恰在第二外科事故后不久被曝光，人们因此猜测二者之间可能存在着什么关联。

活体肝脏移植是指用手术刀将活体器官提供者的部分肝脏切割下来，将之移植到患者身上，用以替代坏死肝脏的手术。在日本，脑死亡逝者的器官移植手术推广缓慢。因此，活体提供者的器官移植虽是无奈之举，但还是得到了较为广泛的应用。器官提供者势必因器官移植手术而损伤原本健康的身体，因此其安全问题就尤须重视。在当时，日本已有一例器官提供者死亡的案例，2003年发生在京都大学，影响很大。这次群马大学医院发生的则是第一例器官提供者因移植手术而致严重残疾的事件，而且这一严重后果显然是由诊疗过失所致的，因此事态极为严重。

此时，医院成立了一个成员包括外部专家的调查委员会。其调查范围不仅限于器官提供者致残一例，而是群马大学医院实施的所有活体肝脏移植手术案例。调查结果的总结报告公布于2006年12月，也就是松冈就任第二外科新任教授的第二个月。该报告的调查对象是自1999年10月到2006年6月为止，由群马大学医院所实施的51例活体肝脏移植手术案例，涉及51名患者和52名器官提供者，结果发现有18名患者未经出院即告死亡（35.3%）。其中，第一外科的情况是35例患者中死亡14例（40%），第二外科是16例患者中发生4例死亡（25%）。当时日本全国的平均情况是一年内的患者死亡比例在20%左右，这意味着群马大学医院的死亡率偏高。

其他大学的某位肝脏移植专家在对群大医院的一系列病例进行核查与研判之后，对群大第一外科和第二外科各自独立进行活体肝脏移植的异常机制提出了批评。他认为，这一机制分散了人力资源，致使效率十分低下。关于此，他表达了以下看法：

> 同一个医疗机构中同时存在两个团队（第一外科和第二外科），各自独立进行活体肝脏移植手术。这种情况不仅是日本国

内，即便在欧美也极其罕见。

对此，时任医院院长的第二外科前任教授在记者会上明确表示："预计在来年春天，我们会把分属于第一外科和第二外科的两个移植团队进行一体化统合。"

但是，这一旨在提高效率的计划在 11 月份遭遇了无法解决的难题——与第一外科负责人同为消化外科的松冈就任第二外科的教授。

据说，那名一度被视为第二外科教授的候选人，却不料被松冈抢走教授宝座的助教授，对引进活体肝脏移植手术怀有极大的热情，针对第一外科的竞争心理也远超他人。相比之下，松冈乍一看去显得悠闲自在。因此，有一种乐观的看法认为，松冈执掌下的第二外科或许能与第一外科形成共存共荣的良好局面。但是，如愿地当上了教授的松冈并没有让那一计划顺利推进。实际上，第一外科和第二外科之间的对立非但没有随着教授的更迭得到改善，反而愈发尖锐起来。在这种形势之下，诊疗"一体化"的实现就更加遥遥无期了。

松冈的前任教授在 2006 年 3 月底卸任第二外科教授一职，但仍担任医院的院长。2007 年 3 月，他在退休前的一次教授会议上表示，希望将第一外科的活体肝脏移植手术"作为整个医学部的问题进行检证"。具体而言，就是要对调查委员会已经指出的问题进行重新检证，包括主刀医生的技术不成熟、网站主页上的手术业绩和经历不准确等等。就在那一年的夏天，群大成立了一个校内调查委员会，旨在重新检证第一外科所实施的活体肝脏移植手术。

大约在同一时期，第一外科助教对女学生的性骚扰问题也引起了关注。据校方于事后所发的通报，2007 年 6 月，第一外科的实习学生与教师共同举办了一场联谊会。深夜，在一家卡拉 OK 店，两名男性助教强制要求参加联谊的女学生跳舞。教授非但没有制止，自己竟然也和女学生跳舞。为此，两名助教在 8 月底被大学医院辞退，第一外科教授则在 10 月份受到降薪的惩戒处分。

一位知情的教授谈及此事，说："问题的确是发生了，但当时针对第一外科的抨击还是不同寻常的。尤其是对已经结束了检证的活体肝脏移植问题旧事重提，更是耐人寻味的。大学内甚至流传着这样的观点，认为那是'第二外科对第一外科的打击'。"

被召回的男子

2006 年 11 月，松冈就任第二外科教授。次年 4 月，早濑应松冈教授的要求，重返自己曾经任职的群马大学医院，进入第二外科。

松冈虽然是一名外科医生，但在手术上却没什么实际业绩。在人们看来，相较于临床实践，松冈更热衷于通过动物实验进行医学研究。他曾在有"脏器移植的圣地麦加"之称的美国匹兹堡大学留学，但主要是进行脏器移植方面的医学研究——部分原因是他只持有日本的行医执照，无法在美国行医。这与竞选教授失败的助教授形成了鲜明的对比。助教授是一个无与伦比的外科手术爱好者。有一种说法是这样的，助教授在大学医院得势的时候，把任讲师的松冈长期"排除在手术之外"。个中原因尚不清楚，但可以肯定的是，如果积累手术经验的机会很少，那么当然无法在技术上取得进步。

在消化道领域，第二外科已然失去了作为核心力量的助教授以及他的直系弟子们。因此，对于绝对不擅长手术而又要领导第二外科的松冈来说，当务之急就是必须尽快找到一个能做手术的人才，填补助教授离开之后的空缺。早濑一直在前桥红十字会医院工作，积累了临床手术经验。该医院是第二外科的关联医院，其中有不少出身于第二外科的经验丰富的外科医生，具备为松冈提供相应支援的环境。不过，至少在那个时候，要判断早濑是否具备在大学医院执掌临床手术的相应能力，还为时过早。

早濑成长在一个知识分子家庭，父亲是大学的工学系教授，哥哥也是一名医师。高中时，他就读于一所位于首都近郊、以考取东京大学者众多而著称的公立重点学校。高中毕业后，他考入群马大学医学部，于1993年取得医生执照。他话不多，性情也温和，几乎没人说他为人不好。据相关人士所说，早濑回到群马大学医院之后不久，就特地从老家把患有肝癌的父亲接到群马来，想让父亲在主攻肝胆胰专业的自己手中接受治疗。不过，当时他的父亲已经药石罔效，后于2008年去世。

早濑大学时加入了游泳部，同时也是强者云集的滑冰部成员。在医学部的一次运动部聚餐会上，他被一名玩到兴头上的学长灌酒，老老实实地喝到酩酊大醉。

有人说："他呀，是个老实人，绝对不会忤逆前辈的。前辈叫他喝，他就喝，多少都喝。"

也有人看法不同，说："他不善言辞，不是那种善于表演的人。为了撑场面，他也只能一口气喝下去。"

不知道早濑是不会拒绝还是不擅长聊天来活跃气氛，反正他在宴会上大口喝酒的样子给同学们留下了深刻的印象。

对于群马大学医学部的学生来说，体育社团非常重要，在毕业以后也有着相当大影响。在学生时代，他们甚至会到同一社团的前辈医师的工作单位去募集活动资金，讨论前途，增进交流。当上医生之后，同一社团的人在工作中也经常互相帮助、彼此照顾。诊疗科的同事之间，如果因为社团活动的缘分而关系良好的话，即便是被委托为难之事也会勉力接受。当然，体育社团也有其弊端。因为从学生时代培养起来的这种前后辈之间的严格的上下级关系，以及集团内部亲密的同伴意识，并不利于人作为个体向上级表达意见，而且也会让人在社团的垂直领导下形成排外倾向。学生时代因社团交往而形成的狭隘且僵化的人际关系模式，在他们成为医生之后也依然长久地延续着。可以说群马大学医院内形成的独特文化和风气，受到这种人际关系模式的影响甚大。

早濑拥有游泳健将特有的修长体型，长相周正，举止温和，因此在年轻时就颇受女性青睐。他常受到护士及其他职场女性们的热捧，被称为"帅哥医生"，他的女性关系也总是成为同事们闲聊的话题。其实，早濑不仅颇受女性欢迎，周围人对他的评价往往也绝对不差。

"他对晚辈很温和，从来没有见过他行为粗暴，也一次都没有听到他大声暴怒。"

"他不善言谈，也不善与人交往，但是个很认真、很勤奋的人。"

"即便被领导训斥了，他也毫不抱怨，而是默默地努力。"

"要说工作风格的话，他并不是那种喜欢主动提议和积极发言的人，而是偏向于听从指示，按部就班地努力完成。"

"他不是那种奸诈狡猾、善于钻营的人。"

"他很会照顾人，所以对待患者也温和有加，而且解释周到、细致。"

"给他介绍患者的话，他总是乐意接受，因此别的医师也常会拜托他帮忙。"

"他很勤奋，经常工作到很晚，是一位热心工作、用心诊疗的医师。"

从相关人士对早濑的评价中，浮现出这样一个医师形象——安静温和，并不是很机灵，却一心一意、勤勤恳恳地努力工作。这和人们印象中大学医院王牌外科医生雄心勃勃的形象相去甚远。

一名相关人士对早濑与松冈的关系作了如下分析："松冈医生是个好人，待人和蔼可亲，但手术不行，在研究方面也没有什么亮眼的业绩。坦诚地讲，没有什么人会把松冈当作医师来尊敬，也没有谁会选择跟他学医术。不过，早濑却从很久以前就一直与松冈交往亲密，那个时候谁都不知道松冈能成为教授。或许正因为此，松冈才对早濑青睐有加吧!"

谁都没能制止

　　松冈特别偏爱早濑,这一点不仅第二外科人尽皆知,整个群大医院但凡和他们有过交集的人也都心知肚明。对于不擅长手术的松冈而言,早濑恰恰就是那个代替自己挥舞手术刀的人。在这种意义上,松冈与早濑两个人简直就是一心同体的。

　　对抗第一外科,就必须提高手术业绩。在松冈就任教授、早濑回到群大医院之后,形势越来越清晰——必须增加消化外科特别是肝胆胰外科的患者。

　　有人说:"松冈医生甚至积极地呼吁附近的中小医院和执业医生给自己介绍患者。"

　　早濑在积累手术业绩的同时,还一个劲儿地写论文。不过,虽说是论文,其实主要就是病例报告,水平也不高。但是,在以外科为主的学会上,他场场不落,几乎每次都参会发言。

　　群马大学医院经营艰难,赤字问题严重。因此,全院上下的最大目标就是增加手术,填补赤字。松冈曾任医院院长助理,负责过财务工作。或许因此,他在教授们之中是最为用心于经营的。他所采取的措施,主要是通过缩短住院时间以提高病床周转率、增加手术量的方式增加收益,并尽量降低手术所需材料等物品的采购成本。在松冈的经营下,第二外科增加了手术量,渐渐地在群大医院里被称为"创收冠军"。2010 年,群马大学医院以 100 例左右的手术量,在日本国立大学医院中位列第一。做出这一贡献的人,正是早濑。他作为外科医生,主刀了一台又一台的手术。

　　"早濑了不起呀!真的很能干!"

很多相关人士都表示，他们曾听到松冈如此大加赞扬早濑。

"总之，他对早濑医生是赞不绝口的。松冈教授口中的了不起，应该是说创收吧？就是说他做了很多手术，能创收。"

对于松冈来说，早濑就是这样的一个忠诚的下属，默默地执行自己的主张，勤奋地提升业绩。松冈对早濑的信任逐渐加深，早濑在第二外科内部的权力也随之增强。事实上，在2007年4月早濑调到大学医院之后的两年里，第二外科中有一名比早濑早3年任职的消化外科医生。他曾经受过那离任助教授的手术指导，虽非专攻肝胆胰外科，但据说在消化外科手术技术方面的整体水平远远高于早濑。然而，这名医生于2009年春天在群马县内的一家私立医院谋得职位，离开了群大医院。

早濑回到大学医院之后，或许是忌惮于松冈对早濑的偏袒与扶持，这名前辈医生与早濑等人的关系迅速冷却，简直降至冰点。在第二外科实施的肝胆胰外科手术中，仅2007年一年间就有5例患者在术后死亡。但那些手术中的绝大多数似乎都没有这名前辈医生的参与。在造成死亡的手术中，除早濑和松冈之外，恐怕都是由一些年轻医生从旁协助的。不仅如此，作为教授的松冈虽然名字出现在手术记录上，但实际上可能并没有参与其中。不过，即便他曾经参与了手术，在事实上也很难对肝胆胰外科手术作出什么指导。

在群马县，医生越是在乡下医院，越是能拿到远远高于大学医院的收入，也越是有望保证稳定的高收入。所以，人际关系破裂后，前辈医生们与其在大学医院里一天天地打发怀才不遇的日子，倒不如转到待遇更为优渥的其他医院。况且，松冈毫不掩饰对早濑宠爱有加，他们大多会认为自己留在大学医院也前途无望吧。

那名前辈医生离开之后，在群大医院第二外科消化道小组里，早濑无论是入职年份，还是工作年限，均位列小组之首，而仅次于诊疗科科长松冈。有了松冈教授的绝对信任作后盾，早濑也变得越来越有底气，可以按照自己的意思行事。

第二外科的这种情况，其他科室也有所耳闻。据其他诊疗科的相关人士说："听说再没有人可以对早濑医生指手画脚了。早濑医生在对待后辈的时候，并不是那种专横跋扈、任意打骂的人，但在平日里也是随心所欲的，必须待在医院的时候也不见人影。这样看来，连治疗方案估计也完全是要按照早濑医生的想法制定的。"

后来，腹腔镜肝脏切除手术致 8 名患者死亡的事故被公之于众，隐藏于其中的诊疗问题也随之浮现：在施行肝脏切除之前，没有进行原则上必不可少的检查。问题的焦点集中于并未进行"ICG15 分钟滞留率"检测。ICG15 分钟滞留率是一项必要的术前检查，检测方法是将一种叫作吲哚菁绿（ICG）的色素注入静脉，并于 15 分钟后检测该色素在血液中的残留量，借以评估肝脏的解毒情况。该检测可用于了解患者的肝脏功能，对于判断肝脏切除的容许范围而言，是一种非常有用的检测依据。

早濑在施行肝脏切除手术之前，并未对患者进行 ICG 检测。关于此事，据说内部曾有医生表示怀疑，说："这样做没问题吗？"在判断肝脏切除的手术指征以及容许切除范围方面，目前日本国内广泛运用的检测方案是由肝脏外科权威、东京大学名誉教授幕内雅敏团队设计的"幕内标准"。如果以该标准进行评估，则 ICG 检测所得数值必不可少。当然，这也取决于患者本身的情况。但在大多数情况下，这种术前检查对于安全实施手术而言是必要的，对于处理肝脏问题的外科医生而言，这是常识。

一般来说，大学医院的医生都曾任职于县内的关联医院或者其他医院，积累了一定的工作经验，所以即便是资历尚浅的年轻医生，也会对不做 ICG 检测的做法感到不可思议。他们会纳闷：这项检查在以前工作的医院是理所当然要进行的，为什么在大学医院里反而被省略了呢？事实上，据说"医生中曾经有人直接指出这一点"。

但是，术前检查的方式依然没能被改变。早濑深受教授青睐，又是团队中年龄和资历最长的人，被视为继任教授的最有力人选，是医局的精英。在第二外科，敢于正面向早濑提出意见、坚持正确主张的人，渐渐没有了。

弥补微薄薪水的秘技

　　大学医院医师的薪酬并不高，和一般的私立医院的医生相比，甚至可以说是极其微薄的。

　　在腹腔镜手术问题曝光后的第二年，即 2015 年 3 月底退职之时，早濑的年龄已经接近五十，但职称一直是大学的助教。助教相当于过去的"助手"，序列排在副教授（旧称助教授）和讲师之下。根据群马大学相关人士所说，医生的收入尽管存在个体差异，但一个 40 多岁助教的年收入一般在 500 万日元左右。相比之下，如果是在附近的私立医院工作，每年可以赚到 1 000 万到 2 000 万日元。在大学的附属医院当医生，听起来倒是很不错，实际上待遇远远低于一般医院。而且，在大学医院里往往还会遇到很多的疑难病例。这样看来，大学医院其实应该说是一个在经济上无利可图的工作单位。

　　但是，实际情况并非如此简单。大学医院里的医师为了补贴收入，往往会堂而皇之地在关联医院里兼职，这是他们的秘技。听说，医师的兼职收入很高，远远超出一般人的想象。尤其在群马县这样并非大都市的地方，据说一般情况下半天工夫至少能挣到 5 万日元。在群马县，仍有部分地区饱受医生短缺的困扰。因此，地区医院必须筹措资金，想尽办法确保医生资源。据相关人士透露，半天 5 万日元算少的，如果再加上夜间值班，那么一天就可以挣到 15 万日元。这样一来，即便是在大学医院任职的医师，只要每周兼职两到三次，就可以确保获得不低于私立医院全职医生的收入。

　　过去，大学的医局有很多以研修医生为主的年轻医生，可以像对待奴隶一样地随意使唤，因而入学医院从来不用担心人手不足。然而，2004年之后，日本实行了新的临床研修制度，按照新制度，从大学医学部毕业并取得医生执照的医生可以不加入大学的医局，而根据自己的意愿选择研修地点。于是年轻医生流向了更具魅力的大城市的医院，大学教授也就很难像过去那样在人事权上一手遮天，随心所欲地安排包括地方医院在内的人力资源。受此影响，那些大都市以外的地方性大学医院面临极难留住人才的困境。陷入困境的大学医院，不得不将已经派遣到周边地区关联医院的骨干医生重新召回。这样一来，便产生了一个"副作用"——地方医院的医师严重不足。

群马大学医院也深受影响，难以确保人才。另外，年轻一代的医生倾向于避开工作过于繁重的外科，更青睐眼科、皮肤科之类相对轻松、比较容易保证私人时间的诊疗科，这也影响到了外科人才的储备。不仅如此，第二外科中有一些医生厌倦了与第一外科的对立，不愿卷入围绕教授职位而展开的激烈内斗，因而刻意地与群大医院保持距离，这更加剧了中青年人才的短缺问题。

一位熟悉第二外科当时情况的人说："松冈教授开拓了很多外派兼职的医院，而且也积极地鼓励医局成员去兼职。他是想宣传'就算是在大学医院，也绝对能赚很多钱'，借此噱头以吸引和招徕人才。"

据说，有其他知情人士称"年收入可以达到2000万日元"。

不过，大学的在职常勤职员身份近似于国家公务员。也就是说，作为国立大学法人的工作人员，其兼职时长是有相关规定的，一般是以每周8小时为上限。

关于第二外科医生的兼职时长，群大医院事务方面作了如下说明："第二外科的医生虽然在外兼职，但兼职时长并未超过相关规定，而是在允许范围之内的。"

这一说明是否可信，实际情况又是如何呢？

第二外科的手术日是每周2天，分别在周二和周四。除这两天外，手术室是由第一外科使用的。据说第二外科的医生除门诊以外的时间，一般都会在其他医院兼职挣钱。而且，哪怕是周二和周四，只要自己不做手术，那么也可以外出兼职。早濑作为小组的负责人，可以随心所欲地分派兼职任务。实际上，对地区性医院来说，不能确保有兼职医生坐诊，就无法运营下去。在这种情况下，"工作待遇"自然提高了，不足为奇。例如在年底和年初，兼职医生就算是要把工资提高至平时的1.5倍，地区性医院也只能被动接受。

一位医院相关人员吐露了自己的真实感受："因为兼职的日期是固定的，不能变更，所以第二外科有时会在同一天里做三四台手术。这样一来，即便不是很紧急的手术，按照预定的日程，做到深夜也不稀奇。在这样的状态下，我绝不认为他们还能提供充分而完备的诊疗。"

另一方面，兼职工作是有约定的，不能缺场。可以想象得到，即便大学医院里有患者在术后出现了严重并发症，但医生要履行既定的兼职承诺，因此不得不前往兼职医院，把大学医院抛到一边，这样的情况必然发生过。同理，医生在手术之前也一定排满了大量的兼职工作，而这极有可能是导致术前检查被忽视和被略去的原因之一。8例腹腔镜术后死亡的病例，也显示出术前检查的不充分。虽然真相尚不清楚，但手术量的增多、兼职工作的繁忙，这些因素叠加一处，极有可能导致医生无暇顾及术前检查和术后管理。

在早濑主刀的死亡病例中，另一个共通的问题点是病历记录的极度缺乏。早濑将之归咎为日常诊疗太过繁忙。死者遗属也曾说过："医生总是很忙，很少能在大学医院里看到他。"总之，早濑给人的印象，就是太忙了。但是，这份忙碌之中，是否存在上文所说的那种扭曲的幕后隐情呢？如果真是这样，那么只能说完完全全地就是本末倒置了。

简直就是"手术工厂"

确确实实，早濑在大学医院的工作繁忙至极。这，是不争的事实。

自2007年早濑重返大学医院以来，第二外科的肝胆胰外科手术量实现了稳步增长，超过了第一外科。但是，另一方面，第二外科肝胆胰外科医师的数量相比第一外科，则始终较少。

从2007年到2014年，肝胆胰外科的医师人数在不同年度有所变动，但一直是第一外科为3~6人，第二外科则较少，为2~3人。甚至于2009年以后，第二外科的肝胆胰外科医生只有1~2名，手术的重要环节几乎都是由早濑一个人承担的，另外就只有一些非该专业的医师或者缺乏经验的年轻医生从旁协助。尽管如此，早濑一个人每年的手术量甚至比整个第一外科的总和还要多。他的忙碌程度不言自明。

通过后续调查，我们弄清了早濑的每周日程。其大致情况如下所示：

星期一
8~9点：病例研讨会
9~16点：查房及门诊诊疗
17~21点半：消化外科病例研讨会
21点半以后：术前准备
23~24点：回家
星期二
8~9点：病例研讨会
9~9点半：查房

9点半~18点（有时到22、23点）：手术

术后：查房、学术会议准备等

26~27点①：回家

星期三

8~9点：病例研讨会

9~12点半：查房和门诊诊疗

中午~17点多：外勤

18点以后：查房，之后做术前准备

23~24点：回家

星期四

8~9点：病例研讨会

9~9点半：查房

9点半~18点（有时到22、23点）：手术

术后：查房，之后回家

星期五

上午：外勤

下午~18点：门诊诊疗

18点以后：查房

21~24点：回家

星期六

8点半以后：探讨ICU患者的治疗方案

10~12点或13~16点：外勤

星期日

查房或外勤值班

每天早上的病例研讨会，早濑时常会"因诊疗和检查"而缺席。

---

① 即次日凌晨2~3点。

当然，缺席原因或许并非完全如其所言，但其工作过度繁忙的状况应该是事实。

遗属也作证说："只有夜里很晚才能见到早濑医生。我不禁会想，医生总是特别忙，那他能有时间休息吗，不会出差错吗，身体吃得消吗？"

对于早濑是否兼职过多的疑虑难以消除。而且，从第二外科主治医师的人数过少和手术量增加的现实情况来看，早濑的工作密度无疑是过大的。自从松冈就任教授以来，肝胆胰外科的手术量不断增加，但可用之人非但没有增加，反而有所减少。

据说松冈出于提高医师收入的目的，大量增加兼职机会，但是，如果收入的提高无助于吸引人才，反而使大学医院原本就十分有限的医师疲惫不堪，那么松冈的决策恰恰成了一种讽刺。

尽管如此，早濑对于自己极其繁忙的现状，似乎并没有表示出任何不满。大学医院内外和第二外科相关的医生都知道早濑的忙碌状态，甚至有些人担心地说："再这样下去，他会死掉的。"然而，早濑自己却很淡然地说："没关系，能应付得了。"这种态度看似难以理解，实际上或许自有其理。曾经听一位在大型医院担任院长的外科医生说："一名胸怀抱负的外科医生，会在大量的手术中感受自身的价值。因此，几乎没有人会抱怨手术太多。"或许，早濑也正是怀着这种心情，努力地度过繁忙的每一天吧。

但是，手术的数量过多、密度过大，这种超过体力与精力负荷的扭曲的繁忙状态，正是造成大量患者死亡的症结所在。因为外科医生个人、诊疗团队以及医院本身的负载超出了能力范围的极限，酿成了无可挽回的恶果。这些恶果的最大受害者，无疑正是那些一无所知的患者。

当时的第二外科以早濑为中心，持续增加手术量。对于这一情况，一名医院相关人士评论道："就他们的这种干法来说，与其说是医疗机构，倒不如说是手术工厂。"

事实上，早濑的工作量已经超出了他的能力范围。松冈作为诊疗科的负责人，应该对此予以重视，并努力寻求改善。但是，他所做的只是一味地说"早濑真是了不起"，他所在意的就只有手术量的增加。多年以来，他不仅无暇与第一外科竞争，反而是不得不作出妥协，以求渡过难关。与之相似，第一外科同样也追求手术量，肝胆胰外科手术的数量与第二外科相比毫不逊色。从这一情况来看，无论是第一外科还是第二外科，与一般的大学医院相比，在机制上都是极其脆弱的。如果考虑到这一点的话，第一外科的教授其实也是负有部分责任的。

如果早濑不满于工作密度过大，而发声说"我不能再这样下去了"，那么，事情的发展方向是否会有所不同呢？早濑的一位熟人曾经这样描述他的为人处事："没有主见，不擅长表达自己的主张，只会听从安排，踏踏实实、孜孜不倦地去努力。"他那种过于执拗的勤奋、近乎迟钝的超强忍耐，或许反成祸端。

只能哭着入睡

2007 年，也就是早濑返回大学医院的那一年，在第二外科接受肝胆胰手术的患者中，有 5 人死亡。在这一年里，第二外科共计施行肝脏、胰腺手术 31 例，包括不切除胆管的肝脏切除手术 19 例，胰腺切除手术 12 例。31 例中 5 名患者在术后死亡，仅以肝脏和胰腺切除手术为统计范围，则死亡率高达 16％。

那一年里的第五位死亡患者是一名 20 多岁的女性，接受的手术是名为"胰头十二指肠切除"的高难度手术。胰头十二指肠切除手术通常用于切除胰腺癌，适用对象多为年龄相对较长的患者，20 多岁的患者做这项手术是极为罕见的。

实际上，这一病例很可能在一定程度上影响到患者其后的命运，成为某种意义上的一个转折点。

该女性患者当时在群马大学医院工作，是一名在职护士，和早濑也认识。2007年秋天开始，她便说自己有腹痛症状，12月份的时候怀疑是急性胰腺炎，于是在自己工作的群马大学医院住院治疗。

之后的检查发现，她的胰腺处有阴影。医生因此判断其肝门静脉等主要血管存在堵塞现象，但未能确诊是否为癌症。在此种情况之下，鉴于患者疼痛强度较大，医生决定采取手术治疗方案。那是在2008年的2月。当时，她才25岁上下，还很年轻，医生们认为"不可能是癌症"，但还是向其家属提出了以下手术方案：病理医生会在手术进程中采用"术中快速病理诊断"的方法对手术提取组织作出判断，确定是否为癌症，一旦发现癌症病变，则终止手术；如果提取组织是良性的，则继续手术以切除肿瘤。结果，医生通过术中快速病理诊断，并未发现癌症病变，手术因而继续进行了下去。但是，耗时近13个小时之后，肿瘤仍然未被完全切除。手术过程中发生了异常状况，患者大量失血，包括输血在内，患者总失血量达到了9升。

这次手术由早濑主刀，助手原本由松冈担任。这样的安排应该是为了告知患者及其家属，会有一位教授在场指导，以使他们安心。早濑医生在术后撰写的手术记录中，写有另一名医生的名字——就是上文提到的那名年资较早濑多3年的前辈。这名前辈医生曾经受到在教授选举中落败的助教授的手术指导，过去一直是第二外科消化外科手术的核心人物之一。但是，无论手术经验还是手术技巧都远远超过早濑的前辈医生，却从一开始就被排除在手术之外。早濑等人虽然知道这次面对的是一个疑难病例，却没有安排水平最高的医生参与手术。直到手术在血管连接环节出现了麻烦，处于无法止血的危急状况之中，那名前辈医生才终于被叫去协助。这种安排、这种情况，实在令人费解。据说，那名前辈医生当时早已厌倦了松冈对早濑的过度偏爱,早濑等人与他的关系也可以说是已经降至冰点。

手术没有完成,在没能缝合腹腔的状态之下就终止了。该女性的消化器官各处都插着管子,就这样被送进了ICU。在那天的手术中,连接血管耗时过久,如果勉强将已经肿胀的器官塞进腹腔,可能导致血流的进一步受阻,甚至可能引发肠道坏死。因此,他们不得不在未缝合腹腔的情况下,作出暂时结束手术的决定,缝合腹部的操作也只能留待日后。

据说,当时有人听到在场的医生直截了当地说:"所以说啊,在第二外科做手术什么的,根本就不行嘛!"

该患者在术后发生了严重并发症,饱受病痛的折磨,最终在3月中旬,术后的第41天死亡。

据说,这件事发生之后,医院里一直弥漫着一种异样的氛围。死亡患者是群马大学医院的护士,医院里的很多人都认识她,但相关工作人员都接到了上司的严厉的封口令。

"医院内部流言四起,都在传那次手术是不是有什么问题。"

"本来,但凡医生、护士,都可以查阅患者的电子病历。但是,在那次手术之后不久,唯独她的病例无法点击查看了。"

众说纷纭。院内的这种氛围,反而加深了大家的疑惑。有观点认为,以此为契机,第二外科的手术将"不得不被作为大学层面上的问题而受到审视"。据说,当时的医学部部长就非常关注此事。但是,并没有迹象表明医院就此事召集成立了正式的医疗事故调查委员会。最终,事情不了了之。去世女性的家属一开始也有过怀疑,曾在患者死亡之后要求查阅病历。但是,他们考虑到患者生前曾在群大医院工作,受过其关照,便不愿与之发生矛盾,所以最终也没有发展为医患双方的纠纷。就这样,这一死亡事故,随着遗属哭着入睡的每一天,悄然地过去了。

了解当时情况的相关人士说道:

"真是太不可思议了！那件事怎么就不了了之了呢？我不得不怀疑，高层之间是否存在某种交易。"

2008年的那个时候，临近计划于11月举行的校长选举，大学里弥漫着一种令人不安的氛围。群马大学是一所综合性大学，除了医学部，还有工学部和教育学院。随着少子化时代的来临，以及国立大学法人化改革的推进，群马大学将不得不改革为自主经营的模式。在这种情况下，不少学科都面临着生死存亡的危机。但是，医学部不同。医学部具有高度的必要性，因而医学部出身的人最有实力，成为最有力的校长候选人。当然，在医学部内部，围绕校长职位的争斗自然也愈演愈烈。

起初，竞选校长的主要候选人有两位。其中一位是基础医学的权威教授，据说已经被时任校长指定为接班人。另一位是松冈的前任教授，时任医院院长。但是，2008年的春天，形势骤变。原本保持沉默的医学部部长突然表现出了对校长宝座的高涨热情。另一边，松冈的前任教授则态度突变。他原本早已公开宣扬要竞选校长，而且在众人看来干劲满满，却不知为何突然之间态度冷却，抽身退出。与此同时，某些被视为前任教授心腹的教授积极地推举他为医学部部长。这几件事情看似孤立，但若联想起来则颇不寻常。因此，在此事过去之后，人们的疑惑更深了，怀疑其中"或许真的有过交易"。

在2008年11月举行的校长选举中，医学部部长一举击败基础医学的权威教授和工程学院的候选人，成功当选为下一任校长。就在他就任校长的那一年，即2009年的春天，一场疾风骤雨般的行动迅速展开——围绕活体肝脏移植问题，对第一外科教授施以处分。在大学高层召开的研究处分的会议上，有人质疑是否有必要采取惩戒处分，引发了持久的讨论。为此，秋天的时候，群大甚至从其他大学请来专家，重新开设关于活体肝脏移植的基础性讲座。当时，大学的干部竟然向讲座教授提问道："您如何看待处分一事？"这个问题对于外人而言是极为离谱的，也让讲座专家倍感困惑。

翌年即 2010 年的 2 月，第一外科教授作为活体肝脏移植的责任人，受到停职一周的惩戒处分。群大医院发生因活体肝脏移植手术而导致器官提供者下肢瘫痪的严重事故是在 2005 年 11 月，早已过去 4 年有余。

随着此类事件的相继发生，校内相关人士对幕后交易的怀疑也不断升温。事实的真相仍然潜藏在幽暗之中，但可以设想，哪怕是在 2007 年，如果能对第二外科的肝胆胰手术进行认真的检证，并采取补救措施的话，那么，问题就可能不会发展到如今的这个地步。仅仅是早濑主刀的手术，在此之后就有 20 多人死亡。遗憾的是，恐怕没有多少人意识到，他们错过了多么宝贵的补救和纠偏的机会。

第一外科的内情

让我们稍稍作一个回顾。当早濑即将成为第二外科的核心人物时，第一外科的情况又是如何呢？

就在第二外科的"松冈政权"开始滑坡的时候，第一外科暴露出了性骚扰问题。如前所述，这一事件始于 2007 年 7 月。一名女学生向大学的咨询服务窗口投诉，称自己在联谊会上被强行要求跳舞。群大医院于当年 8 月底，辞退了涉事的 2 名男性助教医生，后于 10 月下旬宣布对教授给予减薪处分。由此，事态明晰起来。据校方发布的调查结论，教授负有监督责任，非但对其下属的无礼行为视而不见，而且自己也在未经女生同意的情况下与其跳舞。

据后续报道可知，当时向校方提出申诉的女学生在毕业后，于 2009 年 3 月向警方报案，称那 2 名助教对自己实施了强制猥亵。女学生之所以提出指控，是因为助教医生的猥亵致使自己在精神上痛苦不堪，以致一度无法继续上学，而且那 2 名助教并没有受到大学的处分，也没有向自己道歉。后续进展的详细过程虽然不得而知，但想必达成了和解，最后的结果是那 2 名助教未被起诉。

受到上述问题影响而离开群大医院的 2 名助教，都是第一外科的骨干，主要负责肝胆胰领域。

据相关人士透露，那 2 名助教在医疗技术上都很优秀。其中一人毕业于群马大学，在学生时代就因为成绩格外出色而被寄予厚望，在同学中间也是颇负盛名，将来有望成为第一外科的领军人物。另一人是第一外科教授从母校九州大学召来的后辈，他曾在以器官移植闻名的美国医院学习脑死亡供体肝脏移植，于 2004 年赴群马大学任职，主要负责第一外科的活体肝脏移植。这两人在同一年里取得了医生执照，或许是因为毕业于不同的大学，或许是都意识到了对方正是自己的竞争对手，总之，他们之间的关系很难说是融洽的，甚至有传闻说两人势如水火。因为性骚扰的问题，两个人都被赶出了群大医院。前者在前辈医生的帮助下，去了县外的一所大学医院，后者据说是回了九州。这两个人应该都不会回到群马大学了。

在性骚扰事件曝光之前不久，第一外科在肝胆胰领域曾经出现过活体肝脏移植事故和手术成绩不佳等问题。在这种情况下，如果再把相关人员留在大学医院，并非明智的选择。但是，两名主要负责肝胆胰外科的骨干医生的离去，对第一外科而言是造成了巨大的空缺。为了填补这一空缺，他们只能从关联医院召回同一年龄段的医生。

这名被召回的医生后来成为了第一外科肝胆胰领域的核心人物。2010 年，他成为第一外科的讲师，与第二外科的早濑同时被日本肝胆胰外科学会认证为"高级技能指导医师"。然而，后来的调查发现，这名讲师领导的第一外科肝胆胰小组的手术成绩事实上并没有高于一般的平均水平。

但是，2014 年的春天，也就是在手术成绩不佳等事实被曝光之前，该讲师因在一起医疗事故中负有责任，而被调到了群马县内的关联医院。在这起事故中，一名患者在接受腹腔镜十二指肠切除手术之后于 2014 年 2 月死亡。手术由该讲师的下属主刀，他本人则作为助手在现场指导。关于此次医疗事故，医院内部成立了调查委员会进行调查，据调查结果承认存在医疗过失。同年 11 月，报纸报道了 8 名患者在接受早濑医生的腹腔镜手术之后死亡的事件。4 天后，这一事故也被当地报纸报道了。医院方面召开记者会，正式对报纸所报道的事实予以承认。

这名第一外科的讲师，毕业于群马大学医学部，是比早濑大三届的前辈，大学时曾加入棒球队。他身形瘦高，体格健美，性情温和，举止稳重，不善言谈。周围的人评价认为：他并不精明，也不擅长自我展示，但能服从指令，也能勤勤恳恳、扎扎实实地完成任务。这样看来，人们对他的评价和早濑给人的印象如出一辙。

不仅如此，相关人员认为他作为一名外科医生，"虽然并不擅长手术，但确实是很努力的"。这一点，与人们对早濑的评价也存在惊人的相似。

无论是第一外科还是第二外科，都一而再再而三地发生内部的斗争和冲突。那些雄心勃勃、个性要强的外科医生在角逐教授宝座的过程中，因内部斗争或各种纠纷一个接着一个地离开了群大医院。在那之后，群大医院里留下了一个脆弱不堪的医师阵容，显然已经难以担负高度先进的医疗任务。而且，两个外科之间还存在着令人头疼的、难以弥合的分歧。在这样的情况下，根本就没有人愿意再回到这个大学医院，被召回群大的都是那些不能说"不"的老好人。

被召回群大医院，或许是一个机不可失、时不再来的绝好机会，或许如同抽到了下下签一般令人苦不堪言。不过，早濑与那名讲师与其说怀有互相竞争的意识，倒不如说首先都要老老实实地听命做事，实现上司的期望。正因为此，他们的私人关系或许还很难说是一种"对立"，而在实际上更像是井水不犯河水似的"毫不相干"。

他们两个人各有自己的团队，但无论在人数上，还是在技术能力上，都非常脆弱，不堪依赖，也无法组建建制完备的医疗队伍。但是，医院高层发出号令，举全院之力积极增加手术量。这样，第一外科和第二外科也就好似卷入了一场"百年战争"。在这样的一场战争中，团队的医生就是在前线作战的士兵，持续而无休止地默默承担着数量巨大的手术，以致身心俱疲。如此一来，结果必然就是医疗质量严重下滑，甚至导致患者死亡事故相继发生。而且，那些战斗在手术第一线的外科医生也将面对一个无比空洞的结局：他们就像被驱逐似的，各自离开了大学医院。

"我没有错"

群大医院当局掌握了第二外科腹腔镜手术的相关问题并着手调查之初，对此前手术不断的早濑作出限制其诊治病人的处理。自2014年7月起，第二外科肝胆胰小组不得不停止了保险适用范围外的腹腔镜手术。同年9月4日，包括开腹手术在内的所有手术也都被勒令停止。这种情况下，群大医院如果仅仅依靠本身的医疗力量，事实上根本无法承接从别处介绍转诊来的患者。于是，群大医院决定，根据情况委托周边的关联医院接诊部分患者。

11月14日，媒体刊发了题为《腹腔镜手术术后8人死亡》的首篇报道。之后，群大医院曾多次召开记者会，但是每次的记者会上都没有主刀医生早濑的身影，他的上司兼诊疗科负责人松冈教授也从未出席。尤其是负有领导责任的松冈的缺席，让记者们在内心中倍感疑惑。

诊疗科负责人出席严重医疗事故的记者会，在群大医院是有先例的。2006年7月，群大医院因第一外科活体肝脏移植手术致器官提供者下肢瘫痪的医疗过失问题,召开了记者会。第一外科教授作为医疗事故发生科室的负责人,与医院院长等人一同出席,并对相关提问作出回答。

松冈的一名老熟人说:"松冈不是有能力在正式的记者会上作出妥善说明的人。恰恰相反,他很可能顺嘴说出一些并不妥当的言辞。或许正是因为这一点,医院才有所顾忌,不让他在记者会上现身。"

随着问题接二连三地被暴露出来,第二外科的骨干医生和年轻医生之间,逐渐弥漫着这样的一种氛围——希望松冈能承担责任,引咎辞职。尤其是那些没有直接参与消化道小组的医生意见更大。例如,乳腺、呼吸和心血管等领域的医生们认为,这一系列的问题"简直是飞来横祸"。他们虽然也在第二外科,但对消化道小组的所作所为绝不干涉,也绝不参与。这是他们多年来形成的惯例,可以说是不成文的规矩。因此,他们在心底觉得自己是受害者:因为第二外科的其他小组出了大丑闻,自己受到牵连,被卷入了麻烦之中。

然而,面对部下之间的暗潮涌动,松冈似乎不以为意。相反,事件遭到曝光之后,他在第二外科相关人员会议上,发表了强硬的言论。他说:

"我没有错。又不是犯罪,根本没有辞职的必要。"

"令人遗憾的是,我们中间竟然有人向外界泄露消息。"

据说,教授会中也涌动着希望松冈主动引退的气氛。但是,松冈毫不妥协,甚至还委任了律师,向教授会出示了一份文件,旨在反驳群大医院迄今为止的调查等对事件所作出的反应。

据相关人士透露,教授会中甚至有人拍着松冈的肩膀,劝他辞职。

"一些与松冈关系密切的教授,包括与他同级的田村医生,都劝他辞职。但是他好像置若罔闻似的,完全听不进去。"

早濑留下一份反驳书之后,于2015年3月底离开了群大医院。他的离职表面上是本人自愿辞职,但实际上应该是接到了一份不可违抗的"辞职命令"。

早濑的家,在前桥市郊区的一处幽静的住宅区。近一段时间以来,几乎每一天都有媒体相关人员在附近盯梢。房子是一栋新建的二层小楼,院落宽阔,车库宽敞,门是自动开关式的,可以轻轻松松停下两辆车。这样的居住环境,是令一般上班族羡慕不已的,但突然之间却变成了一个让人感到不舒服的地方。

早濑为了躲避媒体的采访,奔走忙碌于各个兼职单位之间。

这一年夏天,发生了一件颇具讽刺意味的事情。早濑在群马县内的一家私营医院兼职,那里是第二外科的关联医院,早濑的坐诊日是周末和节假日。一次,早濑接诊了一名急诊患者。碰巧的是,这名患者正是接受早濑腹腔镜手术后死亡的患者的亲属。那家的儿子突感身体不适,父母就带着儿子紧急就医。可是,在医院急诊室里接诊的医生,正是早濑。

那家的女性遗属后来讲述了自己当时内心的摇摆和不安。她说:"我一眼就认出来了——'就是那个医生!'当时,我真的很担心,竟然是那个医生给自己的孩子看病。但是,我一时又不知道该怎么办才好。最后,我别无选择,只能把孩子交给他。我觉得他也一定记得我。或许也正因为此,他完全没有和我有过眼神上的交流,只是做了最低限度的病情询问。"

早濑在沉默中完成了治疗。他没有像其他医生那样佩戴着名牌,就连医疗记录中的医生姓名那一栏也没有当场填写。

或许,这是早濑在问题被曝光之后,第一次站在死者家属的面前吧。

第四章　逐渐清晰的真相

重新开始的调查

关于第二外科发生的患者术后死亡情况，群马大学医院最初进行的院内调查，调查程序和报告内容饱受诟病，严重损害了医院的公信力。因此，院方在 2015 年 4 月明确表示，将展开二次调查。

院方于 5 月 25 日召开记者会，表明二次调查将由第三方外部人员主导成立新的调查委员会负责。此次调查旨在真正地彻底查明事实真相。同日，负责审查医院管理的"改革委员会"举行了首次会议，会议决定，将放任第二外科尤其是主刀医生失控的医院组织问题交由第三方机构予以审查，该审查将与事故调查分别进行。群马大学医院自 6 月份起，将被撤销其作为特定机能医院的认证。因此，改革委员会于 4 月成立，旨在研讨和制订医院机构的改组方案。

所谓特定机能医院，是由日本政府认定的承担高端医疗的医疗机构。获得该认证的医疗机构可以享受诊疗报酬优惠，全国共有 80 多家，主要以大学医院为主。在群大医院被撤销认证的前一年即 2014 年，东京女子医科大学医院因发生麻醉剂异丙酚适用过量而致幼儿死亡的医疗事故，也被撤销了特定机能医院认证。

东京女子医科大学医院于 2002 年发生了一起儿童心脏手术的医疗事故，因而被撤销特定机能医院认证，5 年后再次获批，却又在 2014 年被第二次撤销认证。群马大学医院则是第一所被撤销认证的国立大学医院，这无疑是一种巨大的耻辱。

群马大学医院改革委员会在 4 月份成立，5 月下旬召开了第一次会议，审议工作进展顺利。但负责调查多起医疗事故的新调查委员会直到 7 月下旬才得以成立运作，距院方决定重新展开调查已经过去了 3 个多月。调查委员会的成立之所以花费了这么长的时间，原因在于委员会主席人选的确定颇费周折。

临危受命担任委员会主席的，是远离群马县的奈良县综合医疗中心总长上田裕一。上田是一位心脏外科医生，现任日本心血管外科学会理事长、名古屋大学名誉教授。在名古屋大学时期，他曾主导医疗安全管理工作，并且是把名大医院打造成心血管领域先进医院的关键人物之一。

委员会的成员包括上田在内，共有 6 人。其中一位叫长尾能雅，曾在名古屋大学医院和上田一起从事医疗安全方面的工作，相当于是上田的弟子，后来成为名古屋大学教授，专门从事医疗安全领域的研究与管理。早在群大医院第一次被爆出问题的时候，长尾就是调查委员会的外部成员之一。也正是因此，他的再次当选招致外界的批评。但是，长尾毕竟是该领域内首屈一指的专家，而且与上田关系密切，所以，他入选委员会也在情理之中。委员会的另外 4 名成员分别是：将护理专业素养活用于医疗安全领域研究的宫崎大学教授甲斐由纪子、医疗专业的律师神谷惠子、曾任 NHK 记者的江户川大学教授隈本邦彦，以及 20 多年来一直致力推进患者运动的胜村久司，他曾因医疗事故失去了自己的孩子。其中，长尾和隈本曾在千叶县癌症中心腹腔镜手术医疗事故的第三方检证委员会中担任委员，而千叶县的案例与群马大学医院的事故十分相似。

2015 年 8 月 30 日，新成立的调查委员会（以下简称"上田委员会"），在东京千代田区的一家宾馆举行了第一次会议。在会后的记者会上，上田对群马大学医院发生的一系列医疗事故进行了如下概述：

"群马大学的问题，与一般意义上的医疗事故性质不同。我们怀疑，问题的本质在于医院的医疗质量。"

如果回顾日本医疗安全管理的历史，可以说最重要的转折点出现在1999年。那一年，多家大型医院相继发生严重的医疗事故，医疗安全成为广受关注的社会性问题。在东京都立广尾医院发生的事故中，医务人员将消毒剂误用于静脉注射，导致一名女性患者死亡。在横滨市立大学医院，医务人员弄错了患者，进行了错误的手术。从以上两个案例可以看出，这些事故实际上都是由明显而且简单的过失造成的严重后果。之后，在全国范围内出现了一个加强医疗安全管理的浪潮。各个医院虽然在严肃程度上有所不同，但均以认真的态度，着手开展真正意义上的医疗安全管理，以期避免医疗过失的发生。

与之不同，时隔十多年发生于群马大学医院的医疗事故，绝不是那种明显而且简单的过失。当然，如果对各个病例作出仔细的观察，就会发现其中并非不存在过失。但是，就整体而言，这些事故的发生原因被归类于"不可避免的术后并发症"的范畴，而未被当作应该被调查的对象，因此未经过详细的检证就不了了之。群大医院的这些事故显然与那些存在明显过失而且无疑存在调查必要性的案例，在性质上是迥然不同的。

上田在当时所提到的情况与意见正是此意。

而且，上田还在这次会议上讲到一个新情况：据此前公布的情况，第二外科发生术后死亡的患者共计18人，包括腹腔镜肝脏切除手术8人、开腹肝脏手术10人；但是，院方最新发布数据表明，在2007年至2014年的8年间，另有12人在接受胰脏手术之后死亡。也就是说，第二外科肝胆胰外科手术后死亡患者人数上升到了30

人。2007年是一个需要注意的时间点。早濑稔正是在这一年的春天赴群大医院就职的。在早濑经手的手术中，有30名患者在手术之后死亡。

上田委员会明确表示，将向死者家属进行问询调查。此外，还将听取主刀医生早濑稔、诊疗科科长松冈好教授等医院相关人士的陈述，以期尽力查明事实真相。这些正是原调查委员会的略过之处。委员会还计划将各个病例中所涉及的医学问题，委托给日本外科学会予以检证。之所以要将医学检证交由专家负责，是因为上田委员会中没有精通肝胆胰外科专业的医师。委员会则将依据日本外科学会所提供的检证结果，撰写相关调查报告。这一做法并非此次首创，而是负责调查千叶县癌症中心腹腔镜手术事故的检证委员会曾经采取的方法。

就这样，真正意义上的第三方调查由此展开。

唯有手术，别无选择

9月下旬，上田委员会对遗属开展问询调查。第一次问询调查持续了2个多小时。据说其中的一名女性遗属，向委员们表达了自己一直压抑着的情绪。委员会利用9月下旬的连休假期，集中地进行了一系列的问询调查。问询从腹腔镜手术死亡患者遗属开始，其中就包括上述女性。

上田委员会针对遗属的问询工作正在进行之中，9月25日，在群马县高崎市，委托了律师团的6组死者遗属举行了会议。其中2组腹腔镜手术死者的遗属，在同一天里于高崎站前的一家宾馆内接受了上田委员会的问询调查。律师团在列席问询之后，就听证内容等举行了记者会。

参加会议的6组死者家属中，2组是腹腔镜手术死亡患者的遗属，1组是2009年后接受开腹手术并死亡的10名患者之一的家属，2组是2009年前接受开腹手术并死亡的患者的家属，还有1组是接受腹腔镜手术出院后因肝癌恶化而死亡的患者的家属。死于癌症进展期的患者原并未被列为事故调查的对象，但是其家属认为医院的做法并不合理——自己被迫接受了保险适用范围外的手术，却没有得到任何解释，所以出于"想弄清楚到底发生了什么"的心情，参与了会议。

这次会议，促使死者家属的行动发生了巨大的变化。一名男性遗属下定决心向媒体坦诚地吐露自己的感受，在律师团的陪同下出席了记者会。他的妹妹在2008年接受了胰脏手术，不久后去世，年仅20多岁。

该男子的妹妹在接受手术的当时，是群马大学医院消化内科的一名在职护士。参加会议的遗属们对此感到极大的震撼，没想到就连可以称之为医院"自家人"的内部工作人员，竟然也接受了那样恶劣的诊治并最终不幸去世。在该男子的热忱鼓励下，2组因腹腔镜手术而死亡的患者的家属也下定决心，准备出席记者会。

这是死者家属第一次公开露面，就群马大学医院的手术死亡问题发出自己的声音。

问询调查结束之后，晚上8点多，在距离高崎车站约10分钟脚程的一间租赁会议室里，举行了一场记者会。律师团事务局局长梶浦明裕和4名遗属并排坐在会场上，遗属包括第一个决定参加记者会的失去了妹妹的男性、一对因腹腔镜手术而失去母亲的姐妹，以及一个失去父亲的儿子。另有4名遗属以匿名的方式出席记者会，而且不接受面部拍摄。但是，因为从未有人在记者面前亲口表达自己对死者的思念，记者会现场挤满了记者和摄像机。

记者们的提问对象首先是接受了问询调查的遗属，问题集中在他们所接受的问询内容以及他们接受问询后的感受。

据遗属的回答可知,上田委员会的提问主要集中在知情同意的方式上。失去母亲的那一对姐妹,直言不讳地向上田委员会讲述了自己的感受。

姐姐说:"我认为,他没怎么花时间去作出说明。如果听了必要的详细说明,我们会认为可以选择不做手术,因为母亲也说过自己不想做手术。妹妹随后也说:"最后的最后,直到母亲就要被推进手术室的那一刻,她还一直说着'我不想做手术'。但是,我们全家都希望母亲能活得更久一点,所以我们赌上了最后的可能性。如果我们能考虑她本人不想动手术的心情,也许她还能多活一段时间吧。"

那个失去父亲的儿子谈到医生的术前说明,说医生的说明就像是推着赶着让他父亲做手术似的。

他说:"我隐隐觉得,手术可能就是唯一的选择吧。在我的记忆中,他在当时所作的说明好像是在说只能做手术。话里话外的意思,就是考虑到患者的年龄和体力,如果采取腹腔镜手术的话,身体负担会小一些,等等。除此之外,别无选择。"

失去妹妹的那名男子感到急躁和不安,因为自己没有被上田委员会列为问询对象,也不确定妹妹的死亡是否会被作为事故调查的对象。

他说:"我觉得群大医院的回应实在是太慢了。针对开腹手术的调查,还没有任何进展。在这种情况下,作为死者家属,我的心情就是希望能够得到一个明确的回答——到底是在什么时候开展调查。"

自从问题曝光以来,已经将近一年。直到这一时刻,上田委员会的调查才刚刚开始。而且,上田委员会虽然已经在内部决定委托日本外科学会进行相关医学检证,事实上迟迟未能启动。遗属们对这种情况深感厌烦与无奈,因此不得不在公开场合披露实情。

恶劣的传统

　　为检证医院管理问题而组织的第三方改革委员会已于 4 月份成立，与上田委员会分头行事。10 月 26 日，上田委员会正在推进真正意义的重新调查，而第三方改革委员会则先人一步，发布了相关意见的中期总结。改革委员会在东京千代田区的一家宾馆举行记者会，指出群大医院的最大问题在于第一外科和第二外科各行其是，二者的诊疗业务相近相似，却没有任何合作机制，以致效率十分低下。中期总结由改革委员会主席木村孟在记者会上发布。木村是大学学位授予机构顾问、前东京理工大学校长。他所发表的内容之严厉，远远超过人们的预想。

　　第一外科和第二外科各自独立且效率低下，其根本原因在于，研究生院医学系研究科设有两个彼此独立的外科讲座，医师们则分属于不同的讲席教授团队。医师们处于各自独立的教授指挥系统之下，医院的诊疗科也因此形成两个各自独立的系统，造成医疗运营和安全管理效率的低下。2015 年 4 月，也就是在手术死亡事故被发现的第二年，医院的两个外科部门被统合为一，但讲座却依然不变，保持着一分为二的状态。对此，改革委员会表示出强烈的担忧，指出其"组织机制的根本问题仍未得到解决"。在记者会上，木村强硬地要求："这是一个严重的问题，希望院方尽快展开讨论，谋求彻底的改革。"

　　关于第二外科肝胆胰手术患者相继死亡的问题，改革委员会指出"诊疗数量与工作人员的人数不成比例"，并且作出判断认为诊疗科科长（教授）"指导能力不足"，因此导致病例研讨会的功能失调和医疗质量的下滑，以及病历记录不完善、对病人所作的书面说明不足等问题。改革委员会还进一步批评道，在这种存在问题的管理和领导机制之下，"事故发生的原因在于，把执业资格存在问题的医生作为诊疗团队的主要成员"。而且，这一问题之所以长期搁置，未被查明，是因为在群马大学出身者居多的独特文化背景中，医务人员很难甚至是无法对前辈和恩师直言不讳地表达自己的意见和看法。因此，改革委员会要求医院在心理意识层面上作出改变，消除这种风气。

木村对群大医院提出了严厉的批评，并敦促院方进行反省："没有任何证据表明医院院长、诊疗科科长曾做出了领导应有的努力。群大医院并未发挥作为一家医院应有的统帅力。"

一同出席记者会的，还有田村遵一——他于2015年4月继野岛美久之后出任群马大学医院的院长。田村在谈到医学系研究科课程一分为二的问题时，明确表示："我们计划在今年年底之前，制定出重组计划草案。"对于来自改革委员会的严厉批评，他明确表达了反省与改革的决心，道："这些意见非常中肯。我们一定从内心深处作出深刻的反省，也一定会认真面对这一问题，并尽快实施改革。"

改革委员会的意见，甚至提到了群马大学的组织风气。而且，木村也认为这种风气未必是仅仅存在于群马大学一家的问题。关于这一点，木村说道：

"这里所说的风气或者说文化，我认为在日本的各个大学里都或多或少地存在。毕竟我也是在大学工作了33年的人。如果问我其他大学是否不存在这种文化，我的答案是否定的。实际上，这种情况比较普遍，只是群马大学的这种风气格外浓厚。不过，我认为其他大学存在一种机制，能够有人发现这种风气即将引起的危险情况。遗憾的是，群马大学并没有这种机制。或者说，即便有这样的机制，也没有发挥其应有的作用。"

木村顿了顿，接着说道："这个结果，如果能让其他大学，特别是医学部的附属医院的同仁们看到，使他们意识到存在问题并加以改进的话，那就是非常有益的了"。

会上，群大医院院长田村还对相关人员的处分情况作了说明。

"鉴于问题非常严重，我们去年已经决定，对相关人员进行惩戒处分。但是，惩戒的程度尚未确定，因为我们还没有最终完成对事故的调查，未能将所有材料收集齐全和整理完毕，这一问题便搁置到了现在。"

在记者会接近尾声的时候，木村讲述了这样的一个小插曲——改革委员会向医院相关人士询问相关情况的时候，一些人在刚开始的时候三缄其口，但在讨论过程中逐渐变得坦诚起来。对于未来，木村明确地怀着一种希望的态度，他说："确实是发生了一些非常不幸的事故。但是，这也将带来一个进步。人们会因此而改变，医疗机构也会因此而改变。"田村自始至终都面容庄严，态度积极，向在场的人们讲述了一个仍有希望的未来。

田村说："我并非完全没有意识到这个问题。我也意识到，两个外科各自为政、互不合作的状态是很不好的。只不过，我没有那么强烈的使命感想要'必须做点什么'，因此也就没有采取任何的实际行动。但是这一次，以木村医生为首的，来自不同领域的见识渊博的医生们异口同声地谈到了这一问题。思及于此，我真切地感觉到一种强烈的使命感。如果我们不做些什么，群马大学医院将永远不会走上正途。从这个意义上说，我认为这将是一个具有决定性意义的改变。"

针对 50 例死亡病例的检证

上田委员会也在渐次推进调查。

上田委员会委托日本外科学会，对每一例死亡病例进行检证，以核查是否存在医学上的问题。外科学会直到 11 月的下旬，才决定正式接受这一委托。

上田委员会决定，首先展开对18例死亡病例的调查，即最早被曝光的第二外科腹腔镜肝脏切除手术的8名死亡患者，以及2009年以来因肝脏开腹手术的10名死亡患者。之所以将调查对象确定为这18例，有两个原因。一方面是受制于人员有限的现实情况，即调查小组仅有6名委员，只能在这一范围之内展开调查。另一方面，日本外科学会认为有必要同时针对参与同一领域诊疗的第一外科进行调查，以便更为准确地查明群马大学外科诊疗的整体情况。因此，委员会计划将第一外科和第二外科一并纳入调查范围，对接受消化外科手术且在住院期间死亡的病例，展开综合性检证。

日本外科学会作出上述判断的关键性因素，是群马大学医院的病房诊疗机制引起了学会高层的关注和怀疑。

"第一外科和第二外科的病房是在同一栋楼的。因此，即便双方老死不相往来，但如果有患者去世，不可能不被对方知道。无论是第一外科还是第二外科，或许都出现过同样的诊疗状况，因此，双方也都不觉得诊疗中存在什么特别的问题，就那样置之不理了吧？"

群马大学医院的北区5楼是消化外科病房，第一外科和第二外科共同使用，几乎各占一半的床位。北区5楼病房里，第一外科和第二外科的病人混在一起，负责日常护理的护士也并不按科室区分。问题是，如果其中一个外科的死亡患者较多，难道不会引起另一个外科的注意吗？

因此，作为医学检证对象的死亡病例，也比原计划的数量扩大了很多。调查范围确定为2007年4月到2015年3月，也就从早濑到第二外科任职的时间点开始，直到他离职为止。在此期间，第一外科和第二外科共有64例死亡病例。外科学会的工作人员调查了这些死亡患者的基本信息，并排除没有疑点的病例，发现有51例需要作进一步的详细检证。其中1名死者的家属拒绝接受检证。最终，日本外科学会确定检证对象共计50例，其中第一外科14例，第二外科 36 例。

在这 50 个病例中，有 30 例是由第二外科早濑主刀的肝胆胰手术患者，其余 20 例的主刀医生各不相同。第一外科的肝胆胰小组，同样也存在引人注目的患者死亡情况。在第一外科的 14 个病例中，有 4 例肝脏切除手术、5 例胰脏切除手术、3 例食道等上消化道切除手术，以及 2 例大肠等下消化道切除手术。在第二外科的 36 例中，有 25 例肝脏切除手术、7 例胰腺切除手术、3 例上消化道切除，以及 1 例下消化道切除手术。从这些数字也可以看出，两个外科在肝胆胰领域的死亡病例都相当多。

日本外科学会的成员中，有 50 多名主攻肝胆胰外科的消化外科医生，他们被编成 9 个小组委员会，每组大约 6 名成员，各组负责 3～8 个病例，具体工作是对病历、影像学检查等诊疗记录进行彻底的检验与核实。外科学会还在小组委员会的基础上，设立了一个名为"联合委员会"的总委员会。联合委员会共有 20 多名成员，除担任学会高层的外科医生以外，还有精通医疗领域的律师、医疗安全专家和病理学家。他们负责总结个案病例的检证结果，听取包括主刀医生在内的医院相关人员的意见，并以学会的名义总结和归纳检证报告，提交给上田委员会。

几乎就在日本外科学会着手开启调查的同时，学会内部发生了一场不小的纷乱。以东京大学、名古屋大学和大阪大学等旧制帝国大学为首的一些著名大学的名誉教授，对外科学会发起了强烈的批评。在 2017 年春天举行的学术研讨会上，群马大学第一外科教授将被内定为学会的会长，但当时认为他"并不适合担任会长"的呼声很高。

提出这一观点的，是曾在爱知县癌症中心担任总长的名古屋大学名誉教授二村雄次。二村是著名的肝胆胰外科医生，而且在医疗安全领域有所建树。2002 年，名古屋大学医院发生腹腔镜手术死亡事故。时任院长二村当即明确提出，要以"不逃避、不隐瞒、不欺骗"的态度来应对。这在当时是一个开创性的举措，二村也因此引起了人们的关注。正因为他对医疗安全怀有格外的热情，所以对安全管理方面存在巨大缺陷的群马大学的教授担任会长一职怀有强烈的抵触情绪。会长代表的是学会的门面，内定的人选虽不是发生事故的第二外科医生，但也是同一医院的外科教授，这令他难以接受。因此，2015年春季举行学术研讨会期间，二村向一些学会理事提出意见："让他担任会长，合适吗？"

会长负责主持学会最大的活动——一年一度的学术研讨会。担任会长是一项殊荣，而会长的推举与确定也是一件十分郑重的事情。一般情况下，在学术研讨会前3年推选和内定"下下届会长"；前2年确定"下届会长"；在学术研讨会的前1年，新会长正式就任。按照以往的惯例，会长人选一旦被内定，都是能够如期就任的。过去，会长的人选全是来自以七所旧制帝国大学为首的知名大学的教授。地方性大学群马大学的教授被内定为会长，这件事情本身就颇不寻常。人们普遍认为，这一内定得到了九州大学的大力支持，因为九州大学是第一外科教授的母校。2014年春，第一外科教授被内定为"下下届会长"人选，将在3年后的学术研讨会上担任会长。群马大学医院发生的一系列医疗事故浮出水面是在同年11月，第一外科教授被内定为新会长已经是既定的事实了。那时起，就已经有人对这一任命提出质疑。但是，担任学会理事的干部之间也有这样一种看法，认为群大医院的手术丑闻"发生在第二外科，而不是第一外科"，因此问题不大。就这样，时间悄然流逝。

后来，二村开始加大了批评的力度，而且有几位可以称之为学会元老的名誉教授也渐次发声，站在二村一方。最先对二村的批评与质疑表示赞同的，是东京大学名誉教授、著名的肝脏外科权威、原日本红十字会医疗中心院长幕内雅敏。招致元老们不满的原因，不仅仅是群大医院的医疗事故问题，这名第一外科教授事实上曾经两次受到群马大学的纪律处分。第一次处分是在 2007 年，他因对一名女学生进行性骚扰而受到减薪处分。第二次是在 2010 年，他因涉及活体肝脏移植的医疗事故而被停职一周。元老们自己都曾担任过会长，如果让这名劣迹教授担任会长，是否会给"会长"一名抹黑呢？他们担心这种忧虑很可能成为现实。

就在临近年底的时候，以九州大学以外的旧制帝国大学为中心，10 位名誉教授联名向日本外科学会理事长国土典宏递交了意见书。署名的教授除二村、幕内以外，还有高本真一（东京大学名誉教授、三井纪念医院院长、心脏外科医生）、松田晖（大阪大学名誉教授、兵库医疗大学校长，作为和田移植手术①后首位承接心脏移植手术的专家而广为人知）。除此之外，医学界泰斗、日本医学会会长高久史麿也表达了反对之意。这些都为第一外科教授就任会长蒙上了阴影。

充满纷争的理事会

2016 年刚一开始，日本外科学会的检证团队飞快地推进了医学调查。同一份病历由多名外科医生检查，对 50 例死亡病例的诊疗过程进行了详细的调查研究。据说，这是为了能在原定于 3 月 24 日召开的理事会上提交能够被认可的调查结果。为此，工作人员有时候甚至加班到深夜，整理调查报告。

检证的结果一如调查之前所作的预判。众所周知，第二外科肝胆胰外科的手术成绩并不好。其实，第一外科的情况也好不了多少，

---

① 1968 年 8 月，由和田寿郎教授主刀的日本首例心脏移植手术。接受移植的 18 岁男子在术后第 83 天死亡。该手术引发了许多对医学伦理问题的探讨，对日本的移植医学产生了深远的影响。

死亡率虽然不及第二外科，但也高于全国平均水平。而且，即便是从诊疗过程来看，第一外科和第二外科之间虽然有着程度高低之分，但存在共通的问题。

让我们通过检验结果报告书，看看肝脏和胰脏切除手术的死亡率吧。首先，众所周知，第二外科的手术成绩不好，其肝脏切除手术的总体死亡率为10.8%。根据2007至2009年的DPC（综合医疗费用支付系统）数据，可知全国范围的平均死亡率是1.1%，第二外科竟然达到了平均值的10倍左右。如果将比照范围缩小至高难度的肝脏切除手术，第二外科的死亡率更是高达15.2%。全国性医院手术结果登记数据库国家临床数据库（NCD）的数据显示，高难度肝脏切除手术的全国平均死亡率为4.0%，第二外科的死亡率接近均值的四倍。同样，胰脏领域的高难度手术胰头十二指肠切除手术的全国平均死亡率，在NCD数据库中显示为2.8%，但第二外科的死亡率是其2倍，达到了5.6%。由此可见，不管是哪一种手术，第二外科的死亡率都是极高的。

那么，第一外科的情况又是如何呢？第一外科肝脏切除手术的总体死亡率为4.0%，达到了以DPC数据为基础的全国平均值的4倍。如果将比照范围缩小到高难度的肝脏切除手术，第一外科的死亡率则上升至6.5%。比照NCD的数据，第一外科的死亡率是全国平均值的1.6倍。胰头十二指肠切除手术方面的死亡率，甚至高于第二外科，达到了6.2%，是NCD全国平均死亡率的2.2倍。

检证团队在检视一个个不同病例的诊疗过程时，也发现一些共通的问题，包括缺少病历、手术记事等诊疗记录，医疗团队针对死亡病例的讨论也明显不足。而且，在判断手术是否可以作为合适的治疗方案这一问题上，也存在明显的疏漏。其中，检证团队判定为"不具备手术指征"即"不能进行手术"的病例数量共计4例，第一外科和第二外科各有2例。第一外科的死亡病例中存在的最显著的问题，发生在胰头十二指肠切除手术上。手术时间超过了28小时，出血量达到了17升。毫无疑问，手术过程中出现了严重异常。但令人费解的是，手术记录中却没有任何关于这一异常状况发生原因的记述。而且，该病例也是被判定为"不能进行手术"的病例之一。

如果说学会元老们递交意见书点燃了火苗，那么调查报告所披露的情况便是火上浇油，针对第一外科教授担任会长的不满与批评愈演愈烈。3月24日，学会将举行理事会，外科学会关于群大医院的检证结果将被提交给理事进行评议。届时，理事们将无可回避地围绕第一外科教授担任会长一职的恰当性作出讨论。

理事会在日本外科学会事务局所在的东京浜松町召开，会议时间比原计划延长了一个多小时。会议讨论的中心议题，与其说是检证结果，倒不如说是会长的人选问题。为期3天的2016年度学术研讨会日期渐近，将于4月中旬在大阪召开，年会开幕之前要举行会员全体大会。许多理事认为，如果在这次会员全体大会上围绕会长罢免问题展开激烈讨论的话，将致使局势异常严峻，显然是极不明智的。因此，理事们提议，如果第一外科教授能主动辞职，将有助于学会平稳地解决问题，以免滋生事端。理事们认为，这一次理事会就是要给第一外科教授一个机会，促使他重新考虑任职会长一事。

实际上，如果在学术研讨会前夕公开发布这份异常惨淡的检证结果报告，必将使第一外科教授陷入不得不辞职的境地。况且，筹备大规模的学术研讨会至少需要一年的准备时间，因此检证报告的公布时间也不能拖延太久。公布得越晚，作出重新安排的难度也就越大。或许正是出于这一考虑，学会相关人士中有人希望尽早尽快着手公布检证结果。

3月26日晚7点的NHK[①]新闻报道了检证结果的概要情况，报道的中心内容是第一外科和第二外科的死亡率。第二天即27日的

---

① 日本广播协会，日本的公共媒体机构。

《读卖新闻》早报也就群大医院外科的问题作了报道，认为第一外科存在与第二外科共通的问题，包括肝脏和胰腺手术的死亡率高于全国平均水平，以及诊疗记录不完善等情况。同日，上田委员会召开会议。日本外科学会的检证结果将在会上提交讨论，这也是针对检证结果作出解释说明的一个较为合适的机会。

在上田委员会的会议上，外科学会的干部理应对检证结果作出详细说明，然而在会议之后召开的记者会上，上田的发言几乎没有触及检证结果的任何内容。媒体的注意力早已聚焦于检证结果。就惯例而言，如果已有部分报道，则相关方面一般会对报道范围内的事实予以承认。然而，上田面对记者们的提问，面对记者们试图确认报道内容的期待，选择了回避。或许，他是想表明一个坚定的决心和谨慎的态度：在由自己领导的委员会完成最后的调查报告之前，不将不成熟的信息公之于众。不过，上田对调查目标做了明确的说明，道："我们将根据外科学会的检证结果，在 5 月底之前完成最终的调查报告。"就这样，关于第一外科手术成绩的真相并未被公布，而会长人选问题也就被搁置了。

激辩之后的会长选举

日本外科学会 2016 年度的学术研讨会日益迫近。届时，会长任命之事也将正式得出结论。但是，即便理事长、副理事长分别与第一外科教授进行了单独面谈，他依然没有推辞任命。不过，相关人员之间流传着这样的一种说法——教授本人实际上已经精疲力竭，也想要抽身退出，但是他的母校方面似乎不允许他就此退却。第一外科教授来自九州大学的第二外科，他的导师也是名誉教授。据说，导师态度坚决，寸步不让。

九州大学第二外科的风格应该说是学究型的，以热衷于研究而著名。当然也有人对其持批评意见，认为他们过度热衷于发表论文，却对包括手术在内的临床实践没有太大兴趣。但是，九大第二外科在重视研究业绩的学术界享有极高声誉，并且也向全国各地的大学输送着数量庞大的教授。也正因此，九大第二外科拥有着巨大的影响力和支配力，乃至于在外科医学界被称为"最强的压力集团①"。事实上，日本外科学会在过去的10年间，已经有3位会长出自九州大学，其中包括这名群大第一外科教授。究其原因，或许正在于九大第二外科的强大势力。

　　直到4月13日即学术研讨会开幕前一天的年度会员大会上，会长候任的去留问题也一直悬而未决。来自日本全国各个都道府县的外科医生代表们，将在一年一度的会员大会上齐聚一堂，共同商讨决定学会的运营方针。因此，会长的问题不可避免地被提上了讨论的议程。当第一外科教授得到解释机会的时候，他脸色沉郁，说出了下面的一番话：

　　"群马大学医院去年的事情给大家带来了诸多烦扰，我谨向大家表示由衷的歉意。此外，我很荣幸当选学会的下一任会长。关于被指出的活体肝脏移植手术问题，非常遗憾器官提供者留下了后遗症，我因此而受到了学校的惩戒处分。但院方已经和器官提供者达成了和解。此外，我还承担了性骚扰事件的领导责任。我是受校长的委托，把责任揽到自己身上，以收拾残局。之后，该事件未被提起起诉，因此我认为其中并不存在什么问题。还有第二外科患者去世的事情，并不属于我负责的第一外科的工作范围，而且事故发生在ICU，因此我并不知情。"

　　解释完毕之后，第一外科教授离开会场，在走廊里走来走去，似乎有些焦虑不安。同一时间，宾馆的大会议室里正在上演着一场

---

　　① 通过经济等手段对政府施加压力，从而影响政府公共政策的利益集团。

激辩。

综合多位相关人士所说的情况,可知从争论一开始就不断地有人替第一外科教授作辩护。尤其是他的同窗,非常积极地发言,拥护其担任会长。他们的说法,大致有如下几种:

"器官提供者的事故,不仅仅发生在群马大学。京都大学也有供体死亡的案例。"

"调查说,活体肝脏移植供体的输血率高。但是,事实并非如此。据我所知,他们实际上所采用的应对措施是使用供体自己的储备血液。"

"如今,群马大学医院的处境十分艰难,其特定机能医院的资格要被取消。如果连会长一职也要被撤销的话,岂不是落井下石吗?!"

"对于陷入如此困境的群马大学,外科学会应该予以支持!"

两个多星期以前,媒体对群马大学医院消化道外科手术的学会检证结果做了相关报道。检证结果显示,第一外科的死亡率也相当高,且与第二外科存在着共通的诊疗问题。因此,一些与会学者发出了质疑的声音,但领导层并没有透露调查结果的相关细节。在这种情况下,讨论仍在继续。罗列几种观点如下:

"外科医疗的发展,原本就是在向重症病例的挑战之中逐步实现的。仅凭死亡率高这一点,恐怕并不能确定是否真正存在问题。"

"如果说第一外科也有存在问题的病例,那么,是什么病例,有多少例?"

对会长任命持批评意见的与会者,自然也没有保持沉默。他们说:

"我参与了针对活体肝脏移植的调查,意识到其中存在很多问题。他们的技术水平比较低,在许多例身体健康的器官提供者的手术中,也存在出血量过多的问题,有的甚至高达两三升。"

"据说,性骚扰事件虽然最终未被起诉,但是惩戒处分并未撤销。实际上，两次受到惩戒处分这一情况本身就是非常严重的。"

"与会长人选的问题相比，现在不是更应该把注意力集中在医院改革上面吗？"

"这是一场没有患者在场的讨论，而学会应该具有自身的洞察力。"

也有人主张应该延迟作出结论：

"检证结果尚未明确，不宜轻易决定会长候任者的去留问题，应该等待结果出来以后再行讨论。"

讨论无果，最终只能通过现场投票的方式来作出选择。

拥有投票权的，是各个都道府县选出的330多名代表。计票结果显示，有172票赞成，159票反对。结果，群马大学第一外科教授以13票之差的微弱优势就任会长。

不过，另有一些没有被公开的内幕情况。在172张赞成票之中，有43张是委托投票，即缺席会议的代表以提交委托书的形式进行投票。如果我们只计算出席会议代表的投票，那么反对票的数量要多得多。

缺席代表需要事先填写委托书，委托书上有约10个问题，其中包括会长人选的相关问题。缺席代表需要对这些议题作出判断，并在相应的表格内画圈。不过，据一位参加员工大会的会员代表说："委托书的第一页上，印有一个需要画圈的表格，每一项议题的内容印刷在背面，仔细阅读后才能知道议题的具体内容。但是，大家都很忙，通常只是画个圈儿，就把委托书寄出去了。"后来，一名缺席代表发现了这一点。他说："我根本就不了解有这样一个议题，具体的内容连看都没看，就画了个圈，然后就提交了。但是，这就代表我同意了！这可真是太糟糕了啊！"言语之间，他的惊讶未加掩饰，表露无遗。

问题的本质

已经是 5 月份了。但是，上田委员会仍未公开日本外科学会检证结果的具体细节。实际上，3 月 27 日的记者会上，上田的发言已经让媒体如坠五里雾中。在那之后，上田委员会虽然总在开会，但是，就连开会的时间和地点都没有对外公布。有观点认为，上田在记者会上所明确表示的"在 5 月底前完成最终的调查报告"的计划，"很可能大幅度地推迟"。

检证结果的细节发表在 5 月 23 日的《读卖新闻》早报上。事实上，早在报道发表之前，我就已经掌握了那些细节，但这些信息不久就会被公开。所以，我在那个时候不得不独自思考，是否有必要和价值去发布那些细节。正在我犹豫的期间，熊本发生了大地震，我的关注焦点也自然发生了转移，而且也确实是渐渐地失去了闲暇时间。在这种情况下，让我能决心继续写作下去的力量，正是那些遗属的情感。

之前的调查委员会一度对腹腔镜手术死亡病例进行了医学检证，而且群马大学医院也已经承认存在过失。然而，日本外科学会又展开了更大规模的调查检证。这让遗属们开始担心——之前的调查结果是否会被推翻，医院方面的态度是否会发生改变？而且，2014 年底诊疗问题被发现以来的这一年半的时间里，开腹手术死亡患者的遗属没有得到任何像样的解释。尽管遗属们被群马大学医院告知将对该医疗问题继续进行调查，但他们事实上无法确定院方是否能够恰当地处理此事。调查的后续悬而未决，遗属们难以掩藏自己心中的焦灼。对于当事人来说，这种"等待"究竟会持续多久是个未知之数，这让他们痛苦不堪。

群大手术死亡事件　50例全部失当
手术施治合理者仅半数　外科学会检证

日本外科学会对群马大学医院的手术死亡问题进行检证后发现，第一外科和第二外科（二者于2015年4月整合为一）的50例死亡病例的诊疗过程中全部存在一定形式上的不妥之处，包括诊疗说明和诊疗记录等并不完备。所有死亡病例皆是如此，引发了人们对医院医疗质量的质疑。不仅是最早被发现存在问题的第二外科，第一外科也是如此，两个外科以数量有限的医务工作人员承担着同类型的诊疗任务。导致诊疗质量下降的原因所在，毫无疑问正是这种效率低下而且延续日久的医院组织结构。

日本外科学会的医疗检证，是在群马大学所设的第三方调查委员会的委托之下进行的。学会通过核查医疗记录、影像资料，采访医院工作人员等形式，对2007年至2014年之间接受消化道外科手术（约6700例）而发生死亡的64例病例中的50例（第一外科14例，第二外科36例）为对象，展开医学检证。

学会对这50个病例进行了评估，评估内容包括手术指征、手术技巧、对患者的说明以及术后管理。评估指出，每个病例都存在着程度不同的各种问题，包括处理方式不当、有待改善之处，以及说明、记录的缺失等。

学会检证结果指出，"手术指征"用于判断患者是否适合进行手术，但50个病例中仅有26例适合进行手术，而近乎一半数量的24例患者（第一外科6例，第二外科18例）或是处于癌症进展期，或是身体状况不佳，呈现出不适合进行手术的指征，手术的适当性存疑。其中4例（第一外科2例，第二外科2例）甚至被判定为"存在问题"，即手术本身对患者并无益处。

就手术而言，学会检证结果指出，第一外科、第二外科都存在一个非常明显的问题：手术时间远远超过原定计划、发生大量出血之类的异常情况，却没有发生异常的原因和手术过程等相关记录。例如，第一外科所实施的一例手术指征"存在问题"的胰腺癌手术，不仅手术时长超过 28 小时，且出血量包括输血在内竟然超过了 17 升，但是，导致这些状况发生的原因却并没有被记录下来。

在手术技术方面，学会检证结果指出，第二外科所实施的腹腔镜手术中存在不妥当操作，可能导致肝脏过度受损。此外，一些病例出现了止血方面的问题，还有一些病例在手术过程中本应当讨论中止手术的必要性。

在术后管理方面，学会检证结果指出，第一外科和第二外科都存在没有适时检查以及应对迟缓等问题，表明医务人员之间缺乏应有的协调。事实上，第二外科的 1 名患者就是因为麻醉剂异丙酚的使用不当，因呼吸衰竭而死亡。

在死亡病例研讨方面，检证报告指出，没有迹象表明第一外科和第二外科曾经针对这 37 个死亡病例（第一外科 6 例，第二外科 31 例）进行研究探讨，这其中也包括 4 例手术指征"存在问题"的病例。

调查委员会将根据日本外科学会的检证结果，撰写一份总结报告。报告内容包括事故原因、背景分析，并就如何防止事故再次发生作出相应提议。

群马大学医院表示："目前，调查委员会的报告尚未提交。因此，无法就此事发表评论。"

（《读卖新闻》早报东京最终版 2016 年 5 月 23 日第一版）

这篇报道传递给遗属的信息十分明确——专家团队所作的详细调查表明，群大医院第一、第二外科的诊疗从整体上来看无疑存在诸多问题。同时，这篇报道也相当于是向社会发出了掷地有声的一句叩问——这一系列严重问题的发生，难道可以仅仅归咎于某个特定的诊疗科或者某一医师个人的疏忽与过失吗？当然，个人资质方面的问题确实是存在的，但医院机构本身的问题通过第二外科连续发生手术死亡事故才得以暴露出来——这才是那一系列问题的本质之所在。

肝胆胰外科手术的难度非常高，稍有疏忽，便极可能导致患者死亡。在某种意义上，甚至可以说这一诊疗科左右着患者的生命。但是，外科医生严重不足的这样一所地方性大学，竟然刻意地将医疗团队分成了第一、第二两个外科。人数不足的两个团队分别实施相同类型的诊疗，这样的医疗资源配备显然是极为低效率的，无可避免地对诊疗产生负面影响。而且，此种不合理的状况也足以致使手术现场的医生疲惫不堪，从而导致诊疗状况的恶化。此外，诸如手术指征判断不当、术后管理不完备、诊疗记录缺失，以及关于施治措施的说明不充分等问题，则是第一、第二外科都必须面对的共通的问题。

"50例全部失当"——这一颇具冲击力的标题让人震撼，外科学会相关人士担心这篇文章会带来较大的负面影响，人们可能因此而倾向于认为所有病例都存在过失。事实上，外科学会认为这50例病例中的部分在治疗上并不存在问题，患者的死亡是不可抗力造成的。但是，如果将医务人员对病人和家属的说明、诊疗记录等方面考虑在内，那么这50例中不存在找不到缺点的"合格"病例。

确实，这50例死亡病例之外的绝大多数患者，在接受消化道外科手术后康复出院。但是，我们决不能忘记诊疗的一项根本内容是医疗记录和向患者说明病情，这也正是安全医疗的基石。而且，我们也决不能认为，那些不完善、不妥当的做法仅仅存在于这些死亡病例之中。

即便没有造成患者死亡，也绝对不能容忍那种荒唐的诊疗机制。事实上，接受了保险适用范围外的腹腔镜肝脏切除手术的患者，并不仅仅是死去的那8个人。其他人难道就得到了医院人员毫无隐瞒的说明吗？恐怕并非如此。

KIFMEC 的建立与苦涩的终结

进入 7 月，上田委员会仍未完成调查报告的总结工作。时间早就过了原计划的 5 月份。上田受邀参加 7 月 7 日在北海道旭川市举行的日本肝脏移植研究会的学术研讨会，并在会上发表演讲。

这个学术会议的参会者主要是肝胆胰外科医生，因此都对群马大学医院的手术致死问题颇为关心。而且，继群马大学医院之后，神户国际前沿医学中心（KIFMEC）也在 2015 年 4 月被爆出连续发生活体肝脏移植患者死亡的事件。随着 2015 年 10 月医疗事故调查制度的推出，医疗安全成为该领域医生特别关注的课题之一。在这一背景之下，担任群马大学医院调查委员会主席的上田受邀在学术会议上发表特别演讲。

这次学术会议的主题是"专业精神与专业自主"。据悉，学术会议的负责人、旭川医科大学教授古川博之之所以选定这一主题，正是考虑了群马大学和 KIFMEC 所发生的问题。日本肝脏移植研究会对 KIFMEC 患者的死亡问题展开了独立调查，古川在该调查中发挥了核心作用。

在医疗界，医生们总是倾向于把"专业自主"挂在嘴边。持这种观点的人认为：医生是具有高水平学识和技术专长的"专业人士"，理应在作出医疗决定时拥有一定的自由；与此同时，医生本人也必须自律，并具有自我净化能力。在旁人看来，医生们似乎不喜欢外部的干预，而往往更希望在内部解决问题。或许，这是一种职业自豪感的表现。在这次学术会议上，作为"专业自主"这一会议主题的标志性环节，首先由医疗专业律师讲解医疗事故调查制度，之后由上田就群马大学医院的调查情况作主题发言。

第一位发言的律师，就日本政府于前一年10月刚刚启动的医疗事故调查制度作了概述，并指出这一制度的缺点：在现行制度下，即使遗属对患者的死亡产生怀疑，如果医院院长并不认同是"意外死亡"的话，医院就不必向日本医疗事故调查支持中心（日本医疗安全调查机构）——负责医疗事故调查制度运营监管的第三方组织——进行汇报，甚至连调查本身都可以不做。

他说："如果按照这一制度，群马大学和KIFMEC的案例甚至都不会成为被调查的对象！"

在这位律师的发言之后，与会人员中参与KIFMEC问题调查的研究会高层都用力点头，以示赞同。不过，与会的KIFMEC的领导似乎并未将患者接连死亡视为一个特别的问题，而很可能是在整理思路，推想学会与KIFMEC之所以产生对立的来龙去脉。

律师的发言之后，是上田的演讲。正如人们所猜测的那样，上田并没有提及群马大学医院的任何问题。演讲的内容主要是围绕着上田本人长期以来所倡导的"专业自主"的话题而展开的。通过他的描述，我们可以看见一幅美好的、理想的画面，也很容易能与之产生很多共鸣。但是，我们同样也能逐渐地理智地认识到，那种理想和现实之间是存在一定差距的。

我在对群马大学医院问题进行追踪调查的同时，也一直在采访和了解KIFMEC的相关问题。肝脏移植领域的外科医生究竟是对KIFMEC的什么问题感兴趣呢？首先，让我简要地介绍一下KIFMEC的情况。

KIFMEC的院长田中纮一是京都大学名誉教授，被誉为活体肝脏移植领域的世界权威。他于2014年11月设立医院，开设宗旨是为来自印度尼西亚等国家和地区的外国人提供活体肝脏移植手术治疗，同时也是为了向国际社会宣传日本的先进医疗。医院坐落在神户人工岛的一隅，那里也是因 STAP 细胞论文学术不端[1]而饱受诟病的理化学研究所下属机构发育与再生科学综合研究中心的所在地。

KIFMEC 的副院长是一位女性外科医生。她在京都大学上学时就是田中的得意弟子，KIFMEC 开业之时，年仅 30 多岁的她被擢升为副院长。田中院长的母校京都大学的医局并没有向 KIFMEC 派遣正式医师，因此 KIFMEC 能够从事活体肝脏移植之类高难度手术的医疗人员严重不足，这一状况从建院之初就令人担忧。在脑死亡患者器官捐献极其稀少的日本，田中向全国各地大学医院的外科医生传授活体肝脏移植技术，并使这一手术在日本逐渐被认可，是这一领域的第一人。田中的传授对象，也包括群马大学医院第二外科的医生。田中培养了为数众多的优秀移植外科医生，还担任京都大学医院的院长，这样一位有着丰富经验的名医担任 KIFMEC 的院长，竟然没有得到母校京都大学在人才派遣方面的支持，这是极不寻常的。关于田中和副院长之间存在特殊关系的传言从未平息，这很可能是原因之一。

尽管人才严重不足，田中院长一意孤行地推进活体肝脏移植手术。就在医院开始营业之后的第二个月即 2014 年 12 月，田中实施了 3 例活体肝脏移植手术。3 名患者中有 2 名印度尼西亚人，其中包括一名 2 岁的儿童，第三名患者是一名 4 岁的日本儿童。此后，KIFMEC 大致每月实施 1～2 例手术，病例不断增加的同时，死亡患者人数也在不断增加。相关人士渐渐地表露出了心底的担忧。

2015 年 3 月上旬，我采访田中，了解 KIFMEC 对国内外患者实施活体肝脏移植手术的相关情况。田中坦诚地告诉我，迄今为止在 KIFMEC 进行的 7 次活体肝脏移植手术中有 4 名患者死亡，其中包

---

[1] 2014 年 1 月 28 日，发育与再生科学综合研究中心（CDB）研究室负责人小保方晴子在《自然》杂志上发表论文，声称发现了新的万能细胞 STAP 细胞，轰动世界。然而论文发表不到两周，这项"世纪大发现"就在日本国内外同行的"云审查"下暴露出重重疑点，最终被证明是学术造假，被认为是 21 世纪三大科研丑闻之一。受此事件影响，CDB 解体重组。

括一名印度尼西亚人。但是，他并不认为这其中存在问题。田中并不否认医学检证的必要性，但也没有否定自己的一贯主张："从现在的情况来看，死亡率或许是很高的。但是，病例数还是很少的。如果不把10个、20个病例放到一起综合来看，恐怕很难下结论。"

在谈论死亡病例之前，田中让以女副院长为首的医生、护士一同在场，放映了介绍KIFMEC的医院宣传片。片中，那名年轻的女副院长面对空旷的建筑计划用地，描绘着医院的未来。似乎，她正是这所医院极力推重和宣传的人物，让人感到她将是肩负起医院未来的人物。

3月下旬，日本肝脏移植研究会开始对KIFMEC展开调查。4月5日，研究会高层进行了实地调查。尽管如此，田中依然没有改变原定的手术计划，在几天后实施了第八例活体肝脏移植手术。

4月14日的早报，刊登了关于KIFMEC患者死亡事件的第一篇报道。之后，这一事实也立即成为社会关注的焦点。

不久之后，研究会发布了一份调查报告，结果显示死亡的4个病例在诊疗方面都存在问题。具体而言，主要包括如下几种：在肝脏或胰腺切除等重大手术完成仅仅4天之后，就蛮干似的进行移植手术；器官提供者本身患有脂肪肝，并不适合作为器官移植的供体，等等。据此，研究会要求KIFMEC暂停器官移植手术，并展开相关医学检证。同时，神户市政府也作出决定，准备进行现场检查。至此，KIFMEC的活体器官移植手术终于被叫停。

4月26日，田中就此一问题举行了第一次记者会。会上，田中亲自就相关情况作了说明。但是，他在大部分时间里，都是在对研究会的调查作出详细的驳斥。一名男性副院长陪同出席了记者会，该副院长曾在脑死亡器官中介机构日本器官移植网站担任人体器官供需协调员。那名与田中一起实施移植手术，本应承担部分相关责任的女副院长却缺席了记者会，这让媒体倍感诧异。不仅如此，那名女副院长不知何时已经悄然离职，不知去向。这愈发让人觉得异常地蹊跷。

近来一段时间，KIFMEC在部分媒体上积极地让患者露面宣传。那些患者所表达的感激之情应该并非谎言。不过，田中的意图，或许正是让人们知道患者对自己怀有感激之情，借以抵消来自社会的严厉批评。

5月15日，一名正在KIFMEC等待移植手术的60多岁的男性患者出席了记者会，陪同出席的是身为器官提供者的妻子及其家人。患者声称，按照原来的手术计划，他本应在4月下旬接受活体肝脏移植，但在媒体曝光了一系列问题之后，手术受到影响而被延期。此时此刻，他满心期待着移植手术能够获准实施。

他说："如果有1%的希望，我也愿意赌一次。我希望移植手术能获得批准，得以实施。"这是一个"渴望活下去"的患者所提出的真挚的诉求。

活体肝脏移植，需要切开健康人的腹部，然后切除其肝脏的一大部分。对于器官提供者来说，这一手术并不是为了治愈自己，相反是一种具有不合理风险的医疗手段，会危及自己的健康的身体，甚至可能因此罹患疾病。当然，我们也可以这样设想——只要提供者和受捐者都愿意，那就可以。但是，这要求我们进行审慎的判断针对于此的社会容忍度到底有多大。如今，活体肝脏移植手术已经成为一种被认可、被接受的医疗手段，甚至已被纳入保险适用范围，正因为此，更要慎之又慎。更何况，日本曾在2003年发生过一起器官提供者死亡的案例。事实上，那一案例正是出自田中之手，是他在京都大学医院时所施治的病例。

6月3日，未经日本肝脏移植研究学会的允许，KIFMEC强行实施了第九例活体肝脏移植手术。接受手术的男性在移植仅仅一天之后，即宣告死亡。不久后，神户市政府进行了一次现场检查，指出KIFMEC在诊疗机制方面存在人才严重匮乏的问题。事到如今，KIFMEC的活体肝脏移植手术是真真正正的不得不按下暂停键了。

尽管如此，田中还是没有放弃。

为了尽快恢复活体肝脏移植手术，田中设立了由相知故旧的医生以及病患团体相关人士组成的委员会，委托其进行检证与调查。委员会在9月的记者会上公布了检证结果，结论判定KIFMEC"基本上已经具备了必要的机制"，但也提出意见认为"此一机制并不是百分之百完美。如果计划重新进行移植手术，则希望作出进一步改善"，可谓模棱两可。KIFMEC将这一检证结果当作恢复手术的背书，因为下一个病人已经在翘首盼望着了。一周之后，第10例活体肝脏移植手术得以实施，患者是一名印度尼西亚人。

但是，没过多久，KIFMEC就迎来了事实意义上的关闭。由于资金短缺，医院于11月27日不得不关门歇业。他们虽然一直试图重新开业，但最终还是在第二年的春天走向了破产。至此，这一连串的问题终于落下了帷幕。或许，田中他自己根本就不想就此放弃。KIFMEC最后竟然是以资金短缺这一"围城绝粮"的方式走向终结的，若非如此，问题恐怕仍未解决。这足以说明解决难度之大。

通过KIFMEC的问题，我们可以清楚地看到"权威"的危害性：一旦"这一领域的权威"出现方向性错误，那么纵然是专家组的努力也难以阻止迈入歧途的脚步。

在KIFMEC的案例中，专家组对所谓的"同仁"所施行的医疗的的确确怀有问题意识，他们通过自行调查，试图实践"专业自主"。但是，遗憾的是他们的意志和努力并未结实成果。颇具讽刺意味的是，KIFMEC的案例恰恰表明，医疗界想要自主地解决自身的问题有如登天之难。

一些并不了解事件细节和内情的医疗相关人员，从旁观者的立场上对专家组的调查作了揣测。有人认为，这是东京大学的势力精心策划的一个阴谋，因为东京大学的势力和京都大学出身的田中之间原本就存在着激烈的竞争关系。也有人认为，神户大学的势力不堪忍受让"这一领域的权威"在他们自己的地盘上进行活体肝脏移植手术，所以一直在使绊子、拖后腿。作为田中直系弟子的京都大学的势力，应该对问题的本质最了解，他们在私下里认为该事件反映了很多问题，有时甚至会发出严厉的批评，但是他们几乎无法在公开场合做出任何像样的应对。因为对于他们来说，田中不仅是一位杰出的先驱，更是将自己培养成为能够独当一面的移植外科医生的授业恩师。他们对专家组所展开的调查采取默许的态度，或许就是自己对长期以来所敬爱的恩师唯一的抵抗。

同一专业领域的医生之间，或多或少都存在着利害关系。说到底，人的行为并非百分之百地处于情感的支配之下；与之相对，我们渴望尽可能地采取正确的行为，但也无法如愿。这是世间常态而言。因此，我们可能需要借助一种外在的力量，或者是一种别的机制，以发挥纠偏与匡正的作用，使事态的发展复归于正确的方向。

最终报告书

2016年7月30日，上田委员会的调查报告正式发表。那一天，正值盛夏，前桥市的天气格外闷热。这种炎热让我想起了两年前的那一天，我收到的消息令我第一次理出了头绪。

下午1点，在前桥市荒牧町的群马大学本部，以上田为首的调查委员会委员们来到了校长办公室。

校长平塚浩士从上田手中接过调查报告书，表明决心："我真诚地接受诸位的建议，一定努力付诸改革，以防止此类事件的再次发生。"

之后，大概下午2点左右，场景切换到位于前桥市昭和町的医学部。在那里，记者会如期举行，上田委员会将在会上正式发布调查报告。

记者会上，上田针对调查报告的内容概要作了说明。然而，他的说明足足花费了一个半小时。这种缓慢的进程实在是罕见，但也无法避免。因为这份报告长达 74 页，即便是仅仅对内容摘要作出细致说明，也不得不耗费很多时间。报告书大致分为三个部分：事实经过、检证结果，以及防止事件再次发生的相关建议。报告中，主刀医生（本书中的早濑）被称为 A 医生，第二外科教授兼诊疗科科长（本书中的松冈）被称为 P 教授。

调查报告中，最引人注目的是 2009 年的一年里，第二外科接连有 8 名患者因肝胆胰外科手术而死亡，主刀医生都是同一个人——早濑。

当年，第二外科还没有引进难度更高的腹腔镜手术，死亡患者接受的都是开腹手术。即便如此，第二外科在 9 月之前就一连发生了 5 起患者死亡事故。因此，松冈教授在 10 月左右下达指示，暂时中止了高难度肝脏切除手术。不过，他又在 2 个月之后，也就是 12 月，下令恢复该类手术。之后，就在这同一年里，又接连发生了包括胰腺手术病例在内的 3 例患者死亡。2010 年 3 月左右，松冈再次下令停止此类手术，早濑也表示同意。但是，此类手术却又在 4 月份重新开启。早濑在上田委员会的听证上解释重开手术的原因，说："有转诊患者来院，所以我们不能一直停止手术治疗。"

由于患者接连死亡，手术先后两次被暂停。虽然如此，"A 医生的手术暂停了一段时间后，很快就恢复了。但是，手术暂停期间，第二外科并没有对手术机制和指导机制作出任何特别的改善"。这是非常严重的一个问题。而且，早濑医生在接受听证时，针对发生死亡病例一事回答道："因为是难度很高的手术，因此不能排除产生并发症并引发个别问题的可能。"诚然，没有明确的相关标准规定究竟应该在发生多少起死亡病例之后采取停止手术的应对措施，但是调查报告指出，至少在 2009 年多次发生开腹手术患者死亡之时，"如果召开死亡病例研讨会，原本是可以采取适当应对措施的"。

但是，第二外科不仅错失良机，而且错上加错。在开腹手术导致患者接连死亡且先后两次暂停手术的背景之下，第二外科竟然又极为大胆地开启了一个更为艰难的新挑战。进入 2010 年之后不久，早濑等肝胆胰外科的医生向松冈提出申请，希望引进肝脏腹腔镜手术，理由是"也有其他大学医院在实施此类手术，而且较之开腹手术，腹腔镜手术创伤小，住院时间也得以缩短"。

这一回答让我想起了一个细节——早濑和松冈在 2015 年 3 月提交的反驳书中，曾写到引进腹腔镜手术的原委。

根据其反驳书，早濑从 2010 年 4 月到 7 月，曾经走访了几个不同的学会，研究其他医院的腹腔镜肝脏切除手术的经验。他声称自己拿到了岩手医科大学医院的手术录像，对之进行了深入研究。此外，他还亲赴岩手医大访学实习。岩手医科大学以先进的腹腔镜肝胆胰手术而广为人知，当时的岩手医大教授若林刚是该领域内首屈一指的专家。据说若林与松冈同一年成为医师，因此素来交好，早濑与岩手医大的渊源或许是出自这层关系。正如早濑在反驳文中所指出的那样，他们为引进腹腔镜手术而相当热情地做了前期准备工作。但在此之前，他们有一项本该去完成的工作：对之前发生的开腹手术患者相继死亡的情况进行充分的讨论，而且首要课题就是提高开腹手术的安全性和技术水平。令人难以置信的是，没有任何迹象表明他们进行了这些工作。在这种情况之下，第二外科在 2010 年 12 月引进了腹腔镜手术。

现在，让我们回到上田委员会的调查报告中来。

第二外科在引进腹腔镜手术之后的 1 年内，相继有 4 名患者死亡。调查报告显示，第二外科的医生中曾经有人向教授建议停止腹腔镜手术，说："死亡病例频发，情况非常危险，最好中止手术。"但是，腹腔镜手术仍在继续，在 3 年半的时间里共计造成 8 名患者死亡。调查报告对此作出严厉的批评，写道："P 教授不接受建议，也没有认真去研究已经发生的情况。这是一个非常严重的问题。"

调查还发现，他们涉嫌在学术期刊上发表内容虚假的论文。

2012年8月，当时的第二外科肝胆胰小组正在积累腹腔镜手术的病例，松冈就迫不及待地在北关东地区外科医生小组主办的学术期刊上发表了一篇论文。松冈在论文中报告了第二外科引进腹腔镜肝脏切除手术第一年内的手术成绩。在他的笔下，已实施的20例手术之中似乎只有一名患者死亡。但实际上，在引进腹腔镜手术之后最早的14个病例中，就已经有4例患者相继死亡。2014年11月，当第二外科手术患者相继死亡问题首次浮出水面的时候，松冈的这篇论文被撤回了。撤回理由是该论文原本应该通过伦理审查，但作者并未提交审查申请。实际上，这篇论文所陈述的内容本身就不符合事实，可以说是虚假的。

上田委员会的调查报告中，也对这一点提出了严厉的指责："论文记述与事实严重不符。作者将这样的论文作为研究业绩发表在学术期刊上，违背了作为医学研究者的学术伦理。"该论文的共同作者包括第二外科的10人，其中有人曾经提出反对意见，认为"该手术并不在保险适用范围之内，所以应该慎重投稿"，但是并没有被松冈采纳。

关于松冈所获得的日本肝胆胰外科学会的资格认证，也有一些令人费解的事实被揭露出来。

松冈是一名消化系统外科医生，实际上却并不擅长肝胆胰外科手术。尽管如此，他还是获得了日本肝胆胰外科学会颁发的"高级技能指导医师"的资格认证。此外，松冈实际上既没有腹腔镜肝脏手术的经验，开腹手术的经验也很少，但手术记录中却显示他曾参加过很多次手术。正如调查报告中所质疑的那样："教授实际上并没有参与手术，但在手术记录中却被记录为以手术医师或指导性助手的身份参与了手术。这种记录与实际情况不相符合，是不合适的。"类似的"虚假手术"被计入松冈的手术经验之中，很可能成为他获取学会资格认证的因素之一。

实际上，学会并没有对"高级技能指导医师"的资格进行技术性审查，而是将申请人本人报告的手术量作为评判标准之一。这使得人们对学会的资格认证方法产生了质疑。调查报告中也指出，松冈获得资格认证，可能使其他医疗机构对于可否向群马大学医院第二外科介绍病人作出错误判断，调查报告得出结论认为"日本肝胆胰外科学会对高级技能指导医生的认证方法也存在问题"。

记者会上，当记者提及松冈的"虚假手术"问题时，调查委员会主席上田讲述了一个情况。据他所说，过去，其他大学会在所有的手术记录表上事先印上教授的名字，由此可知"虚假手术"不仅仅存在于群马大学医院，而是普遍存在于医疗界的。这一情况也说明，发生在群马大学医院的诸多问题，也正是医疗界固有顽疾在不同方面的映现。

第一外科和第二外科各自为政，进行着相同类型的诊疗，就是这种顽疾所映现出的一个例子。关于这一问题，调查报告中作出了如下的分析：

"将原本就比较有限的人力、物力及财力资源分散两处，可能造成不良后果。具体而言，医生在手术方法和手术习惯方面各有偏好，而未形成标准化，易危害患者的安全；群体之间可能会不自觉地产生竞争心理和对抗意识，导致难以在诊疗方面建立良好的信息共享与合作关系，乃至于很容易滋生弊端，比如产生诊疗质量下降的风险。"这些"也正是造成死亡病例发生以及未能及时发现安全隐患的背景原因"。

调查报告还认为，群马大学医院争当该领域的旗手，不顾一切地增加手术量，也导致手术死亡事故持续发生。

"群大医院作为地区性的大学医院，诚然被寄予重望，人们期望它成为'最后的堡垒'。但是，如果将增加手术数量作为医院的基本方针，甚至将手术数量增加至能力极限的话，就可能引发若干严重问题，乃至形成恶性循环。具体而言，可能导致如下问题：对手术指征临界病例的指征判断失当；同一手术室内实施的手术频率增加，手术的平均完成时间延迟；无法及时进行细致的术后管理；对病人的说明时间不足；手术记录简化；死亡病例讨论时间不足，等等。诸如此类情况都极可能降低诊疗质量。"

调查报告认为，第二外科所有的肝胆胰外科手术完全依赖于同一个主刀医生，而诸多问题实际上也正是"超过手术数量极限而造成的恶性循环"。

早濑的病历记录不足的问题，饱受诟病久矣。调查报告也指出，这一不当行为葬送了截断死亡链的可能。

调查报告认为："（病历）的记录极其匮乏，以致无法读取患者的情况，这是极不恰当的。"此外，调查报告对手术记录作出评价道："虽然有手术过程的记录，但没有手术观察、出血以及术式变更等细节的相关记录。"鉴于记录诊疗过程是《医师法》中所规定的义务，调查报告提出警告称："无论出于任何原因，都不应该对诊疗作出不充分的记录。"

如果病历记录得当，"其他医生就有机会看到相关情况，因而可能在出现严重情况之前，采取适当的措施"。而且，"如果能够尽早地发现这一系列的死亡事件，则有机会查明原因并采取相应措施，从而防止危险情况的再次发生"。鉴于此，调查报告敦促群大医院对这一问题作出重新认识——对诊疗进行详细记录，可能关乎患者的生死。

"学习曲线"意味着什么

调查报告中提到"学习曲线"一词。我在采访与群马大学医院手术患者死亡相关问题时，也经常从外科医生嘴里听到这个术语。

一般情况下，外科医生在熟练掌握一种新手术的过程中，死亡率在早期阶段会呈现出上升趋势，但随着经验的逐渐增加，死亡率也逐渐降低。若将此一变化趋势显示在图表上，则是一条左高右低的曲线，即所谓的"学习曲线"。调查报告对此作出如下陈述：

　　一般来说，如果在指导机制和管理机制不完备的情况之下引进新手术，会出现一条早期死亡率很高，随着经验的积累而逐渐降低的"学习曲线"。鉴于此，为了避免早期死亡率较高的情况发生，必须在引进新手术时建立起完善的指导机制和管理机制。

调查报告认为，"学习曲线"的产生原因是"指导机制和管理机制不完备"，并断言必须完善此一机制，从而避免"学习曲线"的发生。在之前的采访中，每每听到"学习曲线"一词，都是被用于申说早期的手术表现不佳是"理所当然"的或是"无可奈何"的事情。
　　比如像下面这样的说法：
　　"我们管它叫'学习曲线'，是因为每个外科医生都必然会有自己的第一次手术。没有人是从一开始就能做好的，任何人都是一点点地成长，变得越来越好。所以，早期阶段死亡人数偏多是不可避免的。外科就是存在这种情况。"
　　每次听到这一类说辞的时候，我虽然能在一定程度上产生理解之情，但同时也会产生一种挥之不去的想法——"若是这样，那么，最早成为手术治疗对象的那批患者怎么忍受得了呢？毕竟谁也不想成为那样的倒霉蛋！"站在患者的角度，这种想法也是理所当然的。
　　如果没有任何其他的治疗手段，而只能通过尝试新手术的方式去争取挽救一个人的生命，那么手术执行一方也必须向患者或家属说明真实的情况，征得其同意。在这种情况下，患者及其家属有可能愿意承担相应的手术风险。但是，如果存在一种既定的手术，其他医生可以毫无问题地完成，或是除此之外还有其他选择的话，那就另当别论了。若是要让尚未成熟的医生主刀，那么人们一定会希望有高水平的医生在现场指导，从而能够采取措施来保障患者的安全。

在日本全国范围内，肝胆胰外科的腹腔镜手术仍然是一个新兴领域。但是，腹腔镜手术虽说可能是一种新技术，却并不意味着可以用来治愈以前无法治愈的疾病。对于患者来说，开腹手术是另一种选择。如果医生能够安全可靠地利用开腹手术切除癌症病变部位，患者肯定会觉得开腹手术要更好一些。如果要引进腹腔镜手术，最为关键的一点应该是在安全性方面，其机制应当确保包括术前和术后在内的手术全程不出差错。

调查报告显示，早濑在群马大学医院第二外科所实施的肝胆胰外科腹腔镜手术中，也出现了典型的"学习曲线"。因此，报告指出：

  指导机制和管理机制可能存在问题。在腹腔镜肝脏切除手术中，事实上只有最初的两个病例有具备内窥镜技术认证的医生参与其中。如果在引进腹腔镜肝脏切除手术时，存在充分有效的指导机制和管理机制，则有可能避免早期死亡病例的发生。

早濑说，在引进腹腔镜手术时，他曾经通过前往先进医疗机构访学和获取手术录像的方式研究学习。他在上田委员会的调查听证会上解释说，腹腔镜手术是以"循序渐进的、不勉强的方式引进的"。但是，调查报告作出的判断则与之相悖："鉴于出现了典型的'学习曲线'，可以认为其腹腔镜手术的引进与实施并无经验丰富的医生在场指导，且极可能并不具备实施高难度手术的相应准备。"

在前述 KIMFEC 的活体肝脏移植问题上，院长田中解释说，之所以接连发生患者死亡的案例是"因为医院接收了一些疑难病例"，"如果不把 10 个、20 个病例放到一起综合来看，恐怕很难下结论。

事实上，KIFMEC 已经进行了多达 10 次的活体肝脏移植手术，有 2 名患者在医院关闭之后死亡，在事实上造成了一年之内共有 7 名患者死亡的严峻事态。在 KIFMEC 处理的病例中，格外引人注目的一点是，相当数量的患者或器官提供者的状况并不适合移植。

在前述的"学习曲线"问题上，群马大学医院和 KIMFEC 之间似乎存在某些相通之处。

田中是活体肝脏移植领域的先驱，是引领着日本移植医疗发展至今的权威。移植医疗在其发展的黎明期，往往伴随很高的风险。但是他勇于挑战，通过病例的逐渐累积，他将自己的研究向前推进，一再改进活体肝脏移植手术技术，挽救了本已无法挽救的病人，田中确实取得了优秀的业绩。不过，或许恰恰是因为有过实际经验，他才会发表那样的言论；或许正是源自这种自信，他才在一般被认为并不适合移植的情况下，选择了施行活体肝脏移植。

然而，包括田中的弟子在内的许多专家都指出，KIMFEC 时期和田中活跃于京都大学的时代存在两个重要的区别。第一，活体肝脏移植早已过了黎明期的初始阶段，已经成为一种被广泛认可而得以确立下来并被纳入保险适用范围的治疗手段，已经不再处于需要承担巨大未知风险的那个阶段了；第二，京大时代是在具备充足人材支持的机制之下进行活体肝脏移植的，但 KIFMEC 的人材资源等机制都非常薄弱，两个时期的田中所领导的医疗团队的整体实力有着天壤之别。关于这两点区别，田中并未形成充分的认识，因此酿成了悲剧。

惩戒解雇与劝告解雇

上田委员会的调查报告于 7 月 27 日完成。之后，群马大学于 7 月 29 日召开理事会，会议的主要目的是决定对相关人员的处分。

早濑已经在 2015 年 3 月底离开了群马大学，但其退职金在调查结束之前一直未被发放。理事会决定，给予早濑相当于惩戒解雇的处分，并确定不予支付退职金。

松冈作为上级，负有监督责任。理事会决定给予松冈劝告解雇的处分，比早濑要轻一些，退职金则按照正常数额的 70% 予以发放。与早濑不同，松冈拒不辞职。在事件被曝光之后，他在临床和教学领域都遭到排斥，虽被劝说主动辞职为好，但他都顽固地不予回应。即使处于被"边缘化"的境地之中，他也选择继续留在群马大学。第二外科医局成员试图说服他时，他也断然拒绝，并说"我倒要看看群大到底要怎么样"。据说，医局的一些校友已经为他安排好了下一个落脚点，但松冈仍然无动于衷。

实际上，群大校方早在 2015 年就已经决定了相应的惩戒措施，但具体内容还是需要等到调查结果出来之后再行落实。据说，松冈从一开始就在内心深处认为"自己并没有错"，而且也对周围人表达了同样的观点。他甚至聘请了律师，试探性地表明自己将通过劳动仲裁维护权益的意图，以至于群大校方似乎也难以采取强硬态度。

上田委员会在 7 月 30 日发布调查报告之后，由群马大学另行设立的第三方改革委员会也于 8 月 1 日完成了最终提案。如上所述，改革委员会已经在 2015 年 10 月发表了该提案的中期总结，但之后又根据上田委员会的调查报告作了调整，并将修正后的内容作为提案的最终版。

最终版提案的主要修正点是，鉴于群马大学决定从 2017 年 4 月起将研究生院医学研究科的外科专业合并为"综合外科学讲座"，因而修改了相关表述。

关于中期整理版本，有人批评该提案"不是一个根本性的解决方案"。因为尽管医院的外科部门在 2015 年 4 月被整合，但医生们所属的讲座团队实际上仍被分割成两个。但是，2016 年 1 月的教授会议讨论决定，将对两个讲座团队进行一体化整合。最终版提案在说明这个一体化整合决定的原委之后，指出"必须特别注意，以确保这种机制上的变更最后不会仅仅流于形式上的改革"。

调查报告公布之后的第二天，群马大学校长平塚会同医院院长田村，拜访了文部科学省大臣驰浩，亲自向其呈送上田委员会的调查报告书。平塚致歉说："因为我们的失误，给去世的患者及其遗属造成了巨大的苦痛。对此，我们表示由衷的歉意。"驰浩说："不该发生的事情已经发生了。作为教育机构，我们的使命是必须对失去亲人的家庭作出真诚的回应，并防止类似事件再次发生。"

群大校长及医院院长在拜会文部科学大臣之后，在位于东京都千代田区的一所宾馆召开了记者会。记者会的议程是，首先由改革委员会主席木村公布最终提案，其次由校长平塚、医院院长田村和医疗质量安全管理部部长永井弥生发言，宣布群马大学对一系列调查结果的观点以及对相关人员的处分决定。

在举行记者会之前，遗属和律师团经由遗属会代表，向校长递交请愿书，要求允许代表旁听记者会。校长同意了这一要求。

记者会上，首先由改革委员会主席木村发言。他表示，尽管最终提案与中期整理版本相比有小幅改动，但改革的宗旨并没有改变，并就报告内容作了如下的大致说明：

> 之所以发生如此严重的问题，归根结底是并未实行患者本位的医疗服务。其中，最为主要的原因是医院的组织机构不健全，毫无组织性可言，无论是在群马大学层面还是在医院层面都缺乏有效管理。此外，负责人缺乏相应的领导能力。
>
> 统合管理能力的缺失，最为显著地表现在第一、第二外科的问题上。二者不仅进行着相同的诊疗，而且在诊疗中几乎没有任何交流。并且，群大在人事任命方面也不尽合理，对于极为重要的医院院长和诊疗科科长两个职位的任命极不审慎，事实上这两个人都欠缺相应的领导才能。可以说，这一点也正是

造成有效管理缺失的决定性因素。

人事系统确有改进的必要。相较于大学，其他单位的人事系统是极为透明的。大学以及大学医院也必须如此改进。大学有其自身的权力结构，一直以来的教授选任就存在很多不可告人的内幕。但是，现在必须在大学里建立一个公平公正的人事系统。调查报告的结论认为，极有必要摆脱旧风气的束缚。

此处提到了教授的选任问题。实际上，就在改革委员会讨论这一议题的时候，群马大学正在进行教授的选任工作。受到手术患者死亡问题的影响，群大从2015年春天开始，以公开招聘的形式聘任肝胆胰外科教授。但是，直至11月才确定教授人选是曾任九州大学第二外科副教授的调宪医生。他虽然任职于九州大学第二外科，实际上却是第一外科教授的同门师弟。关于肝胆胰外科教授的遴选，医院内部早有传言说"应该会来一位九州大学的医生"。因此，也有人对教授选任的公正性提出了质疑。

在提案说明之后的问答环节，木村对教授选任的质疑作了回应。他说："我也曾经听到过各种各样的传闻，但改革委员会从未得到过任何正式的信息。我曾以个人名义询问了相关人员，但得到的回答是'没有任何问题'。"不过，当记者追问教授选任过程是否如同木村本人所建议的采取"透明的"方式，即"公开公正"时，木村坦诚地答道："若从这个意义上说，我认为还没有做到。但是，如果做不到公开透明的话，那就应该无法成为一个真正值得信赖的医疗机构。"

木村之后，是群大校长等人的发言。他们在记者会上，宣布了对相关人员的处分决定（7月29日文件）。

群大校方宣布，给予主刀医生早濑相当于惩戒解雇的处分，给予教授松冈以劝告解雇处分。在术后死亡事件相继发生的2007年4月至2014年3月期间担任医院院长的野岛美久、石川治两人，因违背其大学理事的相应任职规章而给予相当于惩戒的减薪处分（减薪3个月，削减额度为其作为大学高层干部月薪的十分之一）。此外，另有5人受到纪律处分，其中包括给予第一外科教授书面严重警告处分。前校长高田邦昭因在2015年春季任期结束时退休，故不给予纪律处分。但是，高田本人主动返还了其作为大学高层干部5个月薪资的十分之一。

令人费解的是，对早濑的处分和对第二外科教授松冈的处分之间存在较大的差距。如果作为负责人的教授能够认真履行管理职责的话，那么即便医师有问题，也很难酿成如此严重的恶果。

在记者会的质疑及答辩环节，我提出了这一疑问。这一次，校长等人变得与之前大不相同，显得格外地惊慌失措。他们慌乱地翻阅着手上的资料，一副狼狈相。

笔者：与主刀医生相比，给予教授的处分更轻。请问，这是出于什么原因？

平塚：我认为，对松冈给予解雇处分，这一处罚程度是很重的。之所以较诸主刀医师轻一些，是因为松冈事实上已经提出了建议，指示主刀医生认真记录病历等等。因此，松冈的责任以及其被给予的处分与早濑并不相同。

笔者：如前所说，教授拥有很大权力。而且，据调查显示，松冈教授并未听取第二外科医生所提出的停止手术的建议，甚至在论文中对死亡人数作出虚假陈述。考虑到这些情况，那么他所受到的处分与其所作所为是相符合的吗？

平塚：我们曾对松冈教授本人进行了相关问询。据其本人所答，论文中的死亡数字是计算错误，而非故意使用错误的数据。

笔者：实际上，在引进腹腔镜手术的第一年里，就已经有4名患者死亡，这是无可辩驳的事实，但他并未在论文中作出如实的相应说明。

平塚：如果是论文造假，那就是严重的问题。但是，他本人说并非如此。

田村：最主要的问题，是患者死亡的多次发生。造成患者死亡的手术并非根据教授指示而在不得已的情况之下实施的。因此，手术实际执行人所受处分要重于管理责任人。

笔者：教授明明是责任人，却一次也没有出席记者会，也未作出相应解释。难道就没有解释的机会了吗？

平塚：我已经向他本人提出要求，让他作出解释。

实际上，校方也承认教授权力极大，位于医局人事架构金字塔的顶端。不管你问哪一所大学的教授，都会得到这样的回答——"只要教授的一句话，就足以停止手术"。那么，为什么这种权力没能在群大的案例中发挥作用呢？而且，松冈教授究竟是出于什么原因而对医局成员的建议——"太危险了，最好停止手术"——不予理会呢？他又为什么要在论文中列出不符合事实的死亡人数呢？他为什么在问题曝光之后，立即将那篇论文撤回呢？难道能说主刀医生一直以来都是违背着教授的意图而强行实施手术的吗？

在质疑校方对教授的处分是否与其所作所为相符合的过程中，我注意到只有医疗质量安全管理部部长永井一个人曾多次深深地点头。

获准列席旁听的遗属会代表和律师团也听到了以上质疑与回答。不出所料，遗属们也对群大校方宣布的处分决定作出了与我同样的反应。在上述记者会之后，遗属会也随即举行了记者会。会上，有人对群大校方提出批评，认为其对教授的处分过于宽容。遗属们向媒体表示，他们希望对松冈以及主刀医生处以吊销行医执照的处分。

第五章　遗属的故事

妹妹的遗愿

对峙

2016年6月，也就是上田委员会发表调查报告的前一个月，一部分死亡患者家属聚集在一起，成立了遗属会。那时，医院的调查仍方向未明，而且难以看到上田委员会方面有任何进展，遗属们没有得到来自院方的任何联系，不得不毫无头绪地苦苦等待。因此，他们越来越强烈地希望能互相交流。在律师团的建议下，他们于6月26日正式组成遗属会，决定团结起来，与群马大学医院对峙下去。

十几组死者家属聚集在高崎市一家宾馆的会议室里，听取了律师团团长安东宏三以及事务局局长梶浦明裕等8名律师的说明。律师们介绍了过去医疗事故中遗属活动的具体例子，并阐述了遗属会团结一致开展活动的意义。当时，有11组死者家属表明态度，愿意参加遗属会，其中包括来自第一外科的一组患者遗属。两名遗属被委任为遗属会的代表。一名是40多岁的男子，他的父亲在腹腔镜肝脏切除手术之后死亡；另一名叫冈田健也（化名），他的妹妹因胰脏开腹手术而失去了年轻的生命。

傍晚时分，遗属们转移到在高崎市内的租借会议室，举行了记者会，宣布成立遗属会。出席记者会的死者家属共计3人，包括上文提到的两名代表，以及因肝脏开腹手术而失去父亲的筱原由希（化名）。3人都是匿名出席，其中只有由希曾在媒体上公开露面，控诉问题。

遗属中第一个决定出席记者会的是健也。他是在去年9月份作出决定的。在遗属会成立的记者会上，健也说出了自己的想法：

"我心中的苦痛，一直以来几乎没有任何机会去倾诉。没有人能对我的遭遇产生共鸣。因此对我来说，遗属会非常重要。我的心灵获得了拯救。我们会努力查明真相，争取防止类似事件的再次发生。我希望我们能走向一个好的结果。"

2008年3月，健也的妹妹、群马大学医院护士冈田麻彩（化名）去世。如前所述，她在当年2月接受了胰头十二指肠切除这一高难度开腹手术，主刀医生是第二外科的医生早濑稔。胰脏呈蝌蚪形状，分为头部和尾部。手术是在尚未确定胰脏头部肿块是否为恶性肿瘤的情况之下进行的，但肿瘤并没有被成功切除。手术两周后，据最终病理诊断显示，她患有癌症。如前所述，第二外科在2007年度所施行的肝胆胰外科手术中，有5人在术后死亡，麻彩就是那第五名死者。相关人士表示，大学里当时也有人质疑第二外科的手术，但不知不觉间就不了了之了。其实，如果能在术后死亡接连发生的当下采取得当的应对措施，那么，这些病例将有可能成为改进工作的重要契机。麻彩的例子，就是其中之一。

群马大学医院的手术致死问题被曝光出来，起初是因为在3年半的时间里竟然就有8名患者相继死亡，而且8人所接受的手术都是由同一名医生实施的腹腔镜肝脏手术。不久之后，人们发现，

2009年以来的5年中另有10名患者死于肝脏开腹手术。至此，死亡患者总计人数上升至18人。麻彩虽不属于上述两种情况中的任何一个，但是，当第二外科的这些问题被曝光之后，麻彩的哥哥健也再也无法抑制他长期以来的疑虑了。2015年4月初，也就是手术致死问题被曝光的6个月之后，健也和一位女士——麻彩的好朋友，也是一名护士——前往群马大学医院，为他们长期以来的疑虑寻求一个解释。负责接待他们的，是医疗质量安全管理部部长永井弥生，当时还有一名消化外科医生在场。这名外科医生比早濑晚一年入职第二外科，手术记录显示，他是参与麻彩手术的助手之一。

麻彩的好友事先在笔记本上写下了以下7个疑点。

疑问

① 是否因为继续手术而加速了麻彩的死亡进程，是否没能有效利用最后的那段日子。

② 在术前无法确定肿块是良性还是恶性的情况之下，医生应该很容易预见到这是一个非常困难的手术，但为什么不对这一情况作出详细的说明，为什么不讲明最坏的情况（包括肿瘤为恶性、手术不能一次性结束、存在引发并发症的危险和胰腺炎本身导致死亡等情况）？→病人自己和家属都以为只需要一个月左右就能出院。

③ 2月22日的最终病理结果，尚无正式的详细说明。

④ 没有提到病理解剖。

⑤ 家属办理死亡出院手续时，主治医生不在场。→工作日的白天，主治医师不应该不在场。而且，主治医生通常情况下是会送行的，更何况患者生前还是群大医院的护士。从这些情况来看，完全感受不到诚意。

⑥ 麻彩是在从重症监护室转到普通病房之后一周内死亡的，这是不正常的。之所以转到普通病房，难道不是因为出于

方便看护的考虑吗？医生解释说，因为她从10月份开始就已经出现症状，并且考虑她当时的全身状况，作出判断认为麻彩当时的情况已经稳定下来，所以决定将她转至普通病房。但是，我们都知道麻彩的癌症在2月22日的时候就已经发展到相当严重的程度了。因此，医生的解释是很奇怪的。→（患者本人及其家属）都误以为她的病情正在好转，但实际情况却是病情急转直下，最终死亡。"为什么"会这样？这个疑问仍然悬在心头。

⑦手术中，医生在开腹之后，就应该知道病患的情况实际上已经非常糟糕了。就当时情况而言，最为妥当的处置难道不是仅采取最低限度的处理，然后缝合腹腔吗？（根据2月22日的病理检查可知，癌症病变在手术时发生转移，并向其他部位浸润，胃、十二指肠以及腹膜都有癌细胞种植性转移记录）

虽然患者的病情危笃至无法救治的地步，但主治医生在当时的治疗方法和应对措施极为不妥，而且针对病情和治疗方案的说明也并不充分，以致患者几乎是在对自身病情、治疗方法和可能出现的症状一无所知的状况之下去世的。因此，包括患者本人在内的一家人在精神上遭受了极大的苦痛，这一苦痛是不可估量的。

当时施行的手术本身真的是适当的治疗方式吗？在假定肿瘤并非恶性的情况之下进行手术，结果却显示肿瘤是恶性的，这难道不是判断失误吗？

希望当时的相关人员对以上疑点再次做出说明解释，并为我们所遭受的痛苦道歉。

正因为这位女士既是死者的好友又是医务工作者，她的这些质疑相当尖锐。但是，当时医院作出了这样的解释——"这个年龄的话，一般不会先考虑胰腺癌，所以我们认为不是癌症也很正常。或许是我们的说明存在不足，但从医学角度来说，做出这样的判断是没有问题的"。

健也呼吁，希望对麻彩以外的被掩盖事实真相的患者展开调查。他说："除了现在已经成为调查对象的人以外，是不是还有像我妹妹这样的患者呢？也是为了那些人，我希望能尽快展开调查。"

最初，早濑在第二外科所负责的就不仅仅是肝脏切除手术，还承担着整个肝胆胰外科的手术。他开始手术的时间是2007年，也就是刚从关联医院调回群马大学医院的时候。但是，健也和麻彩的好友两人当下根本不知道将来是否会开展更大范围的调查，只能怀着难以接受和十分沮丧的心情离开了医院。

对抗病魔

麻彩比健也小2岁，在群马县外的国立大学读护理专业，取得护士资格证书之后回到了家乡前桥市，在群马大学医院做护士工作。她心地善良，性格温和，工作勤勤恳恳，总是对身边的人细心周到、关怀备至。

健也谈起自己的妹妹，道："我妹妹乐于帮助别人，总是关心别人胜过关心自己。所以，我也想要为那些在诊疗过程中存在问题，但尚未被披露出来的受害者发出声音，贡献自己的力量。"

健也说麻彩是富有同情心的，她也一定希望去帮助那些患者。因此他下定决心，要以积极的姿态接受媒体采访。

麻彩是在2007年10月左右，开始说自己"肚子疼"。她是一个坚强上进的人，所以就强忍下来，仍然像往常一样继续工作。但是，越来越明显而且剧烈的疼痛渐渐地让她彻夜难眠。12月下旬，就在快到年底的时候，因为怀疑是患了急性胰腺炎，麻彩被紧急送往群马大学医院。

麻彩在医院里迎来了2008年的新年。新年第二天，麻彩开始写日记。日记本是崭新的,封皮是麻彩最喜欢的天蓝色。她用这本日记本,记录下每一天的点点滴滴和自己的心情,一共记了40页。这40页写得满满的,几乎每一行都写到行格的尽头,都是麻彩的优美字迹。麻彩就如同一个普通的年轻女子一样,字里行间倾诉着自己对所爱之人的相思之情,那一股真挚的感情流淌在日记的绝大部分篇幅里。不过,麻彩既是患者,同时也是这家医院的护士,因此也从一名医护人员的角度,多次记录下自己的所见所感。

"现在,许多事情都是受到限制的。不过,我能看到北9(北楼病房9楼)的前辈们辛勤工作的样子,我也越来越能体会病人们的感受。……这样一想,我觉得自己真是因此而拥有了一段极其宝贵的经历啊!"(1月2日)

"那种疼痛,真的是让人感到无比煎熬。因为患上了胰腺炎,我算是切身地体会到了这一点。病人们住院的每一天,一定也是在忍受着这种痛苦,甚至是忍受着十倍百倍于此的痛苦……这让我再次切实感受到疼痛护理管理的重要性。每一天,每一天,我都有所收获。"(1月4日)

"以前,我总是轻轻松松地对患者说出'今天有○○的检查or治疗'之类的话。但是,一旦自己处在患者的位置上,我就会感到非常紧张和不安。等到身体恢复了,我也一定要牢牢地记着这一段经历,多站在患者的角度上,关注病人的感受。这就是我的目标。我真的是在体验一种宝贵的经历呀!"(1月10日)

"接下来就是最艰难的时刻了,但我一定会努力,一定会成功克服的!等我康复之后,我也一定能成为一个会考虑患者感受的护士。"(1月23日)

麻彩还在日记里一再地感谢来探望自己的家人、朋友和同事。

"能和这些温暖的同事一起工作，真的很幸运。如今，我作为一名病人也备受照顾。真的是太幸运了。我想对大家说一声'谢谢'。"（1月7日）

"真的很幸福呀！又一次真真切切地感受到，有这么多人在支持着我。"（1月9日）

"谢谢大家！你们让我感受到了家的温暖。我的身边有那么多人在支持着我。"（1月14日）

麻彩的日记中，后来为她主刀的早濑的名字出现了3次。麻彩也在日记中，记录了一些与护士同事和其他医生的私人谈话，以及自己当时的感受。然而，关于早濑的内容全部是和治疗相关的，没有任何闲聊的迹象，甚至就连对他的表情描写和交流感想也没有。这些情况，格外引人注目。我们从中或许可以看到，早濑在大部分遗属记忆中的那个冷淡的模样。

"熄灯前，二外的早濑医生来了。他说，手术会比他想象中的更加困难，而且还不能排除恶性肿瘤的可能。……他说他将尽可能地保留器官，但在真正打开腹腔之前，一切都还无法确定。"（1月21日）

"今天，早濑医生又来了，说手术大约是在下周或下下周进行。这周，他要再做一次CT（电子计算机断层扫描），然后根据扫描结果再做决定。"（1月28日）

"早濑医生来了。他说从今天开始，考虑让我服用Enteral和GFO（二者均为经肠营养剂），用来帮助手术之后的肠道恢复。他说，要是能吃的话，就吃点吧。"（1月31日）

即便是做了检查，也总是不能发现病因。治疗方案逐渐转向手术。麻彩也在日记里写下了这一过程中的不安：

"我被告知，胰腺管的变形程度很大，考虑到今后的情况，手术是不可避免的。今天，提取了病变部位组织，用来检测和判断肿瘤是良性的还是恶性的，然后根据结果决定治疗方针。"（1月15日）

"前几天做了ERCP检测（一种注射造影剂用以拍摄胆管和胰管照片的检查）。结果显示病变部位提取组织不是恶性的，而是由于变形所导致的，但是仍然不能排除恶性的可能。……下周将要进行GIF（上消化道内窥镜检查）和CF（结肠镜检查），之后再向外科医生咨询。我已经受够了……我想逃离这种痛苦。无法再忍受下去了……好想快点解脱啊！我讨厌夜晚。太疼了，疼得睡不着。每天都在胡思乱想。……我再也不想吃经肠营养剂了。谁来救救我。……忍不住想哭。"（1月18日）

"如果手术顺利完成的话，这种痛苦、不安和失眠，就会全部消失吗？希望那一天能早日到来。"（1月20日）

麻彩的日记，最后停在了2月5日这一天，也就是2月7日手术日的前两天。

"到底还是要做手术，而且竟然还是那么一个大手术。我有点不安，有点心神不定。手术要切除很多器官，即便如此，我仍然希望手术能够顺利完成，然后能够放下忧虑，过上平平常常的生活——此刻，这就是我最大的愿望。我从来就没有想到过自己竟然要做手术，直到现在还是很害怕，真的希望自己快点好起来吧！希望有一天，我能够发自内心地露出笑容，能够迎来温暖的春天。"（2月5日）

不信任

在麻彩做了手术之后直到病情恶化去世之前的 40 多天里,健也每天都去医院探望她。在麻彩最后的日子里,健也为了方便照顾她而辞去了工作,和母亲一起住在医院里,陪伴着麻彩。关于制定手术治疗方案的经过,健也清楚地记得:

"医生说,胰腺上的肿瘤即便是良性的,也不能放任不管,否则早晚要出问题,一定会影响正常的生活,所以还是做手术吧!另外,有一件事应该是医生直接和我妹妹说的——早濑医生似乎从那个时候起,就想要做腹腔镜手术。我听妹妹说,她被试探性地询问过关于腹腔镜手术的治疗计划。"

也就是说,早濑早在 2008 年的时候,就已经在考虑使用腹腔镜进行胰头十二指肠的切除手术了。如果真是这样,实在令人惊讶,因为胰头十二指肠切除手术的难度非常高,即便在开腹手术之中,也可以说是难度最大的。腹腔镜胰头十二指肠切除手术在 2016 年才被纳入保险适用范围。但是,因为这种手术难度极高,许多肝胆胰外科医生并不赞同将腹腔镜手术作为胰头十二指肠切除手术的标准诊疗方案,并且表示出强烈的担忧。麻彩的手术,最终被确定为开腹手术。

麻彩胰腺体头部肿块的性质难以明确,根据 PET(正电子发射计算机断层显像)图像显示,像是癌症,但根据 ERCP 的组织细胞诊断则仍然无法完全确定。诊疗的内科医生说:"从影像来看,显然是癌症。但是,你还这么年轻,不可能啊。"胰腺上的肿块可能是良性的,但是疼痛会影响生活,所以医生建议麻彩做手术切除肿块。根据医生的说明,麻彩本人和家人都形成了这样的一种认知,而且深信不疑——"要想恢复健康,就必须手术。除此之外,别无他法"。

在健也的眼中，早濑在解说手术时的说话方式是"自信满满"的。他回忆说："早濑曾经对我说他有 15 年的专业经验，缝合不当首先是不可能的；而且，手术过程中会有教授在场，所以不会有问题的。印象中，他非常有自信。但对我来说，早濑那种看似自信的态度，实际上并没有给我留下好印象。我还记得自己当时的心情——你可给我记住了！要是出了什么事的话……"

手术当天，2 月 7 日上午。麻彩被推向手术室，一脸愁容，泪水涟涟，心中弥漫着对手术的焦虑和恐惧。手术预计用时是 6 个小时。健也去买了需要准备的物品，又把病房里的私人物品整理好，然后和母亲一起，等待。然而，预定结束的时间过去了，却一直没有任何消息，也没有医务人员来告诉他们具体的情况。终于，手术结束了，麻彩被送进了 ICU。那时，时钟的指针已经走过了晚上的 10 点半。

手术开始时的医生团队是由早濑、松冈和一名早濑的晚辈医生组成的。但是，手术之后早濑亲手填写的手术记录中，却列有另外几名医生的名字。一名是早于早濑 3 年入职的前辈——在当时的第二外科中，手术技术数一数二的医师；另一名是晚于早濑一年入职的学弟，专业虽然并不是肝胆胰外科，但在消化道手术方面拥有丰富的经验。后者就是在 2015 年 4 月陪同出席记者会的那名年轻医生。事实上，手术进程中出现了异常状况，早濑无法将手术进行下去，出血又止不住，在这种紧急情况之下，上述两名医生被叫来参与救治。

健也对麻彩手术后产生的冲击至今记忆犹新。

他说："手术之后不久，医生告诉我说，因为失血过多，肠道已经开始坏死了。突然之间，说如果肠道完全坏死的话，身体机能也就无法正常运行，最多也就只剩下两三天了。在那之前，我从来没有听到过任何不好的消息，没有人跟我说麻彩可能会死，也没有人告诉我麻彩会有危险。医生突然跟我说了那些令人震撼的情况，大半夜的，我在医院里忍不住放声痛哭。"

之后的将近一个月，麻彩一直在重症监护室，徘徊在生与死的边界。医生为了安装呼吸机，而给她做了气管切开术，所以她连话都说不出来。因为肝功能低下，发生了严重的黄疸，她的皮肤毫无光泽，肤色灰败如土。即便是外行人也能轻易看得出来，她的病情显然已经非常地严重了。

"手术之后，早濑似乎莫名其妙地有些惊慌。我要求他作出说明，但他就像是要逃走似的。我觉得，早濑是有意装作很忙的样子。也许他是真的很忙，但我几乎没有从他那里得到任何解释。2月22日，病理诊断的最终结果出来了。据说是癌症，但我没有得到过详细的说明。"

麻彩在去世的前一周，从ICU转到普通病房。当时，她的家人觉得难以理解，因为麻彩的病情没有呈现出任何的改善。据说，大概就在那个时候，健也直截了当地向早濑询问情况：

"是不是必须做好（去世的）思想准备了？"

但是，早濑给出了一个令人倍感意外的回答：

"根本不可能的。她正在恢复中，完全没问题。"

一名死期将近的患者，究竟为什么会从ICU转到普通病房呢？关于这一点，上田委员会的调查报告提供了一些可能成为线索的内容。报告中说，群马大学医院所实施的高难度手术的数量很大，而ICU的病床数量则相对较少，因此没有充裕的能力接收确有必要住进ICU的患者。特别是在2010年之前，据说ICU的病床数量只有六七张。这一情况之下，确有可能无法接收那些需要大量术后管理的患者。

麻彩是在3月19日去世的。就连她去世的这一天里，也发生了令人费解的事情。麻彩的死亡时间被确认为下午3点45分。那是一个工作日的白天。但是，早濑是这样告诉健也和他的家人的：

"我接到了紧急出差的命令，不能去送别了。"

通常情况下，如果自己负责的病人去世了，医生都会为遗体送行。早濑却一反常理，逃也似的离开了。难道真的是因为出差吗？就连旁边的护士也很纳闷，说："这个时间出差什么的，一般是不可能的。"那天是星期三。第二外科的手术日是星期二和星期四，而早濑一般会在周三的上午在门诊坐诊，下午则可能去其他医院兼职出诊。根据上田委员会的调查报告，基于早濑本人在调查询问中的陈述，早濑在周三的日程安排一贯如此。至于麻彩去世当时的情况，是否也是一如往常，尚不清楚。或许，他是按惯例兼职出诊去了。

此外，虽然麻彩所患的是"相当罕见的疾病"，但是早濑并没有申请病理解剖。

健也说："我妹妹是一名护士。她怀着非常强烈而且真诚的愿望，要为医疗事业作出自己的贡献。因此，如果早濑跟我们说要做病理解剖的话，我们一家人是打算接受的。毕竟，那样可以为今后的医学研究做出贡献。既然说我妹妹的病十分罕见，那为什么不请求我们同意做病理解剖呢？这一点，太不可思议了！现在回想起来，我觉得早濑应该是想尽快地把遗体烧掉，从而把证据彻底销毁。"

早濑的上级松冈教授，也有着让麻彩家属难以理解的言行。当时，麻彩的母亲因为痛失爱女而悲伤不已，松冈却当面说出了这样的一句话：

"麻彩妈妈，其实，几年前也有一位群大的护士因为胃癌去世了呀。"

健也清楚地记得，母亲被这句话深深地伤害了，后来也总是反反复复地说起教授的话。

"母亲总是说，教授的话听起来像是在说'所以呀，你就认了吧'。妈妈总是会想起教授的那句话，她说自己听到了那样一句根本算不上是安慰的话，太不甘心了。"

葬礼上，麻彩的上司、共事的护士们，以及相处较好的医生、群马大学医院的相关人士，很多人都来吊唁。但是，唯独不见主刀医生早濑和诊疗科负责人松冈的身影。

健也说："我最希望能来参加妹妹葬礼的两个人，其实就是松冈教授和早濑医师。但是，他们到底还是没来。如果他们来参加葬礼，我可能也就不会有这样的疑虑了。或许，我会认为妹妹的死是无可奈何的，也就那样放弃了。他们是不是心里怀着愧疚呢，所以直到最后也都没来参加葬礼。实际上，他们没来，反而进一步加深了我的怀疑。"

悔恨

年仅 20 多岁的麻彩去世了。只剩下健也和双亲的家里没有了往日的欢笑。

健也说："妹妹去世后的这 3 年里，母亲几乎每一天都是以泪洗面，思念着女儿。父亲总是一个人喝闷酒，酒喝得越来越多，话却说得越来越少。我们一家人，失去了发自内心的欢笑。"

麻彩去世之后不久，健也在家里发现了一封信的草稿。应该是母亲在 2008 年写的。信中说：

> 今年春天，我最爱的女儿病逝了。如果心怀苦痛的话，或许无异于一种以仇报恩的行为，但我还是为自己的无知而感到羞耻与悔恨。自从年末住院以来，我们一直在尽力，做检查、和病痛抗争、办手续、与医生沟通疗法、作出迅速的判断以及实施手术。这些明明都是必要的，我们也明明都去做了，但究竟为什么这些努力都晚了一步呢？手术过程中，医生作出迅速的判断之后，就开始了长达 15 个小时的大手术。我们不安得连厕所都不敢去，但医生在术中竟然完全没有和我们联系。手术之后，医生也只是一味地说病情在向好的方向发展，却连切除的器官都没给我们看；别的家属有术后的照片，我们也没看到。

医生在两周之后却告诉我们，麻彩得的病是进展期胰腺癌。对此，我实在是无法理解的。我想应该是因为自己的无知而遭到了轻视。手术后，麻彩在ICU接受了一个多月的治疗。去世的前一周，被转到了普通病房。病房中的患者濒临死亡，医护人员却一边说说笑笑，一边进行着医疗作业。我们这些患者的亲人听着，心里是怀着怎样的愤怒啊！很多次，很多次，话到嘴边，我又强忍着咽了下去。因为我想到自己的女儿曾经在这里工作，也想到她会被治好而康复的，所以才吞下了燃起的怒火。另外，死亡时的诊断书和死亡三周后的诊断书，内容并不相同——怎么可能是不同的呢？我想知道事实的真相。我无法理解，也无法压抑自己的疑惑——实施着最先进医疗诊治的大学医院所作的应对究竟是怎样的？为什么医生就不能给我一个回答呢？女儿的治疗，难道就只能做手术，而没有其他选项吗？我痛苦，我悲伤，我沮丧。我希望你们能明白，制造先进设备的是人，使用先进设备的也是人，但如果没有真诚的态度和高尚的思想，那么"医者仁术"就是虚无的空谈。医生的一句话，可能挽救一个人，也可能将其扔进绝望的深渊。我相信，语言有着那样的力量。一方面，我觉得女儿很幸运，拥有这样优秀的同事。另一方面，在这个重症患者接受3个月治疗之后就要转院的现代医疗体系中、在这个必须面对严重老龄化问题的医疗制度中、在这个抛弃弱者的世间，难道只有我一个人在心中怀着苦闷的、难以忍受的情绪吗，难道只有我一个人认为一定是哪里出了问题吗？

这些不合理的经历，能不能写下来寄给一个什么合适的地方呢？母亲说，她有好几次写下了类似于意见书的信，也写过几封上面那样的信。她说自己"不擅长写文章"，草稿打了好几个。健也曾对母亲说："你口述给我，我用电脑来写。"但是，实际上没有一封信真的寄了出去。

健也和父母的心中充满着对那种令人费解的医疗的不信任，弥漫着失去麻彩的悲伤和怨恨，也笼罩着一种"作为家人，却什么也做不了"的自责。尤其是母亲，无论看到什么，都会想起自己的女儿，每一天都是在泪水中度过。

在麻彩刚开始住院的时候，内科医生曾经询问过她的意见，是想在群马大学医院接受外科治疗，还是去别的医院。麻彩答不上来。母亲催促她说："你来决定吧。"为此，母亲后来一直满心懊悔，责备自己。实际上，麻彩之所以不知所措，是因为她知道就在一年半以前，也就是 2006 年的夏天，第一外科曾经发生活体肝脏移植提供者死亡的事故。她似乎因此心怀不安，担心"在群大做手术的话，真的没问题吗"。不过，母亲催促麻彩作决定时，麻彩当场就说："那在群大治吧。"

健也说："我妹妹是那种非常顾及他人情绪的人。她自己就在群大医院工作，也心怀感恩，所以，即便是不想在群大做手术，也很难说出口吧。但是，她同时也很害怕，因为那里确实发生过严重的医疗事故。所以她犹豫不决，难以马上回答。母亲追悔不已，也曾无数次地说：ّ那个时候，如果我们能为她解围，告诉医生让我们再考虑考虑就好了。'"

决定在群大治疗之后，麻彩之所以选择了第二外科，应该与当时的第一外科的状况有关。受性骚扰问题的影响，第一外科主要负责肝胆胰外科手术的两名骨干医生在 2007 年 8 月底辞职。因此，在 2008 年初的时候，第一外科在肝胆胰领域捉襟见肘，渐渐地已经无力收治病情复杂的患者。另外，麻彩的选择也可能是受到了以下情况的影响：当时，院内有关人士普遍认为"第一外科对手术态度谨慎，但第二外科则会积极地承接手术"。不过，据说一位与麻彩在工作中相处较好的内科医生曾说："如果是我的话，是不会在第二外科做手术的。"这样看来，第二外科的连续死亡事故，很可能在那个时候开始就已经在相关人士之间流传了。

麻彩去世的 3 年后，她的父亲被查出了进展期肺癌。作为父亲，他无法走进群马大学医院，那是他痛失爱女的地方，于是选择了别的医院。医生说，癌症发展很快，剩下的日子只有半年。

健也说："这个说明是很确定的，而且也很清晰，和我妹妹在群大得到的说明完全不同。那位医生虽然也使用了很多医学术语，但说明的内容还是很容易理解的。我感到无比的震惊，两种说明之间竟然会有如此大的差异！"

健也的父亲后来也去世了。存活的时间和医生所宣告的时间几乎是一样的。

健也说："母亲曾对我说，她因为父亲的去世而十分难过，但那种难过却不像失去麻彩的时候那么痛苦。麻彩年纪轻轻就走了，而父亲是顺应着生老病死的规律迎来了死亡。但是，又不仅仅因为这一点。这次，医生已经清楚地说明了情况，所以自己在心理上有了准备。"

2 年后，也就是 2013 年，健也的母亲继父亲之后，被查出了处于进展期的胃癌。母亲又选择了另外一家医院。那家医院的医生对健也母亲所作的病情说明，和父亲那次的说明一样是清楚、明确的。在短短的 5 年多的时间里，健也失去了所有的家人。那种悲痛和打击是无法衡量的。但也正因为健也一个接一个地照顾患病的家人，他逐渐意识到一件非常重要的事。

他说："对我来说，父亲、母亲被医生宣告来日无多之后的那段时间，是我有生以来唯一的一段能够真诚地面对他们的日子。那一段日子很充实，是最能够真切地感受到父子、母子之间情感的日子。彼此之间，都能坦率地面对对方。这一点，和我妹妹临终之前那段日子相比，感受完全不同。"

从照顾三个家人的经历中，健也明确地认识到："妹妹所接受的医疗救治，是多么的糟糕！"对此，他十分肯定。

决心

2016 年，健也逐渐了解到关于妹妹的手术的一些观点：即便是在学术界的专家眼里，麻彩接受的手术以及术前术后的治疗之中，都存在着很多的问题。

上田委员会委托日本外科学会进行了医学评估。根据外科学会的检证结果，麻彩的情况被判断为"病变部位通常认为是无法切除的"。可以设想，因为手术难度过大，手术准备并不充分，其结果必然是最坏的。麻彩的家人和她本人几乎没有听到任何的负面信息，深信麻彩会在手术之后恢复健康。但是，这完完全全是一种源于信息匮乏的误解，因为医生事先所给出的说明极其贫乏。

健也说："不能做手术的话，我希望医生能如实说明。如果有妥当的说明，我们全家会一起考虑应该怎么办，我们会珍惜那无比宝贵的时间，按照喜欢的方式过完剩下的日子。"

在住院期间，健也曾邀请情绪消沉的麻彩去迪士尼乐园游玩，希望能让她振作起来。麻彩是迪士尼的忠实粉丝，特别喜欢唐老鸭，去过迪士尼乐园好几次。那里，似乎也有她和过去的恋人的很多回忆。

健也对妹妹说："出院以后，如果愿意哥哥陪着的话，我就带你去迪士尼乐园吧！"

麻彩回答道："真的吗？那就说好了哟！"

麻彩真的很高兴，比健也预想的还要高兴很多。她满心期待地等着那一天。一想起这件事，健也直到现在也还是会泪眼蒙眬。

"如果我们被正确告知麻彩真正的病情，那么作为她的亲人，就可以作出不同的选择。如果没有做手术，我至少可以兑现这个承诺。但是，连这么一点小小的希望也被夺走了，我真不知道该向谁发泄这满腔的怒火。"

麻彩的"七七"过后，健也独自去了迪士尼乐园。他的包里带着一张麻彩的照片。

这张照片拍摄于麻彩住院的两周前。当时，麻彩去参加中学同学的婚礼。她手里拿着新娘的捧花，可爱地笑着摆出"V"字手势。新娘会将婚礼中拿着的花束向单身女性抛去。据说，接到捧花的人会在不久的将来，获得一桩幸福的婚姻。新娘是麻彩的朋友，她抛出的捧花落在了麻彩的手中。麻彩的心中满是天真的喜悦——"下一个会是我吗？"她那灿烂的、年轻的笑容，有一种吸引人的魔力。照片里的麻彩，即使是在哥哥的眼里，也是非常非常迷人的。这张照片，是健也最喜欢的照片。

健也带着麻彩的照片来到迪士尼乐园的大门前。一到门前，他就再也无法抑制自己的悲痛，放声地大哭了起来。本来，应该带着麻彩一起来的。但是，就连这一点小小的愿望都无法实现。作为家人，为了麻彩，自己什么都做不了……这个想法，在之后很长的一段时间里，一直让这一家人倍感心痛。

也正是怀着这种"没能为妹妹做点什么"的复杂情绪，健也决定担任遗属会的代表。他决心通过遗属会的工作，推动医疗环境的改进。自己的妹妹作为护士的职业生涯刚刚开始就戛然而止，未来之路也就此断绝。现在，健也下定决心，要代替自己的妹妹做出努力，"让医疗变得更好"。

健也一家在麻彩去世前后，就心怀强烈的疑虑和不信任。但是，麻彩本人就在群大医院工作，曾受到医院的照顾，他们也因此对医院怀有感恩之心。出于这种复杂的情绪，他们一直都无法对群大医院发出严厉的指责。唯一的、小小的抗议，就是父母患病的时候，没有选择在群大医院治疗。但是，无论早濑还是松冈，群大医院方面对此一无所知。健也的父母避开群大而选择了别的医院，这一选择对于早濑他们来说，应该也是无关痛痒的。

直到父母都去世了，2014 年 11 月至 12 月期间，早濑实施的腹腔镜手术和开腹手术分别导致8人和10人死亡的事故被媒体报道，健也终于下定决心，要认真地面对群马大学医院。2015年4月，健也去了群马大学医院。这是他在妹妹去世之后，第一次去那个地方。这次，他从医院得到的解释是"这是没办法的事"。他只能接受这个解释，默默地离开。但是，他并没有就此放弃，而是以遗属的身份出席了记者会，在报纸上、在电视上大声疾呼。因此，麻彩的病例最终成为日本外科学会的调查检证对象。结果正如他和父母之前所料想的那样，专家们指出麻彩的治疗中存在重大的问题。

健也说："如果当时就那样接受了群马大学医院的解释，这件事到现在也不会有任何的进展。我认为，一定不能放弃，一定要继续发声，这将有助于查明真相和改进医疗。"

父亲的真相

疑虑

包括两名代表在内的遗属会成员，都是以匿名的方式参与活动的。遗属们基本上都同意参加记者会并接受采访，但前提是不使用真实姓名，也不公开长相。不过，有一位遗属虽然不使用真实姓名，但在媒体上公开露面，并发出控诉。她叫筱原由希，她的父亲星野正理（化名）在2009年接受肝脏开腹手术之后去世。

仅在2009年的一年之中，就有8名接受早濑手术的患者相继死亡。上田委员会的调查报告中也指出：那一年是死亡事故频发的时期，肝脏切除手术导致5例死亡，胰腺手术导致3例死亡。如果能在此时"召开死亡病例研讨会的话，原本可以采取适当的应对措施"。报告进一步表示："相关人士应该认识到手术成绩并不符合标准这一严峻情况，至少应该就此仔细讨论死亡病例的原委，并且有必要对诊疗机制进行反思。"

由希的父亲正理是2009年的第一位死亡患者。2015年12月，由希在接受上田委员会的调查听证之后，首次出席了由遗属和律师团举行的记者会。她是唯一的一位同意在媒体上公开露面的遗属。

她说："我想，如果在媒体面前公开露面的话，或许会让看到的人产生更多的共鸣。我不希望这个诊疗问题被公众遗忘，不希望这个问题随着时间的推移而风化消散。"

由希讲述了自己下定决心时的动机。她在第一次出席记者会的时候，介绍了父亲正理决定手术的经过，坦率地讲述了自己的心情。

她说："我觉得，医生对我们所作的说明，首先是以手术为前提的。据说，内科的医生告诉我母亲和父亲本人：'如果做手术的话，可以再活10年。'所以，我们只能考虑手术治疗，我们没有作出其他选择的余地。我们之所以会选择手术，是因为我们认为做了手术就会康复。但是，万万没想到，事情会变成这个样子。现在，就只剩下了无尽的悔恨。"

对于父亲正理的诊疗，由希一直无法理解。正理先是接受了肝动脉栓塞手术，用于阻断为癌细胞提供养料的血管，之后不久又接受了肝脏切除手术，而正理一直患有重症肌无力的老毛病。由希心存疑虑，不知道医院是否依据以上情况进行了合理的用药治疗？

由希的父亲患有肝硬化，一直在另一家医院接受治疗。因为医生怀疑其有罹患肝癌的可能，于是父亲去群马大学医院的肝脏代谢内科检查。他在做完肝动脉栓塞手术之后，原本应该观察一段时间。但是，在仅仅两周之后，医生却劝说他接受手术治疗。

由希去医院探望父亲的时候，父母告诉她："我们决定做手术了。"当时，她感到太突然、太意外，不由得大吃一惊。

由希提出自己的看法，说："前不久刚刚做了肝动脉栓塞手术啊，会不会太着急了？才过了这么短的时间就做手术的话，爸爸的身体吃得消吗？"

由希虽然心怀不安，但既然父母已经决定了要接受手术治疗，自己也只好同意。他们接受手术的决定性因素是接诊的内科医生的一句话——"如果做手术的话，可以再活 10 年"。但由希还是惴惴不安。即使是在外行看来，刚刚做完一个大手术的仅仅两周之后，就又要安排一个规模更大的肝脏切除手术，无疑是存在巨大的风险的。父亲之前的手术虽说是顺利完成了，但由希对父亲的身体状况很是担忧。

为治疗重症肌无力，正理手术前后也一直在服用免疫抑制剂。母亲咨询了其他医院的医生，得知这一服药并不得当，于是不得不匆忙停药。此外，正理在手术之后持续腹泻，医生诊断为急性伪膜性肠炎，于是给他注射了抗生素，第二天，正理开始出现呼吸衰竭症状，之后被送入 ICU，装上了人工呼吸机。因此，正理又做了气管切开术，这样一来，他就无法与家人直接对话了。

"医生的用药是否正确、得当？"由希的心底生出疑虑。

术后，由希和母亲照看和守护着正理。她们看着正理饱受病苦折磨的样子，开始担心他所患的重症肌无力是不是已经进一步恶化了。但是，医院的处置方式依然不见任何改善。于是，她们一再提出自己的诉求，希望能够请之前接诊过正理的神经内科医生为他检查病情，或者转院治疗。但是，尽管说了好多次，院方却置若罔闻似的，从未给出任何的回应。

在正理住进 ICU 之后不久，有一次由希看到了早濑医生，便对父亲说了句"爸爸，医生来了哟"。正理皱着眉头，把脸转向了一边。由希心想："父亲一定是很生气吧，让自己遭了这么大的罪。"最后，正理感染了 MRSA（耐甲氧西林金黄色葡萄球菌），引发败血症，并发呼吸衰竭和肝脏衰竭，最终在手术之后的第 60 天离开了人世。

多年以来，由希一直心存疑惑。终于，在 2015 年的 12 月，她第一次出席了记者会。她在会上还补充说道：

"我希望主刀医生一定要站出来，解释一下究竟发生了什么。而且，我也认为群大医院在组织机构上存在问题，希望院方能认真对待，认真解决这方面的问题。"

诉求

由希在父亲正理的"七七"法事结束之后，写了两封信，分别寄给主刀医生早濑和曾为父亲诊治重症肌无力的神经内科医生。写信的目的，是为了向他们表明自己一直以来的疑惑。由希至今保留着信的草稿，娟秀的楷体笔迹，写在两张便笺上。

事后回想，她还是认为信的内容确实得当。

敬启

晚夏之际，敬颂清祥！

我是已故星野正理的女儿，叫筱原由希。先父于×月×日，在群马大学医学部附属医院与世长辞。先父生前在接受手术诊治和住院之际承蒙照顾，谨致谢忱。唐突致信，请予谅解。不过，我无论如何都要写下这封信，讲述自己现在的心情。

上个月，先父星野正理的"七七"法事结束了，相信他应该已经平安地升入天国。这让我们全家稍为心安，也让我的心情平静了许多。但是，我无论如何也难以相信父亲已经不在人世了。我的心中充满了遗憾、不甘。我不知道，这样的事情为什么会发生在父亲的身上……关于医学，我们全家都是外行，可以说是一窍不通的，当然也并不完全清楚父亲的身体状况。但是，我一直以来就认为，父亲当时处于那种身体状况之下，采取手术治疗是错误的。手术的决定是我父亲做出的，作为家人，我们也无可奈何。但是，我不知道医生是否了解我父亲当时的病情（重症肌无力），以及为治疗这种疾病而服用的药物引起的各种各样的身体异常。对于这样一个患有重症肌无力且身体虚弱的人来说，难道真的有必要立即手术吗？……如果不服用免疫抑制药物的话，是不是就不会在术后对其他器官产生影响了呢？……父亲已经去世了，我不由得回想起了很多事情。有感而发，说了这一番话。我觉得很抱歉，但还是恳请您能把这封信读到最后。

请教×医生。父亲只要一感冒，就会持续高热，而且往往不会在短期内治愈。半年前，父亲的臀部附近长了个"疖"，同样也未能自愈，而且因为愈发严重，只好送医住院。这些情况，您应该是知道的。既然如此，那您为什么还建议手术呢？我父亲非常信任×医生，所以决定拼一次，接受手术。早濑医生也曾说过"自己从未见过这种病例"，而您却并没有清楚地了解到这并不是普通的癌症手术。难道，这不是因为您在医学上的浅薄吗？如果父亲不做手术，而只剩下短暂的日子，那我也希望他能留在家里，过完最后的时光，最后往生天国。事已至此，我真的是追悔莫及。

我任性地说了这些，深感失礼。如果有医疗上的错误，我深表歉意。但是，我的目光之所及、头脑之所思、心中之所想，完全都充斥着这种感觉。以上所言，仅是我个人的看法。但我希望，您能在心中的哪怕只是一个角落里清楚地意识到，也有患者会出现像我父亲那样的症状，而且他们的家人也会怀有和我同样的想法。早濑医生，感谢您直到最后的一刻都在努力地治疗我的父亲，希望您今后也继续努力，尽可能地救治更多的生命。

今年虽是冷夏，而酷暑仍存。请多保重。

致敬

大约在两周之后，由希收到了神经内科医生的回信。他在信中写道，外科医生、患者本人及其家人都没有向自己咨询过是否可以进行手术，最终手术带来了最坏的结果，自己深表遗憾。早濑则始终没有回信。由希并不认可神经内科医生信中的内容，但她原本没指望过能有回音，所以在收到信的时候相当惊讶。实际上，她只不过是一心想着"要让医生知道家属的感受"罢了。特别是对早濑，她在内心深处早已确信"肯定不会收到回信"。

由希说："面对像群马大学医院这样的大型医院，一个普通患者的家属很难有底气表达意见。可以说，我把所思所想写在信中并寄出去，已经是竭尽全力的一拼了。在那之后，就再也没有机会得到来自院方或者医生的说明了。"

正理患有重症肌无力，经常去群大医院看病，因此对群大医院怀有完全彻底的信任。按照他自己的话来说，就是"群大是个很了不起的医院。人才和设备都充实、完备"。

由希曾经听正理说过这样的话：自己和主治医生年龄相仿，而且性情相投，很是谈得来，所以每次都很期待着就诊时的短暂交谈。正理对工作充满热情，深受周围人的喜爱；他也非常在乎家人，是一位让由希由衷敬佩的父亲。由希小的时候，父亲管得很严，但也有点宠着她。由希说："我们之间的交流不多，但父亲总是很理解我。"父亲是家里不可替代的值得信赖的顶梁柱。

"出院以后，想去田里干活，还要修剪树木。真的想早点回家呀！"总是这么说的正理手术之后却几乎无法说话了，在最后的日子里遭受了太多的痛苦，让人非常心疼。那次住院之后，正理就再没能活着回到自己的家里。

由希的父母是一对非常恩爱的夫妻。母亲在痛失伴侣之后，身心都迅速地失去了活力。她原本也患有严重的老毛病，却显得比实际年龄要年轻很多。但是，正理去世之后，她眼见着就很快地衰弱了下去。

由希说:"父亲一直都很信任群大。他彻底地相信这是一家顶级的大型医院,再加上以前一直在群大接受治疗,所以才选择了群大,但是……"

由希认为,群大医院辜负了这种信任,甚至可以说自己是"被背叛了"。怀有这种想法的并非由希一个人,这无疑是众多遗属共同的感受。

确信

由希在得知日本外科学会的检证内容之后,真的很想大声地说:"果然是这样啊!"她说:"从一开始,我就觉得不对劲。果然如此,父亲所接受的诊疗确实有问题啊!"

7年多以来,由希的心头一直盘踞着一团疑惑,想不清,也辨不明。现在,在专家的检证和说明之下,那一团疑惑终于在她的眼前呈现出了具体的轮廓。

2009年初,正理被查出患有肝癌。大约2个月之后,他接受了一种被称为肝动脉栓塞术的化学疗法。据医生所说,治疗的进展情况良好。但是,就在这项治疗的仅仅两周之后,正理就听取了医生的建议,确定要在第二外科接受肝脏切除的开腹手术。由希清楚地记得,自己在听到这一决定的瞬间,就直觉产生了抵触情绪。

根据日本外科学会的检证,专家之间曾制定一项"肝癌处理规约",根据此项规约,针对肝动脉栓塞化疗疗效的评估,通常要等到1至3个月之后才能进行。外科学会针对正理的病例进行检证,得出结论认为,"在患者接受肝动脉栓塞化疗之后的仅仅两周,便确定进行肝脏切除手术的治疗方案,并非合乎原则的治疗措施"。正如由希的直觉,相较于一般的保守性诊疗,选择做手术是过于仓促与草率了。

在药物使用方面,外科学会也指出存在问题。虽然没有提及是否有停止使用免疫抑制剂的记录，但鉴于正理是在患有重症肌无力这一疑难病症的同时接受癌症治疗，可以说第二外科用药时不够谨慎。在此意义上，正是因为低质量的医疗，才导致了最坏结果的发生。

日本外科学会的检证中所发现的用药问题是，为治疗手术后发生的伪膜性肠炎，使用了3天抗生素阿米卡星（氨基糖苷类抗生素制剂）。但是，对于重症肌无力患者而言，这种药物可能产生副作用，导致呼吸困难，因此应该"慎重使用"。检证报告附录有一份文件——以医师为说明对象的药品使用说明书，其中也明确提到了这一点。正理正是在服用了3天抗生素之后的次日，发生了严重的呼吸功能衰竭，之后被送进ICU，并被装上了人工呼吸机。

日本外科学会的检证报告中指出："我们认为，存在因氨基糖苷类抗生素而导致重症肌无力恶化的可能性。"学会的检证报告也指出，"第二外科诊疗人员在如何使用重症肌无力的药物方面，并未与神经内科作出及时的合作"，不同诊疗部门的医生之间缺乏充分的合作。

由希以及其他患者家属所怀有的疑虑——是否过早地作出需要手术的诊疗判断；是否对同时患有其他严重疾病的患者进行了得当的用药治疗，并希望神经内科的医生对此给予充分的诊察——诸如此类的问题，都被外科学会的检证报告一一列举出来。

由希说："我们都是外行，对相关的专业知识一无所知。但是，我们在一旁所看到的那些令人费解的奇怪现象，原来在专家的角度看来也是不正常的啊！……我当时应该表达得更强硬一点。如果阻止父亲做手术就好了。但是，现在只剩下了后悔。"

由希再一次真切地感到无尽的悔恨和深深的自责。她痛切地意识到，群马大学医院的机构体制问题是多么地根深蒂固，以至于竟然放任如此草率的诊疗肆意继续。

母亲的脆弱

打击

正是在 2007 年，早濑从前桥红十字会医院调回群马大学医院，悲剧的序幕就此拉开。一个"可疑的死亡"案例，深刻地烙印在遗属的心中。该案例的患者生前于当年 12 月接受手术治疗，术后仅仅 8 天，就在住院期间突然晕倒死亡。死亡患者名叫富冈荣子（化名），手术的主刀医生是早濑。

2014 年 11 月，媒体报道了第二外科连续发生患者术后死亡的情况。当时的报道中，涉事医生是匿名的，以"主刀医生"一词指代。但是，据富冈荣子之子富冈充博（化名）回忆："我第一个想到的名字就是早濑稔。给我妈做手术的，不就是那个医生吗？"充博之所以会产生这种联想，是因为母亲荣子的死太过于突如其来，也太过于令人费解了。

2007 年的秋天，荣子在一次外出购物的时候，感到剧烈的腰痛。第二天，她去了自己往常就诊的医院。医生在检查之后，认为她的肝脏异常，怀疑有罹患癌症的可能，介绍她转院到群马大学医院。那位往常给她看病的医生，起初是建议她转院到另一家医院，但是荣子更希望转院去群马大学医院。原因是荣子有一个亲戚在那儿，"可以放心"。在群大医院，她被诊断为肝门部胆管癌，并在 12 月初做了手术，切除了位于肝脏右侧部位的"右叶"。医生在说明病情和手术治疗方案的时候，充博也在场。他回忆当时的情形，说：

"简单来讲，医生所说的就是要做开腹手术，切开腹腔，取出病变部位。我认为，他没有作出细致的说明。至少，我不记得自己听到过细致的说明。医生当时说：'按照现在的情况，就只有 3 个月的寿命了。但是，如果做手术取出来的话，就没问题了。就目前的状况来看，是能切除的。'但是，他没有说那是一个难度很高的手术，完全没有说过这方面的话。我觉得，说明的时间连 30 分钟都不到。"

然而，家属就医生的说明作出的预想，与手术的真实情况大不相同。当天，荣子一大早被推出了病房，再次与家属相见的时候，已经是夜里了。自荣子被推出病房，已经过了 10 个小时以上。充博和父亲以及其他亲属，一直怀着不安的心情，焦急地等待着。然而，在这一段时间里，他们没有得到任何关于手术的补充说明。直到晚上，早濑才终于现身，亲属们也才听到了相关情况的说明。

充博回忆说："医生竟然告诉我们说，癌细胞的扩散比预想中的情况更严重，因此没能把癌变部位完全切除。但是，他在手术之前，明明是说'现在的话，切除之后就没问题了'。手术之后，他说的话就完全不一样了。听了这话，我爸当时说了句'诶???'，然后，就再也没说什么。我想，对于我爸来说，这个打击是太大了。"

但是，糟糕的情况远远不止于此。术后，荣子出现了胆汁泄漏、发烧、腹痛等一系列的症状。然而，尽管情况非常严重，她却没有再接受任何相关的检查。在此期间，她似乎也没有得到充分的血液检查、CT 检查。但是，手术的一周之后，医生突然通知让荣子出院。

充博记得医生当时说："你妈妈现在已经没事了哟！圣诞节之前就能出院了。可以考虑一下服用抗癌药。"

在医院听了这些话，充博当晚就去父母家，把医生的话转述给父亲。当时，他的父亲听了之后，满脸笑容地点着头，说"是嘛，是嘛"。父亲可能是太高兴了吧，第二天一大早就去了病房，看望母亲。但是，还没过多久，荣子在进了病房内的卫生间之后，突然倒在了地上。父亲听到动静，打开卫生间的门一看，发现荣子翻着白眼，不省人事。

当时，充博正在上班。上午 10 点左右，他接到了电话，急忙赶到医院,发现母亲荣子面色苍白,已经失去了体温。充博回忆说,自己有生以来从未看到过父亲当时的那个样子——惊慌已极,什么都做不了,只是呆呆地站在那里,一动也不动。充博说:"那时的爸爸,似乎完全换了个人似的,已经不是我在平日里看着的那个人了。我从来没有见到过,他是那么地失魂落魄。妈妈的情况当然让我悲痛万分,但爸爸的情形也让我受到了极大的冲击。"充博忘不了当时的情景。

在那之后,父亲日渐憔悴。充博看在眼里,心痛万分。就在荣子去世的那个月里,父亲自己也因胃溃疡而吐血,一下子病倒了,嘴里还总是念叨着:"都是我不好,让你那么辛苦。是我害了你!是我害了你啊……"充博的父亲,就这样一直深深地怀着自责,3年之后也离开了人世。

充博的父亲为人稳重、安静,与之相对,荣子是一位性情刚强、充满活力的女性。以前,父亲经常出差不在家,荣子就全心全意地守护着全家,而且从来都不对家人表现出脆弱的一面。然而,她在手术之前却呈现出一副脆弱无助的样子。那个样子,一直留在充博的脑海中,挥之不去。那是在手术之前的一个傍晚,荣子在接受检查之后住院,充博去医院探望。当他看到母亲的时候,一下子就愣住了。荣子一个人坐在床沿上,呆呆地看着夕阳,像个孩子似的来回摇摆着双腿,两眼望向窗外的那一片暮色苍茫,看起来是那么地孤寂、那么地不安,平日里的那一股坚毅似乎消失得无影无踪了。

充博说:"我妈只是呆呆地晃着腿,呆呆地看着夕阳,甚至都没有注意到我的到来。看到这一幕,我很难过,泪水夺眶而出。以前,每次看见我妈的时候,她看上去都是精神饱满的,也从来没有表现出丝毫的孤寂、丝毫的焦虑。这样的鲜明对比,让我更加难过。"

荣子在住院做手术之前,一边抚摸着爱犬的脑袋,一边对它说:"不要担心,我会好的,然后就回来啦。"或许,她也是在跟自己说"一定会没事儿的",以此来安慰充满了焦虑的自己。

充博说："做手术，或许反倒缩短了她的寿命。医生所说的什么'只剩下3个月的寿命了，但是切了之后就没问题了'之类的话，后来越想越觉得有点不对劲儿。但是，当时的我却相信了。如果早知道短短一个星期就死了，那么，我宁愿她不做手术，那样起码还能活3个月呢！我想，妈妈肯定也想不到，自己竟然会走得那么快吧。她还和全家人商量说，出院之后再睡榻榻米的话会很难受的，还是买张床吧。"

手术之后仅仅几天，荣子就突然离世。对于家人来说，真是一个意想不到的沉重的打击。对于荣子本人来说，又何尝不是呢！甚至，她本人都来不及感受到打击，人生的帷幕就陡然落下了。

放弃

荣子的死，太过突然。据说，早濑曾在充博等遗属面前，建议对荣子进行病理解剖。充博清楚地记得，当时早濑说为了查明死因，有必要进行解剖，又说"这是为了将来的医疗"。家人和亲属们原本以为荣子不久之后就能出院，谁都没想到她竟然会突然离世。说实话，面对突如其来的噩耗，他们根本就无法去思考病理解剖的问题。

充博讲述当时的想法，说道："说什么'为了将来的医疗'，根本就不是为了我母亲。所以，我断然拒绝了。而且，我也感到非常愤怒——他竟然在这个时候，还能说出那样的话来！"

根据日本外科学会后来所进行的检证可知，荣子在卫生间失去意识而倒下之后，医务人员进行了心肺复苏抢救，而且在抢救过程中做了腹部超声检查，怀疑有腹腔内出血的可能。外科学会还指出，医生应该仔细观察术后情况，并及时进行必要的检查和处置，但事实上却没有做到这些常规处置。检证结论认为，荣子的死因可能在于缝合不当而导致胆汁渗漏于腹腔中，进而造成血管受损并引发腹腔内出血。但是，因为没有进行病理解剖，这一点无从确证。

如果当时进行了病理解剖，荣子的死因大概是会弄清楚的。不过，考虑到遗属当时的心情，作出不解剖的决定也在常理之中。此外，就在荣子死后的3个月，冈田麻彩去世了。冈田麻彩的情况不同于荣子，因其本人曾是群马大学的在职护士，如果院方提出解剖要求，遗属是有心同意的。但是，如前所述，院方实际上从未提出过解剖申请。综合考虑这两个案例，我们无论如何都无法不怀疑，院方并未对患者意外死亡之后的病理解剖问题做好充分的预案，只是临场即兴做出反应罢了。应当针对不同的情况、以何种方式向遗属提出病理解剖，院方恐怕从未好好考虑过。

据说，早濑在荣子死后，曾向遗属提出一件事："（死亡诊断书的）死亡原因，就写住院后检查出的'胆管癌'了。这样写没问题吧？"

当时，充博诧异地想："医生问得可真是奇怪啊！"但是，作为遗属也只好回答道："我们不是医生，所以也不懂。"于是，荣子的死亡诊断书上"死亡原因"一栏，就按照早濑所说的那样写下了"胆管癌"。充博有些纳闷，难道是因为原因不明的突然猝死，导致医生不知道该怎么写才好吗？稍微想一想，就觉得医生的问话令人费解。早濑作为一名医生，当然应该写下他的诊断。但是，他问出那样一个奇怪的问题，究竟是怎么想的呢？后来的一个案例，或许可以为解答这一疑问提供一点线索。2015年3月，手术连续致死事件已经成了社会性问题而广受关注，医院公布了他们的调查结果。结果显示，早濑曾在另一位患者的死亡诊断书上将死因记录为"癌症"，但该患者的病理检查显示其根本就没有罹患癌症。

据充博说，他去市政厅，提交荣子的诊断书和死亡报告，但当时却没有被受理。

负责办理事务的工作人员说明其拒绝受理的原因，道："死亡原因存在不明之处。因此正在联系医院予以确认。"

后来，市政厅的职员向群马大学医院咨询了相关情况。几天后，充博接到市政厅的联系，说荣子的死亡报告已经"被受理了"。但是，充博在事后回想起来，总觉得有些不可思议。这究竟是怎么一回事呢？直到现在，他依然不知道真相究竟是什么。

充博说："现在回想起来，有很多地方都很怪异。"但是，从荣子的死亡到手术患者连续死亡事件的东窗事发，足足过了7年，而在这漫长的7年里，死者家属一直保持着沉默。对此，充博回忆道：

"我妈去世之后，她的一个朋友说医院的治疗绝对有问题，建议我起诉。我作为家属，也觉得十分可疑，于是就跟父亲商量。父亲说，还有亲戚在群大医院，需要得到群大的关照，如果闹出了风波的话，对亲戚也不好。而且，无论如何，人死不能复生，就算是起诉，也根本没有打赢官司的希望，只是白白地花一大笔钱罢了。无奈之下，只好把起诉的事搁到一边，开始努力调整自己的情绪。当时的心境，好像就是悲伤得不由得痛哭，但哭着哭着就睡着了。然而，就在我们几乎要完全放弃了的时候，第一篇报道出来了。报道中说，接连有患者死于腹腔镜手术。"

遗属们大概会有一种共通的心境——放弃吧！不，不能放弃！但也只能放弃……之所以会普遍存在这种情绪，是因为对于普通百姓来说，当地的顶尖大学医院是高高在上的。

充博说："我妈是在高水平的大学医院就诊之后去世的，所以也有人认为那是无可奈何的事。但是，在我亲身经历这一切之前，我从来没有想过那么大的医院竟然会是这么一个无法无天的地方。我原以为没有比群大更好的医院了，没料到竟然发生了如此荒唐的事情。"

现在，充博在心里思来想去的是：

"我妈去世之后，如果医院能好好调查的话，或许会阻止情况变得更糟糕，或许就不会发展成现在这样严重的问题了。听说医院并没有对死亡患者进行充分的医学上的研讨，我觉得太过分了！毕竟，死去的是人，而不是猫狗啊！"

第六章　技能低下导致的悲剧

主刀医生的技能

关于造成多名患者死亡的主刀医生早濑稔，我在采访的过程中，时常在群大医院听到这样的评价——"他的手术并不出色"。据医院的一些相关人士说，早濑的手术时间长，出血量又大。当患者在术后出现严重并发症的时候，人们往往会发出"又这样了啊"之类的感慨。甚至在相关人士之间还出现了一个新词——"早濑做"[①]，用来揶揄手术做得很糟糕。

据说，嘴损的人会和朋友轻率地说出这样的话："那个患者啊，因为是'早濑做'，估计是不能活着回家了。"

不过，也有人说："这个词有时候也表示另外一个意思，就是即使失败也要坚持下去。"之所以有这样的一种解释，可能是因为早濑即使在患者接连死亡的情况下也依然坚持手术。

遗属一方的律师团聘请了一位有过合作关系的专门医师，委托他对早濑主刀的两次腹腔镜手术的录像进行核查与检证。这位医生在完成检证之后，对早濑的技术提出了非常严厉的批评，认为他的"手法相当拙劣""相当低下"，"就腹腔镜手术的技术而言，可谓是非常之差"（参见第二章）。

不过，律师团进行独立检证的两例腹腔镜病例发生在 2011 年的 1 月和 7 月，都是第二外科引进腹腔镜肝脏切除手术之后的一年以内，是比较早期的案例。随着手术量的增加，医生的手术技术可能会有所提升。不过，从早期手术患者的角度来看，当然是难以接受这一说法的。

据日本外科学会受上田委员会委托，所作的医学检证的结果，在引进腹腔镜手术近 2 年后的 2012 年 8 月所实施的一例术后死亡的病例显示，"手术技巧方面，不能说有明显的不得当"。不过，在涉及将切除的胆管与肠道相连接的那部分高难度手术技巧时，学会给出了"很难说是稳妥的操作"这一尖锐的评价。2014 年 1 月，在引进腹腔镜手术大约 3 年后，第二外科又进行了相同的手术，那次手术中的死亡病例与 2012 年 8 月的手术病例完全相同，学会给出的评价仍然是"很难说是稳妥的操作"，并指出该手术不应使用腹腔镜，而应打开腹腔，在直接观察下进行手术操作。学会还指出，在 2014 年 1 月的手术中，医生为了止血而进行的处置存在不当之处，对肝脏切口的烧灼操作超过了限度，导致切除后的肝脏出现"热损伤"。

千叶县癌症中心连续发生的手术死亡事件与群马大学医院的情况非常相似。只不过，千叶的主刀医生茅野敦（化名）是一名纯熟掌握了腹腔镜手术这一先进诊疗方法的专家。他不仅因技术精湛而声名在外，而且因为广受好评而吸引了来自全国各地众多的见习人员。在这一点上，他与群马大学医院的早濑并不相同。与两人都有关系的相关人士往往会这样分析：

"千叶县癌症中心的案例，实质上是一个手术指征问题，是手术专家对疑难病例的处置过度。但是，群马大学医院的案例，则是技术问题——医生的手术技巧明明尚未纯熟，却大胆地染指高难度

---

① 原文为"ハヤセる"（早瀬る），即在"早瀬"的后面加上动词词尾，把"早瀬"用作动词。

手术。"

当然，群马大学医院的死亡病例中，也同样存在手术指征方面的重大问题。尽管如此，上述对早濑的分析和评价也是有其道理的。

早濑在回应调查时解释说，他为引进腹腔镜手术而做了必要的准备，包括去先进的医院参观学习，获得并研究手术技术纯熟的医生所实施的腹腔镜肝脏切除手术的影像资料，而且这些准备工作也都在日本外科学会的检证中被评估为"得当"。但是，据相关人士所说，早濑在引进腹腔镜肝脏切除手术之前，实际上并没有多少腹腔镜手术经验。按照惯例来说，原本应该是外科医生在纯熟掌握了诸如胃部、大肠之类消化道的腹腔镜手术之后，才能进一步在难度更大的肝胆胰上做尝试。早濑是在技术纯熟的基础之上，才开始腹腔镜手术的吗？我们恐怕不得不画上一个问号。事实上，早濑之前所实施的开腹手术也并没有取得较好的业绩。其手术死亡率之高，实在让人无法不怀疑其技术存在问题。不过，早濑的开腹手术并没有留下任何影像资料，也就无法委托第三方专家以手术录像为资料进行检证。

手术的技能问题，不仅仅指手术技术，还包括术前检查和术后管理。因此，第二外科的手术水平不仅取决于作为外科医生的早濑的个人能力，还要看包括其他医生和专业人员在内的诊疗团队所能提供的诊疗服务能力。不幸的是，一系列的调查表明，群马大学医院在术前检查和术后管理方面的诊疗水平低下。在术前，没有进行应该做的检查，对手术指征的判断也太过轻率。在术后管理中，没有仔细核实患者的身体状况，也没有及时跟进检查和处置。这些都是导致患者情况进一步恶化的重要原因。

这暴露出了该诊疗团队的脆弱性。但是，其背景原因在于早濑本人所做的信息共享并不完善。病例讨论不充分，医疗记录漏洞百出，致使早濑难以将其所掌握的相关诊疗信息分享给诊疗团队的其他工作人员。如何有效借助同事的力量，从而引导外科诊疗走向完善，也是外科医生专业技能中的重要一环。从广义的医生专业技能方面来看，不得不说早濑的专业技能是严重不足的。

只要是医生，谁都能做手术

一个医生选定哪一方面的诊疗作为自己的擅长领域，基本上是其自由。举个极端的例子来说，即便是直到今天为止都从事内科诊疗的医生，也可以从明天开始就以一名外科医生的身份去给患者做手术，这在法律意义上是没问题的。厚生劳动省仅对麻醉医师作出了相应的规定，要求其必须在积累一定经验和业绩的基础上，向厚生劳动省提交申请，并获得麻醉医师资格许可，否则不得擅自以麻醉医师的名义实施麻醉操作。但是，即便没有麻醉医师的资格，事实上也可以在手术现场进行麻醉操作，而并不违反法律。只是有无麻醉医师的资格以及是否以麻醉医师的名义进行麻醉操作，所获报酬不同罢了。实际问题无非是，如果突然询问一名一直从事内科诊疗的医师，明天能否进行胃部手术，这名内科医生在现实中是不会同意的。

医生诊疗范围的高度专业化，早已不是新鲜事了。但在几十年前，一提起外科，自然是包括心脏、呼吸道、消化道在内的，所有这些外科手术都在外科的负责范围内。不过，近年来，外科逐渐地演变为按照器官进行专业细分。

例如，一个几乎从未做过肝脏手术的消化外科医生，即便是在没有足够训练的情况下，如果要尝试以一种不同于常规方式的先进方法实施肝脏切除手术，实际上也是可以做到的。我们设想一下，一名医师在参加学术会议的时候，听取和观摩了其他医生关于高难度腹腔镜手术的案例之后，在心里想"那么，我们也来试一试吧"，于是就开始了尝试。这一情况实际上是有可能发生的。患者并不具备相应的医学专业知识，对手术术式也不甚了解，因此，医生如果想诱导患者按照自己的想法接受手术，其实是非常容易的。正因为此，就像群马大学医院和千叶县癌症中心那样，他们可以一次又一次地进行并未被纳入保险适用范围的高难度的腹腔镜手术。如果不通过第三方的伦理审查和监管，那么，医院、医生和患者之间相当于形成了一个狭窄而且闭锁的世界。在那里，作出判断与决策的，就只是一部分人。细思之下，极其恐怖。但，这就是现实。

关于这一问题，一位担任大型医院院长的外科医生说，应该制定一个统一的标准，对手术人员和手术种类进行规定，比如说外科医生必须达到如何如何的阶段、掌握如何如何的技术，才能实施与之相应的如何如何的手术。但目前并没有一个明确的规则。

他接着说道："现实中，往往存在一些野心勃勃的外科医生，想要先下手为强，争取打头阵。千叶县癌症中心和群马大学医院任由那样的人肆意地狂飙冒进，本身就是一个问题。当然，狂飙冒进的人本身就是有问题的，但允许这种做法的机构乃至机构的运作机制也是存在问题的。比方说，你告诉狮子不要去袭击人类，但那根本不可能有用。因此，我们就要像把狮子关进笼子一样，必须制定明确而且严格的规则。"

例如，根据医师的技术水平，规定其可以实施的手术类型。具体来说，允许实习医生做什么，允许住院医师（通常是第三年以后的临床实习医生）做什么，允许未取得专门医师资格的医生做哪些手术，等等。这样一来，安全性也就会随之提高。

但是，在现实情况中，基本上不管是难度多大的手术，也不管自己的技能究竟怎样，那些外科医生就那样上台了。就群马大学医院的案例而言，早濑在 2010 年 4 月取得了日本肝胆胰外科学会认证的高级技能指导医师资格。但是，在此之前，他却在没有资深医生临场指导的情况下，多次主刀了肝胆胰领域的高难度手术，造成手术患者死亡。如前所述，高级技能指导医师的资格证书本身也存在一定问题，即不能对医师的实际技能作出正确的评估。然而，早濑竟然在尚未取得这种资格证书的情况下，一次又一次地进行高难度的手术。

医生往往会有"谁都会有第一次手术""经过这样的积累，技术才会变得纯熟，医疗也会进步"之类说法。但是，没有哪一个患者愿意成为"练习品"或者是"实验品"。诚然，医生需要通过积累经验来掌握技能。因此，我们必须建立一个流程，在安全的前提下帮助医生实现技能提升。

一个名为"手术技法研究会"的外科医生团队，以群马大学医院手术死亡事件为契机，以其会员为对象，进行了一个问卷调查。其中有这样一个问题："当你实施某项曾在学会上观摩过但自己并无实际经验的手术术式时，会采取怎样的措施？"调查结果显示，超过80%的回答者表示，自己会"申请外科会议的批准"或者"请院外的有经验的医师做指导"。另有不到60%的回答者表示，自己会"告知病人及其家属自己没有相关经验"。只有不到四分之一的医生表示，他们"会让院内的伦理审查委员会进行审核"。事实上，对于"你本人是否做过几乎没有报告的手术，或者是否采用过新的术式"这一问题，60%的回答是"有"。

在调查问卷的自由填写栏中，回答者写下了关于术式研发的意见。摘录如下：

"应该由学会决定哪些机构有资格实施先进的、新式的手术。最近几年发生的事件表明，不应该是谁做都行、做什么都行。"

"我认为，吻合法之类小规模术式，无需伦理委员会审查即可开展研发，但如果是重大术式的变更和研发，则必须交由伦理委员会判断。"

"既然要做手术，就是要满怀自信地去做。所以，并不需要特意告诉患者说自己将要施行一个并无经验的手术。"

"新术式的研发，应该是确有必要、确有需求之后才能开展，而不应该是研发先行。所以不能仅参考医生的看法，更要听取其他方面的意见，决不能贸然推进。"

"在考虑研发手术、术式之前，首先必须保证自己在学识、技术上成为一名专业人士。我认为，最好是在成为专科医生之后，再去考虑研发的事情。"

"遵循标准术式，是理所当然的。但是，我也认为应该在能够确保安全性的范围内，积极尝试改进自己已经掌握的术式。如果安全性能够有所保障，患者的术后 QOL（生活质量）等也有改善，那么，我认为应该尊重外科医生的决策权。"

从上述意见可以看出，回答者都在认真地思考这一问题，但是同时，他们仍然处于一片混沌之中，自己也并不知道究竟应该怎么做。

专科医生资格的骗局

衡量和宣示一名外科医生技能的标准，在于是否持有诸如"专科医生""认定医师"之类的各种外科学会所设的资格认证。但是，这些资格很多时候并不能衡量外科医生技能的实际水平。

举一个简单的例子。2004 年，东京医科大学曾经发生过多起心脏手术事故，由同一名医生实施心脏瓣膜手术的患者接连死亡。当时，采取瓣膜置换和冠状动脉搭桥手术治疗瓣膜心脏病，是全国普遍做法，极少造成患者死亡的事故。而且，那名外科医生是具备心血管外科专科医生资格的。就是这样一名获得了专科医生资格认证的医生，竟然在一年多的时间里接连导致 4 名患者死亡，可见专科医生资格认证流于形式。获取该资格认证的条件和审核标准，主要是拥有20次以上的手术经验,并且通过书面考试。显然,这些依据并不可靠,无法用以判断实际的医疗技术,因此饱受诟病,成为被批评的焦点。

创建具有实质性意义的医疗技术资格评价体系的契机,是在同一时期发生的东京慈惠会医科大学(简称慈惠医大)附属青户医院的事故。该事件曝光是在2003年,也就是东京医科大学心脏手术事故曝光的前一年。过去,各学会对资格认证所采取的普遍做法是,依据申请人参加学术会议的次数、工作年限、是否会员、论文数量,以及背景经历等进行判断并授予资格证书。现在,人们更迫切地感到,需要建立一个评估机制,用于评估申请人是否真正地拥有相应的技术。

慈惠医大附属青户医院的一名资历尚浅的外科医生,在指导医生不在场的情况下实施腹腔镜前列腺癌手术,致使患者死亡。这名主刀医生因此被逮捕并起诉,结果被判定有罪,罪名是因业务过失而致人死亡。如果没有精通腹腔镜手术的医生进行现场指导,而仅仅通过参考操作手册的方式进行手术,可以说是相当危险的。在这一事件之后,建立一个腹腔镜手术技术认证机制的呼声越来越高涨。

事实上,腹腔镜手术的普及本身也带来了技术评估方式的重大变革。

与开腹手术不同,腹腔镜手术必定会留下影像资料。主刀医生的术野会被如实保存为录像,因此也便于其他医生进行审查。对开腹手术来说,实现这一点是比较困难的。难就难在外科医生的头部可能遮挡镜头,因此未必能够完好保留影像资料。

2004年,日本内窥镜外科学会创建了一种包括腹腔镜、胸腔镜等的内窥镜手术技术认证制度。依据这一制度,消化外科及普通外科、泌尿外科、妇产科、整形外科、小儿外科等5个专业领域有一定经验的外科医生,可提出资格认证申请。申请人必须提交一份未经编辑的本人的手术录像。手术录像将由 2 名以上符合一定条件的专家进行审查，专家将观看长达数小时的手术全过程并进行审核，如果发现有危险操作则予以扣分。而且，即使通过了审查，成为技术认证医生，也要接受 5 年一次的认证更新，以保证维持资格认证的相应资质。

不过，既然申请者只需提交一份手术录像，那么他完全可以避开那些不成功的手术，提交自己最好的一次手术的录像。也就是说，这一资格认定机制并不能全面了解资格申请人的手术技术，但也堪称审查实际技能的一个划时代的方法。就合格率而言，消化外科中的肝脏手术因其难度特别大，仅有 20%～30% 的应试者能够通过审查。日本内窥镜外科学会在其网站上公布具备资格认证的医生名单，患者可以自行查询。但网站并不会在医生的姓名之下标示其通过审查的具体手术类别和领域。一名医生向学会提交其本专业器官的手术录像并通过了审查，便可取得资格认证。假设一名医生提交了大肠手术录像并取得了资格，我们也无法知道他能否胜任肝脏或胰腺的手术。

千叶县癌症中心的茅野，取得了内窥镜外科学会认定的技术医师资格证书，而群马大学医院的早濑还并未取得该资格认证。或许，早濑正是打算通过不断积累手术经验以获取认证。早濑具备日本肝胆胰外科学会所认定的高级技能指导医师资格，但如前述，该资格的取得条件非常宽松，并不需要经过技术审查，只需填写一份关于手术数量和经验年限的文件即可。即便如此，晚于早濑 2 年取得这一资格认证的第二外科教授松冈好，甚至就连申请文件上所填写的手术数量也存在很大的水分。这些情况，都是根据上田委员会的调查才得以了解到的。

技能究竟是什么

话说回来，外科医生的技能，到底指的是什么呢？

电视和杂志上，经常有外科医生被赞誉为"超级医生""上帝之手"。那么，这些人到底是哪里出色呢？如果是挑战普通外科医生避之犹恐不及的"绝无可能的手术"，将原本无法救治的患者成功治愈的话，倒是容易理解的。不过，现实中的医疗现场却不那么简单。

尤其是在癌症的治疗中，手术技巧确实是现实中一个不得不认真思考的课题。关于癌症的根治，首推治疗方法仍然是手术切除。但是，普遍让人们感到意外和不解的是，并不是说只要通过手术将所有可见肿瘤切除就能彻底"治愈"癌症。诚然，对于某些类型的癌症来说，手术切除后可能在多年内不复发，称作"痊愈"也未尝不可。但是，这并不一定意味着癌细胞不会在其他地方再次萌发。

医生通过手术，为癌症进展期患者切除病变部位，则可以说手术取得了成功。不过，从长远来看，我们实际上也并不清楚这一治疗究竟对患者会有多大益处。癌症越是进展，手术就越是困难，出现并发症的风险也就越大。那么，如果医生执意挑战，努力切除癌变部位的话，究竟又有多大意义呢？

实际上，我们很难弄清这一挑战的意义。

在前文所述的手术技巧研究会的调查问卷中，还有如下问题：

"假如一位癌症进展期患者希望通过手术得到根治（如果不做手术的话，则还能生存 12 个月），但手术将诱发严重并发症（心脏功能障碍、肝脏功能障碍等），那么，你会为实施手术设定多大的手术关联死亡率（预想 30 日以内发生死亡的概率）？"

这一问题的意思是说，如果计划对重症患者采取手术治疗方案，那么，死亡率是多少。从问卷调查结果来看，回答"死亡率 1％～

5％"的人数最多，占37％；其次，回答"5％～10％"的人数占23％，回答"1％以下"的占19％。综合来看，将近80％的外科医生将决定实施手术的死亡率容许度设定在10％以下。也有人回答"20％以上"，但仅占总数的4％。另有一个问题是"针对进展期癌症患者的治疗，如果手术死亡率高，但可能有更高的治愈生存率，那么，你会怎么做"。对于这一问题，大约有一半的外科医生选择了"积极进行手术"或者是"如果患者强烈要求，则会进行手术"。与之相对，只有不到30％的人选择"建议患者接受放射线治疗、化学治疗等由其他科室负责的疗法"。

担任虎之门医院临床肿瘤科部长的高野利实，主要使用抗癌药物治疗进展期的癌症患者，也常向患者作出这样的说明和建议：

"你应该考虑的问题，不是'能做手术，还是不能做手术'，而是'对你来说，是做手术好，还是不做手术好'。"

进展期癌症患者难以治疗，容易陷入绝望之中，但往往也会心存一丝希望，执着地认为"无论如何也要做手术"。

若将手术治疗换成抗癌药物治疗，高野的观点也是一样的。他认为，应该参照患者的人生观、价值观，尊重患者本人的期望，了解患者所看重的是什么，并在此基础上思考——对于患者而言，如果抗癌药物治疗有益，则实施；如果无益，也可以不用药。而且，抗癌药物治疗近来也存在是非之争，如何在二元对立的两项之间作出选择也备受关注，并引发热议。何种选择才是"正确的"，这一问题的答案是因人而异的。

鉴于这种情况，高野认为应在重视 EBM（Evidence-based medicine，循证医学）的同时，对 HBM（Human-based medicine，人本医学）给予同样的重视，提倡将二者并列作为现代医疗的重要支柱。EBM 不依赖于医生个人的经验，而是重视临床中被验证为有效的治疗方法。自 21 世纪以来，EBM 已经渗透到日本医疗界的各个角落。HBM 是高野参照 EBM 而创造的一个术语，意指让患者了解医疗的局限，并直面生老病死，从而使患者以主体性身份参与到医疗进程之中，并以实现患者作为人的幸福为根本指向。

高野阐论道："在实际的医疗当中，往往会有医生即便是在手术益处非常有限的情况下，还是坚持主张'能做'，并且执意实施手术。但是，最重要的是，要以患者幸福为前提和最终目的，认真衡量手术是否是更好的选择。我希望，医生能从患者的角度出发，在慎重考虑之后，再对治疗方案作出选择。"

在群马大学医院接受手术后死亡的患者之中，有一些人其实是充满欣喜地接受早濑的手术的，因为他们之前在其他医院就诊的时候，曾被医生告知无法实施手术。遗属也态度积极，认为："本来就是很难的手术，所以就算会死，至少患者本人因此燃起了一线希望。"在上田委员会的听证上，早濑被询问为什么将无法手术的病例认定为"可以实施手术"。他回应说："如果我说'不能手术'，那么患者就会很'失望'。"

乍一听之下，这些小片段会让人觉得早濑医生是一个温和善良的医生，能够尊重患者意愿，本着患者至上的理念。不过，这其中实际上正反映出一定的不足之处。极端地说，如果手术仅仅意味着切除，那么任何一个医生其实都是可以做到的。但是，切除真的就是有益于患者的选择吗？真的会给患者带来幸福吗？真的是经过深思熟虑之后作出的决定吗？早濑未能审慎考虑以上几点问题，难道不是他作为医疗专业技术人员的失职与不足吗？

2015年夏，正当群马大学医院着手重启调查之际，媒体又爆出了千叶市立海浜医院发生多名手术患者死亡的严重情况。这一年的4月至6月期间，共有8名患者在千叶市立海浜医院接受心血管手术，均在手术之后的一个半月内死亡。一般而言，心脏的紧急手术伴有较高的死亡风险。但是，如此之多的死亡案例竟然集中发生在如此短暂的时期之内，一定是存在问题的。因此，正式的事故调查就此展开。一年之后的2016年5月，由第三方人员组成的调查委员会对外公布了调查总结报告。该报告指出,造成死亡案例的医疗过程并不存在明显的过失,但是,该机构整体上的医疗质量低下,包括手术指征判断不合理、医师低估死亡风险而进行手术等等。这些情况都与群马大学医院发生的问题存在相似之处。

调查报告的最后一章中有一段文字,令人印象深刻:

> 医疗是利用最为妥当的专业性知识和技能,为罹患疾病者实施治疗。其本质是最大限度地激发患者的生命力,这股生命力是治愈疾病的原动力。为此,医生务须竭尽全力,直至最终根除疾患。在此意义上,应该说医疗的主体是患者,而医生只是引向治愈康复的向导。正因为此,医疗并不是为医生而存在的,而是为患者而存在、为患者的幸福而存在、为患者能够从病苦之中康复而存在。
>
> 在医疗的全进程之中,都必须秉持患者本位的原则,尤其是外科医疗。包括诊断、手术指征、知情同意、手术以及术后管理等所有方面,都是如此。在诊断方面,必须准确了解病情;在手术指征方面,必须解释手术的优点及风险,尤其是要清楚说明死亡和并发症的风险比例;在知情同意方面,必须在患者真正理解手术与不手术二者之间的风险比例的前提下,获得患者的同意;在手术方面,必须选择和实施最为妥当的手术方案,选择和实施最为妥当的心肌保护方法;在术后管理方面,必须以早期康复为目标实施治疗,等等。诸如此类的所有情况,都必须以患者为中心。在医疗诸领域之中,心血管外科手术的风险等级很高。因此,我们必须认真考虑医疗措施是否真正有利于患者,是否会让患者获得幸福,而且我们必须把真实情况向患者说明,在获得患者的同意之后进行医疗救治。
>
> 医疗工作者有义务运用充分的专业知识和技术,为患者提供适当的医疗诊治。因此,如果医生判断自己并不具备相应知

识与技能，则必须考虑将患者转送至拥有充分医疗技能的其他机构。当然，对于任何医疗机构而言，培养年轻医生都是十分重要的。但是，培养年轻医生首先应该以不损害患者利益为前提，并应尽力为患者提供充分的治疗。

（摘自《千叶市立海滨医院心血管外科手术调查委员会报告》）

撰写此文的作者，是调查委员会的主席高本真一。他曾是东京大学心脏外科的教授，现任三井纪念医院院长。高本的妻子曾罹患乳腺癌，他因此拥有作为患者家属的经历。或许正是因为此，高本写下了上述的最后一章。

高本说："现在的医疗，实际上存在过度崇尚医生本位的倾向，或者说是医务人员更习惯于从医生自身的角度去看问题。但是，医务人员如果能换位思考，想象自己或是家人成为患者的话，那么自然就会很容易地理解，医生的使命究竟是什么。"

手术数据库的虚实

为使外科医疗领域专科医生制度切实有效地落实，国家临床医疗数据库（NCD）收集和记录了几乎全部的外科手术病例，并于2001年起正式投入使用。该数据库几乎收录了所有手术的详细数据，包括患者的病名、病情、手术方式、手术时间、出血量、术后并发症，以及患者是否死亡等信息。各种外科学会在注册之后均可使用该数据库系统，并根据数据库中所登记的信息，对申请专科医生资格的外科医生的治疗业绩进行审核，将审核结果作为评审条件之一。因此，全国各地医院所进行的手术几乎都被登记在系统之中，数据库也积累了大量的外科手术数据。在此之前，外科医生在申请专科医生资格认证的时候，是自己将手术数量填入表格的。这一申请形式有其致命弱点——即使申请者填入虚假信息，作为资格认证机构的外科学会也无从辨别。但是，NCD登记了每个病例的详细数据，因此外科医生如果想夸大手术数量的话，实非易事。即便有医院为使本机构的手术成绩显得更好，而在发布手术的相关数据时进行细致的加工，但相关数据已登记在外部数据库中，因此谎言也将无处遁形。

截至2016年12月底，NCD数据库所收集的手术信息已超过700万例。如果针对该数据库中的相关信息加以解析，有望对日本外科手术的真实情况形成清晰的认识。例如，关于术后并发症发生率的问题，迄今为止可以查询到的相关数据的来源相对有限，主要是那些经过外科学会认证的医院，而且都是水平相对较高的大型医院。但是，得益于NCD数据库的创建，作为数据来源的医院范围扩大，可以获取来自全国各地医院的相关信息，因此能够获得更为接近实际情况的并发症发生率。迄今为止已知的并发症发生率呈现出偏低的倾向，原因在于用于分析的数据来源均是水平相对较高的大型医院。不仅如此，如果要判断一位医生的手术业绩是否良好，也可以通过该数据库进行分析和鉴别。或许，我们甚至可以借助该数据库，对专科医生制度的价值及准确性作出合理的判断。

发生重大医疗事故而召开医疗安全问题的讨论会议时，在首席就坐的专家无疑都是该领域的权威人士，而且清一色地都是一流大学医院的医生。在这些权威、专家的口中，那些存在问题的病例往往都会被说成是"一个特殊案例而已"，遭到忽视。但是，现实中的情况或许恰恰相反，那些看似"不符合常识的、特殊的"案例，反倒是那些小医院里的日常性诊疗。

不过，国家临床医疗数据库（NCD）虽然收录了每所医院或者说每一位医生的手术成绩，这些信息并不是公开的。因为采集这些信息的前提条件是，向被采集人和被采集医院承诺不对外公开这些数据。当然，正是有这一承诺，才能确保外科医生们不加隐瞒地据实登记。但是，数据库中的那些珍贵信息，也因此无法被普通民众获得，普通民众实际上也无法知道自己想知道的那部分内容。

对于普通国民来说，如果每一家医院的各个领域的手术死亡率等信息能够被公开，那么将成为患者选择医院的重要参考因素。某家医院在日本的地位如何，与国外相比的水平如何——这些情况无疑对患者具有极大的参考价值。当然，其结果可能导致患者聚集于真正有实力的医院，那些高难度手术也自然而然地出现集中化倾向。

此外，即便是NCD中的数据，也未必全然可靠。手术数据的录入人员如果想输入虚假信息的话，也是有操作空间的。数据的输入基本上都是由手术医生本人进行的。所以，只要他们愿意，当然就可以隐瞒患者死亡的事实。事实上，我在采访的时候，曾向外科医生询问过对NCD数据库的看法，听到了这样的说法："那个嘛，再假的信息也都是可以写的呀！"

关于这一点，NCD的理事长、东京大学小儿外科教授（现任埼玉县医院事业管理者）岩中督曾经在2015年1月的记者会上说道：

"从原则上来讲，日本的外科医生是诚实的。相信他们基本上都会认真输入信息数据。不过，不论是谁，都会或多或少地想要隐藏不好的数据。如果有这种想法，也并不稀奇。当然，为了防止这种情况的发生，我们一直都在进行实地核查。基本上，我们是在信任信息输入人员确实进行如实登记的基础之上，维护和运营这个数据库的。"

实地核查，是随机选择医院进行实地走访，并检查病历与输入数据库的信息是否一致。如果发现数据有误，则会指导相关当事人如何正确输入数据。各医院并不知道NCD负责人何时会来核查，因此应该会谨慎行事而不去造假。

仅凭这一点，其实也很难确保输入数据库中的信息全部真实可靠。为了确保信息输入人员能够诚实地登记相关数据，NCD就不得不对个别信息作非公开处理。说到底，这种由本人申报而进行数据采集的作法，从根本上讲是建立在性善论的基础之上的。这就是目前的现实情况。

第七章　功利心切的医生们

挑战"腹腔镜手术"

在群马大学医院,早濑稔等人所在的第二外科接连发生开腹手术患者死亡的重大问题,并因此受到调查。尽管如此,第二外科仍然在2010年12月引进了肝胆胰外科的腹腔镜手术。那么,腹腔镜手术在外科医疗界究竟是被如何定位的呢?早濑又为什么非要在这样的极其不利的时间点上,急不可耐似的引进腹腔镜手术呢?

腹腔镜手术是在1990年以后,渐渐运用到医疗领域的一种手术方法。2000年以后,腹腔镜切除手术在胃和大肠领域逐渐得到普及。此后,腹腔镜手术广泛地带给人们这样一种印象——"手术切口小,对身体伤害小"。

当然,这种印象并非一定就是错的。实际上,和需要在腹部切一个大口子的开腹手术相比,腹腔镜手术确实具有一些优点,一般来说,术后疼痛少、身体恢复快、患者身体负担较轻、住院时间缩短等等。就大肠切除手术而言,腹腔镜手术反而是更为常用的,甚至某些医院大肠切除手术的90%都采取了腹腔镜这一方式。假如实施手术的医生具备相应的技能,能够确保手术的安全性,而且患者的身体条件允许，手术指征也合适，那么，可以说腹腔镜手术对患者是十分有益的。

王贞治[①]任福冈软银鹰队总教练时，在2006年因治疗胃癌而接受胃部完全切除手术。当时，他选择的就是腹腔镜手术。这个事情一时间成为社会热议的话题，至今有人记忆犹新。

然而，腹腔镜手术在肝胆胰领域的普及要晚于胃肠等消化系统。在肝胆胰领域，胆囊切除手术是唯一一种技术难度相对不太大的手术。因此，医学界一般也认为，采用腹腔镜手术实施胆囊切除是理所当然的。但是，除此之外的肝胆胰外科腹腔镜手术仍然处于起步阶段。就肝脏切除手术而言，日本全国范围内使用腹腔镜的手术量在2013年首次超过了2 000例。尽管如此，腹腔镜肝脏切除手术的数量在全部肝脏切除手术中所占的比例也不到10%，可以说采用腹腔镜手术的案例仍然相当有限。肝胆胰领域的手术即使采用开腹手术的方式，其难度也非常之大。医学界普遍认为，只有那些在胃、大肠等消化系统领域掌握纯熟手术技术而且经验丰富的医生，才会进一步考虑尝试下一阶段的腹腔镜手术。

肝脏又被称为"血府"。其中有数量极大的血管，大大小小，错综复杂。手术之中，如果稍有不慎，就极有可能出错而导致大出血。因此，肝脏切除手术对医生的手术技巧和谨慎用心程度的要求非常高。在腹腔镜手术进程中，可视程度和空间都极其有限，而且又不能直接用手触摸到器官，如果不能对大出血作出及时的处置，则难免发生非常严重的后果。正因为此，即便是决定采用腹腔镜手术的方式，也必须严格选择手术对象，挑选肿瘤小、浸润深度浅等相对容易切除的病例。

如果采用开腹的方式进行肝脏切除手术，一般情况下要将腹部

[①] 1940年生于东京，1960年代至1980年代日本著名职业棒球选手。球员生涯共打出868支本垒打，是世界职业棒球选手生涯个人最多本垒打记录保持者。他有一半中国血统，一直以中国人自居，未加入日本国籍。

切开大约 30 厘米的长度。因为伤口很大，所以会出现术后疼痛、留下瘢痕等显而易见的问题。腹腔镜手术可以避开此类缺点，只会留下四五处微创伤口，包括一个用于插入小型摄像头和手术器械的 1 厘米左右的切口、一个用于取出被切除脏器的几厘米长的切口。一般而言，腹腔镜手术最常被提及的优势如下：

① 腹部的伤口小，因而相比开腹手术，术后疼痛少，恢复也较快。

② 腹部表面遗留的手术瘢痕不明显。

③ 开腹手术需用肉眼直接观察，而腹腔镜手术进程中，医师可以调节摄像显示设备，放大手术部位，更有利于把握手术部位细微处的情况。

④ 在腹腔镜手术中，所有参与手术的医务人员都能够通过监视器观察到手术部位的情况，更有利于实现信息共享，从而更容易发现问题。

⑤ 习得一种新的手术技术，能够激发年轻医生的积极性。

金子弘真是东邦大学教授（2017 年 4 月起任特聘教授），他在 1993 年实施了日本第一例腹腔镜肝脏切除手术，之后被誉为该领域的第一人，一直致力于推广腹腔镜手术。他说："我们在实际积累了一些腹腔镜手术病例之后，发现其在减轻患者身体负担方面具有很大优势。因此，我迫切地希望腹腔镜手术能够得到普及，当然也包括在肝胆胰外科手术中的应用。"金子教授也早已意识到，确保安全对于腹腔镜手术的普及而言是至关重要的。

金子说："我每一次在学会上作讲演时，都会谈到腹腔镜手术的安全性问题。我们必须充分意识到手术的困难程度，并且一定要在精通腹腔镜手术的医生的指导之下磨练技能。"

与之相对，顺天堂大学的川崎诚治教授则对腹腔镜手术持怀疑态度。川崎诚治是最著名的肝胆胰外科医生之一，曾于 1999 年在信州大学医院进行了日本首例脑死亡供体的肝脏移植手术。

川崎说："我们不应该忽视这样的一个事实——腹腔镜手术是一种新的手术方式，它改变了手术的进行方式，但并不是一种全新的治疗方法，既不能治愈以前无法治愈的疾病，也不能治愈传统手术方式所无法治愈的疾病。"

对于相较而言不怎么困难的手术，比如已经普遍使用腹腔镜的胆囊切除手术，腹腔镜手术造成的体表切口小，从总体上来看应该会减轻患者的负担。但是，对于切除肝脏这样的重大手术来说，手术是在体内进行的，本身对患者造成的侵袭是非常大的，因此就患者的负担而言，就算是体表的切口小，那又能有多大的优势呢？这有待深思。

更甚于此，川崎对学会里的一种倾向怀有更大的畏惧。他说，学会里兴起了一股风潮——陆陆续续有人发布了一系列的挑战高难度腹腔镜手术的病例。对此怀有担忧的，并不止川崎一人。即使是那些实施腹腔镜手术的外科医生之间，也将这股风潮比喻成"就如同杂技表演一样"。

功利心的代价

腹腔镜手术在肝胆胰领域外科医生之间开始受到关注，是在 2005 年左右。

为了推广腹腔镜肝脏切除手术，以若林刚教授为中心的肝脏内窥镜外科研究会于 2006 年宣布成立。若林刚毕业于庆应大学，时任岩手医科大学教授，而且与东邦大学的金子教授一样是该领域内无人不知、无人不晓的首屈一指的专家。大约一年之后，即 2007 年 11 月，肝脏内窥镜外科研究会召开第一次学术研讨会。当时，日本内窥镜外科学会总会正在宫城县仙台国际中心举行，肝脏内窥镜外科研究会在同一地点另设一个小型会场举行研讨会。

一位出席会议的肝胆胰外科医生回忆起当时的情景，说道：

"会场相当小，但参会的人员非常多。凡有空间的地方，几乎都站满了人，人多到要溢出会场似的。这种情况，想必连主办方也是非常惊讶的。毕竟，肝脏的腹腔镜手术在当时普遍被认为是不可能的。所以，我觉得那次会议可能是划时代的，让人们感觉到腹腔镜手术是'能做的'。"

这次学术研讨会的与会人员中，是不是也有群马大学的早濑呢？据说，遗属会代表冈田健也的妹妹麻彩当初在计划接受手术的时候，早濑就曾经向她提出腹腔镜手术的建议。早濑建议麻彩做腹腔镜手术，应该是在 2008 年的 1 月。那时，肝脏内窥镜外科研究会的第一届学术研讨会刚刚结束不过短短的 2 个月。麻彩的情况是要做胰头十二指肠切除手术，这是一种高难度胰脏手术，比肝脏切除手术还要困难很多。在那个时候，胰头十二指肠切除腹腔镜手术无疑还没有被纳入保险适用范围之内。但是，那次气氛高涨的学术研讨会的热度尚未消退，所以早濑的提议也就不足为奇了。

在肝脏内窥镜外科研究会成立 2 年之后，也就是 2009 年 12 月，胰腺内窥镜手术研究会也宣告成立，并在东京举行了第一届学术研讨会。肝胆胰外科领域的腹腔镜手术作为"外科的前沿"，一直以来都是一个引人关注的话题，尤其是在年轻的外科医生眼中一定是具有巨大魅力的。在外科学会的诸多学术研讨会中，肝胆胰外科的腹腔镜手术会议总是盛况空前，说明人们对肝胆胰腹腔镜手术怀有很大的兴趣。乘着这一股热潮，腹腔镜肝脏切除手术中难度相对较低的"部分切除手术"和"胰腺外侧区域性切除手术"在 2010 年 4 月被纳入保险适用范围。之后，腹腔镜胰腺切除手术中的"胰腺体尾部切除手术"也在 2012 年 4 月，被认定为保险适用手术种类之一。

年轻的外科医生们对这一领域高度关注，并表现出引进这一新方法的强烈意愿。就其动机而言，当然有作为一名医生的进取心、使命感和探索精神，旨在推动医疗的进步，为社会做出贡献。

不过，他们的动机恐怕并不止于此。年轻医生在传统的开腹手术领域，与经验丰富的资深医生相比具有明显的劣势，但如果采用新的手术方法则很可能走上一条捷径，抢占先机，崭露头角。除此之外，另有一点因素不可忽视。私立大学医院、地方性大学医院以及市区医院，和实力雄厚且患者更易聚集的旧制帝国大学附属医院等大都市的大型医院相比，原本就处于显然的劣势地位。因此，前者渴望拥有自己的特色，而引进新的方法有可能打造医院的优势。

这样的想法和努力，本身并没有任何错。得益于许多医生积极探索新的治疗方法，才能不断地积累成果，并在竞争之中切磋琢磨，从而促进医疗事业的进步。但是，一旦有人跨过了适当的边界，逞强为之，那么，无论他是顺应潮流，还是追逐功利，抑或是受到旁人的鼓动，都势必产生负面的影响，最终都将殃及患者。因此，建立一个能够充分确保安全性，又足以应对紧急情况的机制，是不可或缺也不得不为的。而且，最为重要的是，必须对患者作出详细的说明，在患者充分理解的基础之上，才可以实施腹腔镜手术。从患者的角度来看，这是理所应当的。但是，现实情况令人十分遗憾，因为这一点未必总能得到彻底的执行。

我曾听到一名年轻医生在自我介绍里这样说道："手术比我想象的还要有乐趣，所以就选择了外科医生的道路。"

我不是医生，而是一个外行，或许难以完全理解他的想法。他说得神采奕奕，我却听得有些困惑。当然，我知道他的这句话肯定是全无恶意的。只是，他或许并不知道，患者一直以来饱受病苦，又与病魔殊死搏斗，而今躺在他面前的手术台上，作为手术的对象，究竟是怀着怎样的恐惧与不安呢，究竟是以一种怎样的心情迎来了手术的那一天呢！

我曾经对一位优秀的骨干外科医生讲述了这一段小插曲。他听了之后，表情显得有些意外，说道：

"如果一名外科医生说自己做手术的时候是乐在其中的,一般人听来会在心里产生厌恶感,但对于外科医生来说却是可以理解的——如果医生在工作上投入了巨大的精力和努力,当然就会因为专业技能的提升而乐在其中。如果不能享受技能提升的成就感,那也就不会有人想成为外科医生了。"

作为一名专业技术人员,希望提升自己的专业技能当然是再自然也不过的事情了。但是,医生不应该仅仅将眼前的手术技能的提升作为自己的终极目标,而应该把提升专业技能作为手段,并且将通过这一手段实现患者的康复当作最大的追求。

国土典宏是东京大学的肝胆胰外科教授,在截至 2016 年 4 月的 4 年里,曾担任外科医学界规模最大的学会日本外科学会的理事长。他曾说过这样一段发人深省的话:

"既然成了一名外科医生,一定会想着要提升自己的专业技术。无论是谁都必然会想着要检验一下自己的技术到底有几斤几两。只不过,对象是患者啊!所以说,这种技术上的挑战,一定是要有其容许范围的。这一边界究竟被设定于何处,是对每一位外科医生的人性上的拷问。"

手段与目的的错位

2010 年之前,肝胆胰领域的腹腔镜手术还没有被纳入保险适用范围,但在外科医学界的各种学术会议上,相关发言往往会引起广泛的关注。该领域的顶尖专家、资深医师自不必说,外科医学界的一些中坚力量也成了学术会议的"常客",频频在学会上露面、发言,乃至被称为"学会之星",成为肝胆胰外科医生中的热门人物。其中之一,就是千叶县癌症中心的茅野敦。后来,他因为手术患者相继死亡而遭到披露，成了一名问题医生。

茅野因"手术技术精湛"而获得了广泛的赞誉，被视为腹腔镜肝胆胰手术领域内遥遥领先的领跑者。在学术会议上，他屡屡发布自己的手术案例，展示自己针对高难度病例的腹腔镜手术实践，因而备受关注，成了年轻外科医生心目中的领军人物。甚至有其他医院的外科医生慕名来到千叶县癌症中心，观摩茅野的手术。可以想象，年轻的外科医生在学会上听到茅野的发言，又在手术现场观摩了他的腹腔镜手术，难免不受到很大的触动，心中燃起炽烈的欲望，跃跃欲试地要在自己的医院里也真正地引进这一技术。

据说，茅野不仅在高难度的肝脏切除手术中实践了腹腔镜手术，而且很早就挑战了将其运用于腹部手术中难度最大的胰头十二指肠切除手术，还曾经在学会上发表了一个成功案例。某市中心医院的一名外科医生回忆那次学会上的一个场景，说道：

"在千叶县癌症中心的手术患者相继死亡一事被曝光之前，茅野医生在一个学术会议上发言。我直到现在也清楚地记得，茅野所在小组的主持人——一位资深医生，当场就发出了质疑，问道：'那个手术，真的好吗？'当时，我也对那个手术是否妥当持怀疑态度。该病例是合并静脉的进展期癌症，所以先要将血管阻断并缝合，之后才能进行手术。在手术期间，肝脏内的血液因血管阻断而不能流通。腹腔镜手术所需时间要远远大于开腹手术，所以在这种情况下，其危险性也相应大很多。但是，茅野当时宣布自己已经'完成了那个手术'。"

这名外科医生所提到的那个手术的患者，在手术之后究竟经历了怎样的情况，已经无从知晓。不过，至少在那次学术会议召开期间，茅野宣布患者处于存活状态。

另一位资深的外科医生也曾经坦率地对茅野所公布的病例提出了疑问。他说：

"我曾经观看了公布的手术录像，其中的一个情况非常危险，我认为有导致患者死亡的危险。于是,我不假思索地直截了当地问道:'你这种做法太恐怖了。这名患者活着回家了吗?'但是,他回答说'没问题'。现在回过头来看,即使患者去世了,在那个场合他也很难将'他去世了'这句话说出口。嘴里说什么'没问题',可能并非事实。"

有一些肝胆胰领域的年轻外科医生准备挑战腹腔镜手术,他们对茅野的评价非常高,甚至可以说把茅野尊为自己学习追随的楷模。与之相对,即使是在千叶县癌症中心内部,也有人比较冷静。茅野的一位旧同事曾说,自己从一开始就觉得有问题:

"他自以为手术技术十分出色,而且似乎对自己采用腹腔镜方式实施高难度手术怀有极高自信。他在腹腔镜手术的过程中,即使发生出血过多的紧急情况,也不愿意将手术方式更改为更为稳妥的开腹手术。我认为,那是很危险的行为。我甚至产生这样一种感觉——利用腹腔镜方式完成手术,才是他做手术的真正目的之所在。"

在学会上,曾经有医师向茅野提问:"在什么情况下,你会选择腹腔镜手术,而不选择开腹手术呢?"对此,茅野回答:"如果手术之后另有安排的话,我就会选择做开腹手术。"也就是说,腹腔镜手术所需时间无论如何都要超过开腹手术,而茅野若非出于节省时间的考虑,就一定会选择腹腔镜手术。

那名提问的医生对茅野的回答感到费解,一脸疑惑地说:"这个回答让我觉得很奇怪。因为手术之后有没有安排是医生自己的事,与患者的治疗无关。"

早濑与茅野既有不同,又有相似之处。在技术上,早濑不是茅野那样的"手术明星",并没有获得周围的高度评价。不过,他也经常在学会上发言,一次又一次地介绍高难度腹腔镜手术病例。至少对这一领域感兴趣的人,从骨干到年轻的肝胆胰外科医生,似乎都将早濑视为一名勇于挑战的医生。

即使是在群大手术患者死亡问题遭到媒体曝光的 2014 年，早濑于 4 月参加了日本外科学会在京都举行的学术研讨会，并发言介绍自己的手术案例，甚至宣称自己的腹腔镜肝脏切除手术的手术成绩截至目前"大体良好"。实际上，当时已经有 7 名患者死亡。

当年 10 月，日本内窥镜外科学会在岩手县盛冈市召开学术年会。早濑在会上的发言安排被取消，因为群大医院内部已经开始就其所实施的手术患者死亡问题展开调查。据会议材料可知，早濑原计划的发言内容主要是：切除部分肝脏和胆管之后，将胆管和肠道连接缝合。这种手术，即使是采取开腹手术的方式也具有极高难度，但早濑却认为"在腹腔镜下已经成为可能"。

接受了早濑的腹腔镜肝脏切除手术之后死亡的 8 名患者之中，有 3 人出现严重的术后并发症，这种情况根本就不应该说是"成为可能"的。早濑向学会秘书处提交发言论题是在 2014 年春天。那个时候，第 8 名死亡患者正处于非常危险的情况中，因为缝合不当而导致胆汁泄漏，腹腔内反复出血，徘徊在生与死的边界，或者可以说已是濒临死亡。情况如此之紧急，他竟然还要向学会提交那个论题，究竟是处于怎样的心境之中呢？

在千叶县癌症中心和群马大学医院连续发生患者死亡的情况遭到媒体披露之后，日本肝胆胰外科学会针对这 2 名外科医生在主要学会上所发表的腹腔镜手术相关发言摘要或论文展开了调查。结果发现，任何一次发言、任何一篇论文都对存在患者死亡的案例只字未提。该学会在对茅野和早濑的手术成绩的分析中，发现了文字表达上的特征：他们避免使用具体数据，而倾向于使用语义模糊的表达方式，如"总体上结果良好""呈现出血少的趋势"等。

关于这一点，参与此次调查的名古屋大学教授、肝胆胰外科医生梛野正人作出了十分严厉的判定。他说："凡是手术方面的学会报告和论文，必须将死亡案例记入其中。事实上已经有那么多患者死亡，但在学会报告或论文中却没有出现一例死亡病例——这难道不是一种隐瞒吗?! 而且，也正是因为发表这样的论文，错误的、虚假的信息得以广泛传播。当然，谁都想把自己的成绩展示得好看一些，但绝对不能歪曲事实。否则，无论是作为一名医生还是作为一名研究人员，都不得不说是不合格的。"

沉默的医生们

在肝胆胰领域，特立独行地开展腹腔镜手术的并非只有群马大学医院和千叶县癌症中心。还有一些医院也挑战了使用腹腔镜的高难度手术，并在学术会议上展示其所谓的"成果"。

群马大学医院事故的相关新闻，最先在 2014 年 11 月被公开报道。两个月后，采访小组查阅了日本外科学会过去 3 年（2012～2014 年）所举办的学术研讨会的摘要，发现共计 29 家医院的医生所作报告的论题，是关于高难度的腹腔镜肝脏切除手术的。当时，适用于保险的腹腔镜肝脏切除手术只有两种。其一，是以小范围癌变为对象的"部分切除手术"；其二，虽以较大范围癌变为对象，但被医学界普遍认为是相对容易施治的"外侧区域性切除手术"。除此二种之外，其他的"区域性切除手术"则不在保险适用范围之内。

于是，我们向这 29 家医院提出了一个简单的问题——学会报告中出现的各个病例的手术费用是以何种方式结算的？可以设想一下，如果没有违反相关规章，只有两种可能的选择：其一，全部费用由患者自费支付；其二，将手术作为临床研究，由医院承担费用。群马大学医院和千叶县癌症中心的做法是，将原本不在保险适用范围之内的许多腹腔镜手术，当作保险适用对象手术进行施治，申请保险补助金。那么，其他医院在挑战高难度腹腔镜肝脏切除手术的时候，是怎么做的呢？我们想通过这个提问，进行确认。

结果，只有4家医疗机构回答了我们的提问，另外的25家医院都置若罔闻。甚至有的医院派出高层干部，通过读卖新闻社的内部关系，向我们作出试探性的询问："你们到底想要干什么？"还有医院高层提出，要"见个面，私下谈一谈"。应东京都地区某大型医院的请求，我们直接前往该医院听取他们的想法。那家医院的高层对我们说：

"手术确实不在保险适用范围之内。说是部分切除，其实是更进一步的区域性切除，甚至也可以说是较大面积的切除。这也是一种现实中的普遍情况。"

他也坦诚地告诉我们难以正式回应提问的原因：

"当然可以不申请保险补助。但是，在这个问题上，我想大多数医院应该都不是严格遵守相关规章的，都没有彻底执行。"

实际的情况是，即便是不属于保险适用范围之内的手术，医院也会申请保险补助，因此他们根本无法堂堂正正地回答我们提出的这个问题。在场的另一名高层干部继续说道：

"其他医院呢，有回答吗？我想，无法对这个问题作出回答的医院，应该不仅仅只有我们一家，相信很多医院也都无法回答。在医生的世界里，大体上存在一种'同行圈内'之类的意识，都很在意别的同行怎么回答，在意周围的人怎么想。"

作出回答的医院寥寥无几。其中，有的医院说是患者自费，但也有医院坦白地回答说"是以腹腔镜'部分切除'的名义申请了（保险）"。

面对我们的提问，多数医院决定保持沉默。他们之所以如此，难道不是因为心里有鬼吗？那些医生其实早已在心里意识到了其中的问题，但一直以来都若无其事地明知故犯。群马大学医院的第二外科，也有一些医生察觉到了问题。有一次，松冈好教授准备发表一篇论文，内容主要是介绍他在引进腹腔镜肝脏切除手术之后一年内的手术成绩。当时，曾有医生反对道："这种手术是不在保险适用范围之内的，论文应该避免公开发表。"但是，这一意见并没有被采纳，那篇论文到底还是发表了。不仅如此，论文的内容也不真实。论文里提到死亡患者仅有 1 人，但实际上当时已经有 4 名患者死亡。如前所述，这篇论文后来被悄悄地撤稿了。那是在 2014 年 11 月，正当第二外科的一系列问题首次遭到曝光之后，撤回论文的理由是"未经伦理审查"。

某大学医院的一名外科医生在群马大学医院的问题被公之于众后，回想起几年之前发生的一件事。当时，腹腔镜肝脏切除手术作为"外科的前沿"，风头正盛。一些年轻医生在学术研讨会上，目睹了其他医院的医生挑战保险适用对象外的高难度手术并取得"成果"之后，向其请求"希望我们医院也能试一试"。那些年轻医生还说什么"费用也可以申请保险""大家都是这么做的，不做的话，就太笨了"之类的话。这名外科医生说道：

"我当时就告诉他们，如果想做的话，那就应该首先征得患者的同意，并通过伦理审查，而且要在确保研究经费的情况之下，以临床研究的名义进行。否则，就绝对不可以做，不能去申请保险。尽管如此，他们还是很坚持。"

那些年轻的外科医生们，在看到其他医院的医生骄傲地展示高难度手术中的"业绩"时，极有可能感到焦虑，担心自己被同行远远地甩在后面。他接着说道：

"大概是存在着一种类似于'先下手为强'的竞争，较量着哪家医院做了多少例手术。他们应该也会向同行吹嘘，说自己的医院里做了多少多少例的腹腔镜肝脏切除手术。从人的心理上讲，输给别人确实会心有不甘。但是，保险适用范围是有既定规章的，适用范围以外的手术绝对不能申请医疗保险，如果去申请了，很可能造成严重后果。但是，在那些做肝胆胰腹腔镜手术的年轻医生之间，确实就存在着那种氛围。"

显然，在这个所谓"业界"的狭小圈子里，存在一种司空见惯的违规操作——申请保险而将之用于原本在适用范围之外的腹腔镜手术。在群马大学医院的问题被公开报道的 4 个多月之后，我们收到了一封来自东京某医生的电子邮件，也说到了这一情况：

> 要申请保险的话，就事先联系厚生局，然后以开腹手术的名义申请使用。这您都不知道吗？

施行腹腔镜手术的话，最后要在腹部上开一个小切口，从这一切口取出被切除的内脏——"这和开腹手术一样"——用这样的借口，以开腹手术的名义申请保险就在技术上被正当化了。尤其是腹腔镜辅助下的肝脏切除手术，仅仅在手术开始阶段使用腹腔镜，在切除器官的时候也需要通过一个几厘米长的小切口方便腹腔镜辅助操作，把这视作"和开腹手术一样"的医生很多。茅野在接受《朝日周刊》的采访时说：

"当时，我一直综合使用腹腔镜手术和开腹手术两种术式。事实上，我曾咨询过千叶县保健所，得到的回答是如果手术的整个过程都在腹腔镜下进行，是有问题的；但如果是使用腹腔镜查看癌症是否（在腹腔内）发生转移，最后采用切开腹部（用开腹手术）的方式，那暂时是没问题的。关于这一点，我已经得到了他们的保证。"
（摘自《朝日周刊》2014 年 5 月 2 日号）

"学会偏倚"

在群马大学医院的问题被曝光之后不久，日本肝胆胰外科学会针对腹腔镜手术情况进行了紧急调查。调查对象是经该学会认定的"高级技能专科医培训机构"——具备承担高级肝胆胰外科手术能力的214家医院。调查范围是各家医院在2011年至2014年的4年之间所施行的肝胆胰腹腔镜手术，具体项目包括手术数量、术后90天内的住院期间死亡患者数量，以及是否经过伦理审查等。结果，回答率为97%，即共计207家医院作出了回答，其中包括后来被撤销认证的群马大学医院和千叶县癌症中心。调查结果显示，存在在忽略伦理审查的情况下实施保险适用范围以外的高难度腹腔镜手术的问题。

调查中的一个问题是，施行高难度的腹腔镜手术时，是否取得了院内伦理审查的批准。在收到的222份回答中（注：回答份数之所以多于调查对象医院数，是因为有的医院设有多个诊疗科，且分别作出了回答），作出回答的共计176份。其中，共有97家机构（诊疗科）回答"完全没有接受伦理审查"，占总数的55%；另有37家回答"部分手术接受了伦理审查"。也就是说，在这176家机构（诊疗科）中，有134家实施了未经伦理审查的高难度手术，超过76%。此外，还有46家没有作出回答，对此，我们自然认为他们是在刻意地回避作答，因为他们根本就没有执行伦理审查。只有19%的机构（诊疗科）以充满自信的态度，回答说所有手术均已接受伦理审查。这一比例还不到全部被调查对象的二成。

根据该项调查，可知腹腔镜肝脏切除手术的数量截至2014年是逐年增加的，在2014年的一年里已经达到了2 670例。调查范围的4年之内，这222份回答所涉医院共计实施腹腔镜肝脏切除手术8 545例。其中，保险适用范围外的手术共计1 587例。从死亡率来看，总体死亡率为0.49%。但是，如果将统计范围缩小为保险适用对象范围外的手术，则死亡率上升至1.45%。与之相对，保险适用范围内手术的死亡率为0.27%。前者是后者的5.4倍。4年之间，共计实施胰腺切除手术2 697例，其中的651例属于保险适用范围外手术。胰腺切除手术的总体死亡率为0.33%。但是，保险适用范围外的手术死亡率高达1.08%，与之相对，保险适用范围内手术的死亡率是 0.10％。前者是后者的 10.8 倍。由此可见，无论是肝脏切除手术，还是胰腺切除手术，保险适用范围外手术的死亡率均高于保险适用范围内手术，而且二者之间的差距非常大。此外，如果将分析范围进一步缩小，把视线仅仅聚焦于肝脏切除手术中的那些难度更大、更为讲究技术的手术——例如将胆管与肝脏一并切除之后，再将胆管和肠道连接缝合的手术，死亡率则飙升至 9.76％。

即使放在开腹手术中，高难度手术的死亡率还是会更高一些。当然，因手术难度高低不同而产生的死亡率差异是可以理解的。不过，该学会发出警告，认为"有必要注意死亡率的差异"。因为，如果实施保险适用范围外的腹腔镜手术的话，一般都会选择病情相对较轻或较易操作的病例，例如肿瘤恶性程度较低或者是癌症进展进程较慢的病例。该学会就此得出结论，鉴于手术中需要切除胆管的肝脏切除手术的死亡率明显偏高，"务必极其慎重地考虑"腹腔镜手术的实施。

时任该学会理事长的千叶大学教授、千叶大学医院院长宫崎胜（自 2016 年 4 月起，任国际医疗福祉大学三田医院院长）等人，在记者会上宣布了该项调查的结果，并对媒体作了如下陈述：

"有超过 50％的医院都没有进行伦理审查，这是学会此前未掌握的情况。我们希望相关方面能够充分重视这一结果，并且希望能重新唤起相关人员的注意。如果有一半的病例都没有接受伦理审查的话，那么人们会担心手术的实施是否进行了充分的检证。"

学术会议上曾经发表过很多例保险适用范围外的高难度手术"成果"。在热衷于学习上进、也经常参加学术会议的外科医生之间，这一情况是人尽皆知的。但其中存在一定的疑问。

例如，"费用问题是怎么解决的呢？"

又如，"如果使用研究经费的话，那么，一年最多也就只能做两三例。所以，我认为学会上报告的病例并非都是使用研究经费的。"

某市中心医院的一名外科医生曾经透露其中的底细。自己所做的腹腔镜肝脏切除手术、胰腺切除手术，实际上并不属于保险适用范围以内，但也是作为保险适用对象进行处理的。他说：

"在外科医生之间，这种做法是非常恰当的。是不是属于保险适用范围之内，都无所谓。这样的事情，无论在哪儿都很普遍，所以也就没怎么在意了。我们医院倒是还没有发生患者死亡的情况，但在最初引进腹腔镜手术的时候，也确实有过很多麻烦。在群马大学的事件被曝光之后，我们也逐渐意识到必须严格谨慎了。"

这名外科医生的感受或许并非个例，许多医疗机构一定也有类似的状况。

有些人虽无恶意，但也随波逐流，顺势而为。当然，也有不少人心存理智，怀有"这样是否正确"之类的疑问。多年来，一直困扰着肝胆胰外科"业界"的这一悬念，终于在千叶县癌症中心、群马大学医院等大型医院接连发生死亡事故之后，出现了解决的线索。

2015年4月，日本外科学会在名古屋举行学术研讨会。在其中的一场研讨中，作为普及腹腔镜肝脏切除手术领军人物的东邦大学金子教授说道：

"目前，我们并非处于'发表偏倚'之中，而应该说是处于'学会偏倚'之中。我认为，我们必须对此作出反思。"

所谓"发表偏倚"是指，期刊上发表的论文存在一定偏差，对研究者而言不利的信息较难发表，对研究者而言有利的信息则较易发表。如果把"发表"一词替换成"学会"，也是成立的。那么，所谓"学会偏倚"就是指，在学术会议上，引人关注的只是那些使用了腹腔镜的高难度手术的成功案例。那些成功案例所具有的突破性的炫目一面被打足了高光，但同时，那些值得关注的重要问题却被忽略了。

第八章　先进医疗的陷阱

引进新技术的盲点

在外科诊疗领域，并不存在一个标准的程序，用于指导或规定如何引进一种新技术。对于引进新技术的把握是极其模糊的。腹腔镜手术的引进也是如此。一般来说，是由主导引进这一技术的医师或诊疗科自主决定的。他们根据自己的判断，在不断累积病例的过程中，凭借着经验，摸索着前进。当一项新技术逐渐获得业界认可之后，外科医生团体会向厚生劳动省提出申请，建议将该技术纳入保险适用范围。

如果是新药，则有其明确的程序。新药被研发之后，首先要经过动物试验等，然后进入临床试验。在临床试验阶段，也要经过医院内部的临床检验审查委员会（IRB）的审查，经审查确保不存在任何伦理以及其他方面的问题之后，才能在实际治疗中给病人使用该种新药。在此基础之上，该种新药还要经过不同阶段的临床试验和数据采集，以确认其具有一定的有效性和安全性。之后，还需向药品和医疗器械管理局（PMDA）提交申请，并在获得国家审议会审议通过之后，经厚生劳动大臣批准。经过这一系列层级明确的审查，该种新药才能作为保险诊疗用药投入到实际的使用之中。

与之相对，外科的某一专业学会如果计划将一项新技术纳入保险适用范围，则首先需要由该学会向外科医生团体"外科系统学会社会保险委员会联合会（外保联）"提出申请。在获得"外保联"认可之后，该新技术就会被纳入保险适用范围，并被赋予相当于医疗诊治价格的保险报销点数。

学会基于一定数量的实际业绩数据，提出新技术认定的申请，但实际上也无法完全保证该技术作为一种标准治疗方法，具备足以证明其有效性和安全性的高度科学性依据。因为新手术不同于新药物，其有效性和安全性无法通过偏差较少的比较实验等方法得以确证。

而且，如果将新手术与传统手术进行比较，分析二者患者死亡率、并发症发生率是否存在差异，癌变部位切除患者的术后5年生存率是否存在差异，通常都需要花费大量的人力、金钱和时间成本。此外，新手术的治疗成绩也可能受到外科医生个人技能的影响。从现实情况来看，在完全公平的条件下对新手术与传统手术进行对比性试验，其困难程度要远远超过药物实验。因此，通常情况下只能以经验作为评估新手术有效性和安全性的指标。

此外，对所谓新技术的"新"的界定也存在一定困难。到哪一点为止是属于日常治疗延长线上的技术，从哪一点开始才算作是新的手术操作，这一界限实际上是很难明确划定的。由于这些原因，某项新的手术技术在被纳入保险适用范围之前，必须经历一个相应的过程——首先是要在相应的诊疗现场多次进行孤立试验，之后随着诊治病例的不断累积，而被纳入保险适用范围，最终得以普及。这一期间的手术实践，有的会被作为正式的临床研究，有的则不会被作为正式临床研究，但这一点并未受到应有的重视。

以腹腔镜肝脏切除手术为例。2010年4月，这一手术被纳入保险适用范围之初，准许医疗机构引进这一手术的基本条件是，该机构必须积累 10 例腹腔镜肝脏切除手术的实践案例。也就是说，如果要将腹腔镜肝脏切除手术作为保险适用内手术施行，前提条件是在该手术尚不属于保险适用手术的情况下已有实践的经验。然而，对于那 10 例手术具体如何实施并没有明确要求，也不作追问。

有的医院明确表示，为引进该项手术而积累的 10 个病例都是作为临床研究实践，由医院承担费用的，在积累了相应经验之后再申请将其作为保险适用对象手术的。然而，事实上并非所有病例都如其所言。

一名消化外科医生坦诚地说道：

"很多医院难道不都是在钻空子吗？把原本并不属于保险适用范围的手术，按照保险适用手术来做。无论是过程，还是程序，事实上都并不明确。或许，外科医生也有些不严谨。"

自从群马大学医院事件被曝光以来，临床医学界越来越明确地认识到一个问题——在引进一项新技术的整个过程中，如果没有一个标准化的程序，而只是因人因事地随意为之的话，那么将会导致多么糟糕的后果。因此，各个医院的态度为之一变，对高难度腹腔镜肝脏切除手术的实施一下子谨慎了起来。

鉴于群马大学医院的手术患者死亡事故已经成为一个重大的社会问题，日本最大的癌症专科医院——癌研有明医院，于 2015 年 7 月召开了以腹腔镜肝脏切除手术为主题的记者会。肝胆胰外科主任斋浦明夫教授作了主题报告，就该问题的现状以及未来挑战进行阐述。我向他提出了以下问题："群马大学医院等医疗机构在未经伦理审查程序的情况下，实施了原本并不属于保险适用对象且安全性和有效性尚未得到确证的高难度腹腔镜手术。显然，这是存在问题的。那么，如果要实施这一类手术，需要履行怎样的程序才是合适的呢？"

斋浦教授回答道："我认为现在应该采取的作法是，首先交由伦理委员会审查，之后提交研究计划书，最后将之作为非保险类诊疗予以实施。事实上，也只是近五年、十年以来，情况才发生了较大的改观。直到四五年之前，关于这一问题的讨论几乎是完全没有的，医生们那时的想法是'做完手术，万事大吉'。如果追溯至更为久远的几十年前，则会发现有很多新的治疗方法往往没有接受任何伦理审查。我想，在经历了这一类事故之后，临床医学现场也会发生变化。"

我继续提问道："为什么许多医院在引进新技术的时候，并没有遵循这样的程序和步骤呢？"

斋浦答道："我认为，原因在于没有明确的标准。在 3 年前，关于这一问题的讨论还并不彻底，也未形成明确的结论和认识。当时的大概氛围是，向患者作出一定程度的说明就可以了。不过，就在近一两年，这一情况发生了逆转。类似于群大医院这样的事故之所以会反复发生，原因就在于指导性方针的缺失。我认为，在某种程度上，明确指导性方针是极其重要的。"

历史惊人相似，事故反复发生

到目前为止，在引进新的腹腔镜手术时发生问题的，不仅仅是肝脏切除手术和胰腺切除手术。过去，同样的历史也曾在其他领域里反复发生。

在记者恳谈会上，时任癌研有明医院院长（2015 年 7 月任职）的山口俊晴作了发言，简要回顾了腹腔镜手术的历史。山口一直致力于胃部外科领域的腹腔镜手术推广，颇有名气。他在斋浦明夫结束了主题报告以及相关问答之后，主动提出进行补充说明。山口说道：

"在腹腔镜手术领域里，最为惨痛的教训是胆囊切除手术。在该手术尚未被纳入保险适用范围之前，以保险适用手术名义实施该手术的医院被责令退还保险补助，返还全部手术费用。这一手术也因此被迫中断了一段时间。在那个时候的外科医生的常识中，如果是方便的手术方式，就会愿意使用。但是，在那件事之后，腹腔镜手术就被按下了暂停键。此后，大家都变得非常谨慎，完全停止了腹腔镜手术，毕竟腹腔镜手术仍是一种新型的手术，只有在确保安全性并进行了充分的对比试验之后，才能实施。所以，使用腹腔镜的手术都被中止了。我们之间也形成了一种共识——绝对不能仅仅出于采用腹腔镜这一目的而轻易地实施这项新技术。"

日本的第一例腹腔镜手术是在 1990 年，手术项目是胆囊切除。如今，胆囊切除手术已经成为肝胆胰外科领域中唯一普遍采用腹腔镜方式的手术种类，但在当时还是一项新技术。那时，一名腹腔镜手术技巧尚不纯熟的外科医生主刀了这一例手术，引发了患者死亡的重大事故，造成很大的社会影响。据说，正是此一事件，导致日本腹腔镜手术的进展停滞。这是一个典型的例子，因为医疗事故而延迟了医疗技术的发展进程。

但是，类似案例远远不止于此。上世纪 90 年代前半期，在腹腔镜大肠手术方面又出现了类似情况。据当时报纸上的报道，兵库医科大学医院实施的大肠腹腔镜手术造成患者的死亡，死者家属向法院提起了诉讼。以此为契机，相关调查得以开展。结果发现，该医院实施的腹腔镜手术不在保险适用范围之内，却申请了保险补助。据后续报道可知，该医院被勒令退回保险补助，涉事医生也受到处分。

进入 21 世纪后，发生了一起前列腺癌腹腔镜手术患者死亡事件，该事件后来发展为刑事案件。这是上文提到的慈惠医大青户医院的案例。如前所述，腹腔镜手术技术认证制度在此之后被创建起来。但是，随后又发生了千叶县癌症中心和群马大学医院的涉及肝胆胰外科的腹腔镜手术死亡事故。

类似的医疗事故总是一再发生，颇为讽刺。令人苦痛的经历反复发生，每一次都理应获得一些教训。难道就没有一种行之有效的措施，防止事故再次发生吗？难道就不能避免一次又一次地殃及患者吗？每一次，都是以牺牲患者的利益为代价。这一次，难道就不能设计出有效的对策，真正地保护患者吗？

千叶县癌症中心患者死亡事故的第三方调查检证委员会的会长多田罗浩三，是日本公共卫生协会会长、大阪大学名誉教授，同时也是日本厚生劳动省"麻风病防治研讨会"的负责人，是精通患者权利问题的专家。他领导了该项调查，深有感触地说道："即便能够细致地执行知情同意制度，仅凭此还是无法对患者形成完善的保护。"

多田罗极力主张道："患者和医生之间，绝对无法实现平等。之所以这样说，是因为那些热切地渴望着治愈疾病的患者，必然会以必死的心态恳求医生。医生越是热心地说明，患者也就越是别无选择，只能是一边说着'拜托您了'，一边被诱导着走向医生推荐的方案。这种权力关系是非常清楚的。结果，则必然导致最终由患者被迫承担风险。"

正如多田罗教授所指出的那样，群马大学医院对手术患者所作的知情同意是被扭曲了的。这一点可以从遗属的证词中得到佐证。

针对这一问题，多田罗给出了如下的处方。

为了保护原本就处于弱势地位的患者，有必要建立一个社会性机制。换句话说，最理想的做法是制定一部类似于《患者权利法案》的法律，明确患者的权利。但是，实现这一机制所需时间太久。所以，莫不如先将"第二诊疗意见"制度化。第二诊疗意见，就是要征求主治医生以外的医生的诊疗意见，并将之作为确定施治方案的判断依据。这种诊断模式已经渐为人知，但还没有普及到"理所当然"的程度。如果第二诊疗意见机制能够充分发挥作用，那么，即使主治医生试图在未作充分说明的情况下实施新型手术，也会被提出第二诊疗意见的其他医生发现。这一机制或有可能成为实现患者自我保护的一种对策。

多田罗使用了这样的一个比喻，来形容现在的医疗状况。他说："过去的医疗，就像是一边仰望着山顶，一边攀登山路。但是，现代医疗已经取得了长足的进展，仿佛是已经攀上了一座山峰的峰顶，开始在山脊上行走。如果在山坡上摔倒的话，那是可以爬起来的。但是，如果从山脊上跌落下去，无疑将造成最为严重的恶果。现在，医生们已经充分地认识到了这一点。他们一边精益求精地磨练自己的技能，一边和患者共享自己对疾病、对治疗的认知和思考。我们可以说，医生和患者共同努力、共同克服困难的时代，已经到来了。"

保险的灰色地带

在医疗现场，那些原本并不属于保险适用范围的新手术之所以能够在没有明确规则的、模棱两可的情况下实施，除了没有一套标准的程序和准则供遵循之外，原因还在于医疗机构在事实上可以在保险诊疗的名义下申请保险补助。我们不得不就此对保险的"灰色地带"问题作一番探讨。保险中的灰色地带甚至可以说是诱发和催生了一连串的腹腔镜手术相关问题的温床。群马大学医院和千叶县癌症中心的案例中，医院实施了保险适用范围外的肝脏切除和胰腺切除手术，却申请了保险补助。据说，实施类似高难度腹腔镜手术的其他医疗机构，也大抵如此。

实施非保险适用的手术，却去申请保险补助，这是一种常见的做法。因为实际中的诊疗未必总是能够在完全遵循传统模式的情况下推进。一些情况下，医疗现场所做的手术即便与保险适用范围所指定的诊疗方法不完全一致，仍然可以被视为与之"近似"的手术。这种情况，需要询问都道府县所设的地方性社会保障部门，取得相关部门的许可。这种咨询叫作"疑义照会"。据悉，在肝胆胰外科的腹腔镜手术中，普遍存在申请保险补助金的情况，而且大多是在未与地方厚生局取得联系的情况下私下操作。不过，其中也有经过疑义照会获得许可，堂堂正正地申请保险补助的案例。

事实上，群马大学的情况就是如此。

上田委员会的调查显示，群马大学医院所实施的申请了医疗保险补助的保险范围外的腹腔镜肝脏切除手术，其中至少有一部分手术确实获得了关东信越厚生局群马事务所的"批准"。采访小组曾于2015年1月要求院方公开疑义照会的相关文件以供查证，结果也显示确实有相关讨论的记录。

然而，群马大学医院从未积极地主张过这一点。因为那样做的话，无异于在说"厚生劳动省也负有一部分责任"。院方应该是怀有一定顾虑的。群大医院在揣摩厚生劳动省的态度，我们无法得知上田委员会是否有所察觉，总之，可以看到其调查报告中记录了群大医院"疑义照会"的相关情况。在对一系列手术死亡事故进行调查检证的时候，这一问题当然是无可回避的。不过，医院内部的调查委员会本身对厚生劳动省是有所亏欠的，因此被置于一个比较尴尬的境况之中。虽然一再发生严重的医疗事故，但院内调查委员会很难就这一问题作出说明，因此最初这一问题并未被写入调查报告。上田委员会则是一个由外部委员组成的第三方调查委员会，其调查报告指出，群大医院在未经伦理审查等必要程序就广泛施行了保险适用范围外的手术，原因如下：

> 在我国，医院对非保险诊疗相关政策的执行不够彻底，审查制度也不尽完善，导致在实际医疗中存在着许多灰色地带。

例如，在日常诊疗中，未经安全确认的医疗处置为数不少。又如，以减轻患者经济负担为名，施行并非"保险适用疾病种类"的治疗却申请保险补助，此类利用制度漏洞的违规操作已成常态。因此，关于伦理审查程序究竟应该在多大程度上得到认真遵守和执行，在医生之间还存在认识上的分歧。这些都凸显出我国在临床医疗以及保险诊疗体系方面长期存在严重问题。

群马大学医院第二外科自2010年12月引进腹腔镜肝脏切除手术以来，共计实施了58例保险适用范围外的手术。其中的7例是作为群马大学与其他大学合作开展的共同研究，在正规的先进医疗框架之内实施的，6例以先进医疗的名义申请政府资助，1例由大学经费负担。由大学经费负担治疗费用的手术案例，包括上述1例在内共计17例。全部58例中有35例手术的施治费用申请了保险补助。

据上田委员会调查报告所示，主刀医生早濑对委员会的调查取证，作了如下一番陈述。

据A医师所说，在自己的认识当中，该项手术最初是作为腹腔镜辅助下的手术而被引进的，主体部分运用的也是开腹手术的技术，因此以"开腹手术"的名义申请了医疗保险补助。为此，他也曾咨询实施类似手术的其他医疗机构，得到的答复是"严格来说，确有微妙之处，但也是以开腹手术名义提交的保险补助申请"。但是，在实际操作过程中，诊疗科内部出现了质疑的声音——"以开腹手术名义申请医疗保险的话，真的没问题吗？"于是，P教授和行政部门经过协商之后决定，暂时不申请保险补助，而是将该手术作为学校经费资助项目处理。在那之后，由学校经费资助完成的手术共有17例。在8个腹腔镜手术死亡的病例中，有1例手术是由学校经费资助的。

不过，学校的经费负担愈益沉重。2013年10月，学校的医疗服务科（现为医疗事务科）向厚生劳动省关东信越厚生局群马事务所的主管部门咨询。咨询内容是，肝脏左内侧区、右叶（前区和后区）的腹腔镜下切除手术是否可以作为保险适用术式申请保险补助。得到的答复是可以用肝脏部分切除手术的名义，申请保险补助。因此，院方此后便以肝脏部分切除手术的名义，申请保险补助。

应采访小组的要求，群马大学医院和关东信越厚生局群马事务所公开了相关资料。据2015年1月公开的文件显示，群马大学医院曾经先后两次就腹腔镜肝脏切除手术问题提出过疑义照会。第一次是在2013年的6月。在群马大学医院存档的询问件上，记录有如下内容：

> 提问：关于腹腔镜肝脏左叶切除手术的保险申请方法的咨询。该手术计划在腹腔镜下施行肝脏切除手术中的外侧区域性切除手术，此处所谓外侧区域是指肝左叶的S1～S3、S1～S4。此种情况，应当以何种术式申请健康保险补助？
> 答复：不在保险适用范围之内。

此处所言的"S"，是"Segment"的首字母。肝脏的区域划分，是沿着主要血管而分为5个区域：右前区、右后区、左内侧区、左外侧区和尾状叶。其中，右前区、右后区、左外侧区又分为上下二区。综合来说，则是将肝脏划分8个部分，分别用S1～S8指代。肝脏的切除手术，就是按照这种划分方式进行区域确定的。

关东信越厚生局事务所也存档有同一询问件。这一份存档文件中没有医院存档文件中的"答复"部分，但留下了使用红色圆珠笔写下的潦草记录，应是当时的负责人员参照传真询问件通过电话答复时所作的简短笔记。其内容如下：

"S1～S4→如果不是部分切除的话，不属于保险适用范围。"

"在腹腔镜下进行左叶切除，不在保险适用范围之内。"

这份答复文档中，记录了事务所负责人员的姓名，以及其向保险事务指导医师核实的具体情况。保险事务指导医师是地方厚生局的兼职人员，主要职责是在医疗机构提出疑义照会的时候给出解答和建议，或是以医师身份陪同事务所工作人员履行监督检查的职责。这一职务设置，目的在于令其以医疗专家的身份协助那些不具备医师资格的事务人员。

第二次疑义照会，是在2013年10月。院内有人质疑："以开腹手术名义申请保险补助的话，真的没问题吗？"于是群大医院在第一次疑义照会未获许可之后，就使用学校经费支付腹腔镜肝脏切除手术的费用。但经费负担过重，故院方又一次尝试向事务所提交了疑义照会。

咨询事项：以下手术是否具有保险诊疗报销点数？请予以明示。
实施腹腔镜下肝脏内侧区、右叶（前区、后区）的切除手术。

答复：肝脏内侧区和右叶（前区、后区）的切除手术亦可解释为部分切除。因此，如果对肝脏的内侧区和右叶（前区和后区）进行腹腔镜下切除手术，请在"腹腔镜肝脏切除手术之部分切除"一项下进行申请。但是，此一解释亦可能因厚生省的相关指导而产生异义，届时我们将作出相应调整。

与之相应，厚生局留存的文件中有同样的询问件，答复部分一如此前是空白，只潦草地写着一句话：

"不可 or 部分切除。"

仅凭此，还不足以证明群马大学医院档案中所记录的"许可"的真实性。除了这句话之外，厚生局的存档文件上只有答复日期以及答复医生的姓名。根据此答复，或可作出如下解读：依具体病症不可申请保险，但若以部分切除手术的名义可以申请。但是，这一推测是无法确定的。

关于此文件，无论厚生劳动省保险局医疗科医疗指导监察室，还是关东信越厚生局群马事务所，都声称"绝无可能批准这样的请求"，相当于是对群马大学医院的存档文件内容予以坚决的否认。我曾经直接向作出这一答复的保险指导医生询问相关情况，他也作出了同样的回答。这名保险指导医生是内科医生。他所说的一些话，让我觉得他对肝脏切除的术式未必精通。这也让我不得不产生一种疑虑——他虽说是医生，但专业不同，势必难以作出得当的判断。委托这样一名专业并不十分契合的医师对咨询作出判断，是否存在不合理之处？

群马大学医院认为，至少有一部分保险申请是在经过疑义照会取得许可后进行的。因此，相关人员难免在内心深处对事务所怀有些许的不满。

一名相关人员说道："无论我们如何坚持说他们给予了相关许可，也无法提供相应证据。我们总是以书面形式提交咨询问题，但他们的答复总是通过电话给出的。如果他们硬说'是你们搞错了'，我们也就只有束手无策了。"

另一名大学医院的相关人员也说道："所谓的保险疑义照会，本来就是一个模糊的灰色地带。正因如此，政府部门一直坚持通过电话来作出答复。这样一来，即使答复中出现矛盾之处，也不会惹出什么麻烦。本来，我也不认为他们会认真作出答复的。他们的答复尽是些陈词滥调，比如'如果专业的医生认为是一种相近似的术式，那就是吧'之类的。实际上，他们认真在做的事情，可能就只是在琢磨如何回避责任吧！"

针对肝胆胰外科腹腔镜手术所涉及的保险补助申请一事，除千叶县癌症中心和群马大学医院外，厚生劳动省并未展开全国性的监管调查。经厚生省判断认为，这一类行为和明显的蓄意违规申领保险金并不相同，其本身并不具有明确的恶劣性质。不过，厚生省不予追究的部分原因，大概也在于避免造成太大的影响，避免引起医疗领域的强烈反对。毕竟，厚生省作为政府的监管部门，当然应该为放任这一模棱两可的灰色地带的存在而负有一定责任。厚生省不仅失职于监管，而且截至目前都未见有任何试图改善这一暧昧现状的举措。

上田委员会在调查报告中列入了对厚生劳动省的要求。内容如下：

> 在关于保险诊疗的疑义照会中，如果采用电话回复的方式，则可能导致双方的理解偏差。因此，我们建议尤其是在对那些身体侵袭程度高的病例、复杂病例作出咨询答复的时候，应以书面形式给予回复，明确是否适用保险及适用范围，并附上相应依据，为医务人员提供根据。

守护安全的"4项程序"

早濑在群马大学医院，已经主刀了许多例腹腔镜肝脏切除手术。尽管如此，他似乎完全没有意识到，在引进新的医疗技术时，应该事先通过伦理审查。千叶县癌症中心的茅野敦也是如此。不仅仅是他们两个人，许多外科医生都没有这种意识。医疗现场的实际情况是，一般由医生和诊疗科成员等有限的几个人作出判断，并付诸实行的。

根据上田委员会的调查报告，群马大学医院在2004年制定了临床试验审查委员会（IRB）的相关规定。在一系列的保险适用范围外的腹腔镜手术死亡事件遭到曝光之后，医院院长野岛美久等人随即召开记者会，声称这一系列手术应该是事先取得了IRB的批准。然而，这个IRB的职责主要是对新药的临床试验进行审查。早濑和他的同事共计实施了58例保险适用范围外的腹腔镜肝脏切除手术，其中7例是属于岩手医科大学领导下的合作研究的一部分。这7例确实是在取得IRB的审查和批准之后实施的。

但是，另外的51个病例却并未提交IRB审查。对此，早濑和松冈在对上田委员会的调查取证进行回答时说，这项规定在当时的医院内部也不是广为人知的，自己也从未想过必须事先取得IRB的批准。

一名任职于著名私立医院的医师，曾在国外有过为期5年的行医经历。他在回国之后，切实感受到了日本医疗的问题，说出了如下的一番话：

"在日本，医生的裁决权力太大。如果医生说'我们来试一试这个吧''出了一篇还不错的论文啊'，那么，他就可以马上在患者身上进行尝试。很多医生会语气轻松地说：'我尝试过这个，还不错。'在21世纪，术前的安全性和有效性评估已经成为临床医学的标准程序之一。但是，日本的医生竟然可以在完全未经安全性和有效性评估的情况下，拿手上的患者进行试验。当然，也有人会说：'没有这一环节，就没有医学的进步。'但是，这个观点是错误的。因为接受伦理委员会审查一事，原本就是临床研究范围之内的一个程序，因此必须经过伦理委员会的批准才能进行手术。而且，申请保险补助本身也是不合理的。因为那是临床研究,临床研究必须有经费支持,为临床研究而筹集经费是理所当然的。只有在完成了这些程序之后,才能进行医疗技术上的新尝试。仅仅经由医生的裁决,就拿手上的患者去测试新的疗法——这在全世界看来,也都是奇闻一桩。"

群马大学医院有制度支持保险适用范围外的手术,手术的医疗费用可由医院的学校经费负担。如果教授提出申请,并履行规定的手续,则可以不经过特别审查而使用学校经费支付医疗费用。大学医院为了实施原本就不属于保险适用范围之内的手术,不惜自己承担费用,却不将伦理审查作为明确的条件,令人费解。如果诊疗科向医院提交伦理审查申请,则医院当局势必了解到诊疗科计划实施保险适用范围外手术的相关情况。如此说来,医院当局的态度也是耐人寻味的,对学校经费支出的管理颇为散漫,又不严格要求伦理审查,一副"除非医师提交伦理审查申请,否则医院也无法把握"(2014年2月,群马大学医院记者会)的态度。这究竟是怎么一回事呢?

群马大学医院与岩手医大等医疗机构合作开展的先进医疗项目曾经接受伦理审查,但其他的那些不在保险适用范围内的腹腔镜肝脏切除手术,则是由医生自行判断的。这其中便产生了明显的矛盾,一部分手术接受伦理审查,另一部分则未经伦理审查。据上田委员会的调查报告可知,在刑法上不具有违法性的医疗行为需要满足以下3个主要条件:(1)符合医学指征;(2)属于既已确定的医疗行为,且医疗处置手段的合理性得到认可;(3)取得患者同意。如果是保险适用范围外的手术,则很可能不满足以上条件中的第(2)项,因此必须经由伦理委员会的审核与批准。

在此基础之上,上田委员会的调查报告又指出,就安全性尚未得到确认的医疗行为而言,即便是在当时也必须履行以下4项程序:

(1)确认医学上的必要性。如下二点务必进行事前的客观性检证：其一是该治疗确属必要的原因，其二是不选择已成惯例的常用医疗方案的原因。尤其是未被纳入保险适用范围的医疗行为，必须提交伦理委员会等机构，接受客观性审议审查。

（2）医务人员应向患者作出恰当的说明，且由患者自主选择。医疗人员在计划实施未经安全确认的医疗行为时，务必首先对患者作出准确的说明，务使患者了解该项治疗的"安全性尚未经过确认"。在此基础之上，医师务必告知患者采取该医疗行为的必要性及原因，同时必须取得患者知情同意，并且自主选择接受该项治疗。在此前提之下，医生才可以实施该医疗行为。而且，医生不得对该治疗作出具有诱导性的说明，必须对该治疗和替代治疗方案的利弊得失作出具体的说明。这一点也应作为伦理审查的一个要点予以审核。

（3）强化监管机制。在实施一种安全性尚未得到确认的医疗行为时，主治医师必须将相关医疗信息在医疗团队内部予以共享，建立和完善一个高于常规等级的监管机制。如果出现并发症或不良现象，则应举行病例研讨会，进行分析、探讨、查明和确定其原因。同时，必须向伦理委员会报告相关情况，并请求伦理委员会作出客观判断，以确定是否继续治疗。

（4）诊疗记录。上述（1）～（3）项必须详尽写入诊疗记录，以供日后对判断过程进行审核。

以上诸项，与《读卖新闻》刊发于2015年4月的一篇采访文章观点相同。该文的撰稿人长尾能雅是上田委员会的成员之一，任名古屋大学医院医疗质量安全管理部部长。长尾在那篇文章中，还写有如下一段文字：

10年前，我开始正式负责医疗安全工作。当时，在我所供职的京都大学医院，有一位外科医生曾对我说过这样一句话：

"医疗安全管理阻碍了先进医疗的发展。"时至于今，这句话仍然萦绕在我的耳边。在他看来，先进医疗的使命就在于比任何人都要更快更早地推进新的医学治疗，如果纠缠于医疗安全的繁琐程序，则会失掉先机而在竞争中落败。

但是，他的观点是完全错误的。恰恰是因为对医疗安全程序的轻视，才引发了重大的医疗事故，并最终导致先进医疗被迫中断。此类惨痛经历，在医疗界已是屡见不鲜的了。群马大学医院的情况，也是如此。而且，这一事件极有可能延缓腹腔镜手术本身的新进展。

痛定思痛之后，我们才终于明白了这样的道理——必须扭转观念，决不能将医疗安全方面的必要程序视为一种麻烦，而一定要将之作为支撑医疗技术进步的重要一环。唯其如此，才能着手推进先进医疗的发展，并取得成功。在临床医疗现场，不进行这样的思维转换，就一定会造成事故反复发生的恶果，那种错误观念本身一定会阻碍新医疗的进展。

曾几何时，人们对待医疗安全和伦理程序的态度总是睁一只眼闭一只眼的，却对挑战新医疗技术的行为大肆赞赏。令人倍感遗憾的是，至今仍有许多医疗现场尚未转变观念。以此次事件为契机，医疗界实有必要进行改革。

（摘自《读卖新闻》2015年4月1日早报评论版"论点特别报道"）

终章　目标是"完全转型"

从防范过失到提高质量

群马大学医院接连发生的手术死亡事故，俨然已经成为一个重大的社会性问题。这也为临床医学医疗界带来了变革。

在此之前，即便有患者在手术之后死亡，院方和医生也会将之视为"不可避免的并发症"而不予重视，鲜见对其作出特别的反思与研讨。

当然，医疗之中确实存在具有不确定性的一面。即使医疗人员尽了最大努力，也还是会有患者不幸死亡，我们无法将这种风险降低到零。说到底，医疗也是一种人类的活动。人不是万能的，医疗也不可能是万能的——这是我们无法回避的现实。但是，在这严酷的现实背后，确实存在着因处置不当而发生的本可避免的最坏结果。

据说，群马大学医院的涉事医生坚持主张，患者相继死亡的原因在于"不可避免的并发症"。这种态度的本质就是医生有意回避问题。这一态度和处理方式，是有其历史渊源的。在过去，与之相同的情况实际上是由现场医生进行判断的，在医生的裁决范围之内，因而不了了之。但是，因为发生了这一连串的严重问题，人们比以往任何时候都更为强烈地意识到一个道理——即便是容易被忽略的案例，也有必要挖掘出来认真对待，理应进行必要的详细检证。就提高医疗安全和医疗质量而言，这一点至关重要。

厚生劳动省将全国 80 家具备实施先进医疗能力的大学医院、国立癌症研究中心等大型医疗机构，认定为"特定机能医院"，并优先给予丰厚的诊疗补贴。鉴于群马大学医院所发生的严重问题，厚生劳动省修订了"特定机能医院"的基本认定条件，对涉及医疗安全对策的相关事项作出了更趋严格的调整。其中的一项内容是，诊疗科和主治医师有义务向医院院长和医疗安全管理部门报告术后留院期间发生死亡的全部病例。如果这一点能够得到彻底执行的话，那么即便诊疗科将某一案例裁定为"因不可避免的并发症造成的死亡"，安全管理部门或者院长也可能重新判定，并要求从客观立场出发对其进行详细的检证。

一直以来，但凡发生了医疗事故，我们往往就会听到这样的理由——"这是由不可避免的并发症造成的死亡，原本就是无力回天的"。过去，如果一起医疗事故引发了社会问题，往往是因为事故的主因在于明显的医疗过失。例如，弄错了患者，或者是用药错误，等等。如果不是明显的医疗过失，则几乎不可能成为受到广泛关注的社会问题。

诚然，现实中确实存在这样的情况：医生竭尽全力进行治疗，但仍然难以避免并发症。不过，其中难道不存在以并发症为借口，夸大说辞的情况吗？这是令人不得不产生怀疑的。但是，围绕这一情况的是非判断，说到底还是被置于医生的裁决范围之内的。那一领域是医师的专属，外行人即便是心存疑虑，也无法有所作为。如果是高度专业化的领域，则必然存在更为高峻的壁垒，俨然一个高深莫测的圣域一般。莫说是外行，即便是非此专业的医师，也难以窥知其一隅。

但是，也有的国立大学医院早已采取了具体的措施，以认真的态度重新审视这一"圣域"。三重大学医院自 2006 年开始，建立了一套审核机制——对所有未经出院而死亡患者的医疗记录加以审核，并根据审核结果确定是否有必要作出进一步的详细检证。这一复审机制是在医院院长的主张之下得以建立的，负责医疗安全审核的医师平均每周要翻阅 6～7 例住院期间死亡病例的诊疗记录，检查诊疗之中是否存在疑点。在这一复审机制的创建中，发挥了核心作用的人物是兼儿敏浩——一位从血液学内科医生转型的医疗安全问题专家。

据兼儿介绍，在引进这一机制之初，因为医疗人员尚未形成习惯，似乎导致检查和被检查的双方都费了一番辛苦。检查人员与被检查人员都是医生，而且是在同一所医院里工作的同事。虽说如此，各个诊疗科还是把医疗安全监管人员称呼为"外人"，而且可能怀有一种自尊心——认为自己才是这一领域里最为内行的专家。

其中，甚至有的人会表现出明显的不愉快，觉得是有外人闯进了自己的领地。据说，在这一措施刚刚开始执行的时候，曾经发生过这样的情况：负责安全监管的医师去相关诊疗科进行情况调查，却遭到了当场的抗议，被责问道：

"别人的家，你怎么能穿着鞋就闯进去呢？"

被检查的一方，确实是怀有这种情绪的。但是，过了两三年之后，这一机制的优势愈发地凸显出来，也逐渐得到了医疗人员的理解。如果在审查中发现需要作出进一步检证的死亡病例，相关诊疗科也都会采取合作的姿态，齐聚一堂，共同研讨。不同诊疗科之间一直以来存在着壁垒，因此而难以完成的事情如今也得以顺利解决，信息共享变得更加容易实现。

三重大学医院针对 2006 年以后 8 年间所发生的共计 1856 例在院期间死亡患者的诊疗记录，进行了精细的审核，发现有 131 例患者的诊疗过程中存在这样那样的疑点，对其中的 21 例成立事故调查委员会，展开正式调查。其余 110 例则召集相关诊疗科的医生和护士进行面谈，实施医学检证，为改善以后的诊疗工作进行研讨。

群马大学医院与之形成鲜明对比。即使是在手术患者相继死亡事件遭到曝光，群大医院作出全院上下实施改革的表态之后，竟然还有相关人员说出了如下的话：

"群马大学医院是地区医疗的'最后的堡垒'。手术患者死亡的相继发生，也正是收治了诸多疑难病例才引发的问题。明明是机制上的不健全，却因此而禁止手术。禁止虽然简单，但在禁止手术之后，又由谁来收治重症病例呢？"

"如果群大这个'最后的堡垒'被禁止接诊的话，那么患者遗属也有必要接受这一点吧。"

透过这一系列言论，显然可见一种"这是不可避免的事情"的心理。

对于这种心理，一位曾经参与日本外科学会针对群马大学医院50例手术死亡病例进行的检证审查工作的医生提出批评，道：

"把所谓'最后的堡垒'或者患者的希望当作借口，将原本就不应该实施的手术正当化，并将之说成是'不得不做的手术'，这样的想法不是错误的吗？"

然而，作为当事方的群马大学医院，竟然还有相关人员在事故遭到曝光之后，仍然没有转变意识，甚至还理直气壮地抱着陈旧的错误观念。

三重大学医院位于津市，距离大都市名古屋还有大约一个小时的电车车程，是一家拥有685张病床的国立大学医院。三重大学的处境一如其他的地方性大学，年轻的医生、护士等医疗工作人员纷纷涌向大城市，一直因严重的人才短缺而饱受困扰。尽管如此，三重大学医院作为县内唯一的一所大学医院，作为一家特定机能医院，仍然被寄予了厚望，被期待着能够发挥其"最后的堡垒"的作用，能够承担起收治重症病人的责任。从其所处困境来看，三重大学医院与群马大学医院之间存在相通之处。然而，三重大学的努力告诉了我们一个道理——即使是在恶劣的条件之下,也具有提高诊疗质量的实践可行性。

据三重大学的兼儿所说,在引进复审全部死亡病例这一机制之后,他一旦有机会在医疗安全人员培训会议上讲话,就一定会时不时地谈论其重要意义。无论是哪家医院,都非常关心住院患者的平均住院天数和病床的周转利用率。至于自家医院里在上个月究竟有多少患者死亡,则很少有人关心。对此,兼儿发出了掷地有声的一句质疑——"对于一家医院来说,原本就没有什么信息是比死亡病例更重要的了!"

但是,勇于挑战和尝试这一机制的大学医院,却仅此一家,别无他例。据说,曾有几所大学医院的医疗安全负责人和兼儿取得联系,咨询具体的实施方法,但是,后来无一例外地都回复说:"在我们医院,是无法实现的。"究其原因,恐怕是没能成功处理医疗现场的焦虑和对抗。

兼儿又说道:"我认为,以群马大学医院的问题为契机,医疗事业在发展趋势上产生了一个重大的转变。我们今后所面对的课题,不仅仅是防止医疗过失,更在于如何提升医疗质量。从此,日本的医疗安全迈入了一个崭新的时代。"

医学界的自我净化努力

医学界也已经着手采取措施,防止类似事故的再次发生。

2015年11月,日本肝胆胰外科学会和肝脏内窥镜外科研究会宣布,将引进腹腔镜肝脏切除手术全部病例的登记制度。该制度的主要对象是,经由学会认证具备实施肝胆胰领域高级医疗能力的医疗机构。根据该项制度规定,这些医院在实施腹腔镜下肝脏切除手术之前，全都必须在学会所设的数据库中登记病例。

病例登记必须在实施手术之前完成，登记内容包括患者的年龄、性别、肿瘤的数量及大小等病理情况、切除范围，以及是否通过伦理审查、医疗费用来源是保险抑或研究费之类的经费等等相关情况。而且，还要在手术结束之后，立即输入手术的实际情况，包括手术时间、出血量等相关信息。如果出现术后并发症、患者死亡或再次入院等情况，也必须逐项如实添加。学会每3个月会对所收集的数据进行审查，一旦发现问题，立刻展开调查，并对出现问题的医院作出相应指导。该制度之实施，也有利于学会及时检视高端先进医疗是否被安全实施，准确把握全国范围内的医疗状况，在提高医疗安全性的同时，致力挽回患者的信任，而且可以对积累下来的数据进行综合分析，在今后的医学研究中发挥作用。

高难度的肝胆胰外科手术，大多是在该学会的认证机构中实施的。因此，学会认为这一登记制度能够覆盖相当大一部分的病例。但是，同类手术的实施未必局限于学会认证机构。其他医院如果想做，其实也能做，而且实际上应该已经在做了。这一登记制度是无法覆盖所有病例的。

这一机制虽说未必完美，但也有利于学会在已登记的腹腔镜肝脏切除手术信息中发现问题，从而有可能对问题医院进行相应的指导。

肝脏内窥镜外科研究会一直以来就热切地希望，能将腹腔镜肝脏切除手术的保险适用范围扩大至高难度术式。因此，宣传其作为一个学会的积极进取的姿态，无疑是必要且重要的。据肝脏内窥镜外科研究会网站资料可知，依据该项制度，在2015年10月至2017年6月期间进行数据登记的291家医疗机构共计实施手术2926例。其中，术后90天之内的死亡率是0.22%。若将死亡病例限定于高难度术式的话，则死亡率飙升至0.94%。

2010年，肝胆胰外科腹腔镜手术被纳入保险适用范围。但在当时，被纳入适用范围的仅限于一部分难度相对较低的术式。厚生劳动省每两年对保险适用范围之内的手术诊疗费用进行一次修订，届时也将讨论决定新术式是否可以被纳入保险适用范围。相关专业学会曾于 2014 年修订诊疗费用之时，提议将高难度肝胆胰腹腔镜手术纳入保险适用范围，但因为有医疗事故发生，而被认为时机尚早，就此被予以搁置。此后不久，千叶县癌症中心和群马大学医院的事故相继曝光。在 2016 年修订诊疗费用时，学会再次提议扩大保险的适用范围，但鉴于发生严重医疗事故而引发社会问题，即便是学会相关人士也普遍认为"这次提议恐怕也将被搁置"。申请倒是提交了，不过似乎很可能就是"明知其不可为而为之的争取"，或者无非就是"走个形式而已"。

然而，结果和大多数人的看法恰恰相反。在 2016 年的保险诊疗费用修订中，高难度腹腔镜肝脏切除手术和腹腔镜胰头十二指肠切除手术被批准纳入保险适用范围。学会高层也颇感意外，有些对腹腔镜手术持谨慎态度的资深外科医生甚至要求撤回申请。

这一结果不仅让慎重派大为震惊，就连推进派也深感意外。关于这一结果的背景，厚生劳动省的相关人士说道：

"如果放任其自由发展的话，我们甚至都无法知道究竟是在哪里做了手术，也无法知道究竟会发生什么。只能暂且利用保险这个甜头，先把他们吸引过来，这样的话，我们就可以把握相关的情况了，能够知道究竟是谁做了手术，以及到底做了多少例。官僚的话，当然会这样去考量问题。我们都不知道究竟是在哪里做了什么样的手术，所以只好暂且让他们申报，也好收集信息。"

官方的想法，大概是在保险的范围内予以监管。如果像以前那样不进行监管，任其自由生长的话，政府将无法有效掌握全国的情况。反之，将之纳入保险诊疗适用范围，则可以将医疗机构的手术置于一定的监管之下，手术的安全性也更容易得到保障。不过，高难度腹腔镜肝脏切除手术和胰头十二指肠切除手术虽然在 2016 年被纳入保险适用范围，但并非任何医院都可以想做就做。厚生劳动省在将之纳入保险范围的同时，也对准许实施该手术的医疗机构附加了异常严苛的条件。

实施腹腔镜肝脏切除手术的医疗机构，必须具备如下与手术成绩相关的条件：①每年实施肝脏切除手术 20 例以上；②每年实施腹腔镜手术（包括非肝脏的腹腔镜手术）100 例以上；③拥有曾经主刀 10 例以上腹腔镜肝脏切除手术经历的全职医生；等等。除此之外，医疗机构必须遵守如下义务：首先，执行日本肝胆胰外科学会和肝脏内窥镜外科研究会所设登记制度；其次，在手术实施之前完成 NCD 登记。

同样，实施腹腔镜胰头十二指肠切除手术的医疗机构，必须满足以下条件：①每年实施胰腺手术 50 例以上，其中应包括胰头十二指肠切除手术 20 例以上；②每年实施腹腔镜手术 100 例以上，其中包括上腹部的腹腔镜手术（不包括胆囊切除手术）20 例以上；③拥有曾经主刀 20 例以上腹腔镜胰腺手术（胰头十二指肠切除、胰腺体尾部切除）的全职医生；等等。此外，医疗机构亦须遵守如下义务：必须在 NCD 上进行术前登记。稍作补充说明一点：NCD 通常要求术后登记，但对于腹腔镜肝脏切除手术和胰头十二指肠切除手术，则规定为必须进行术前登记。

不过，高难度肝脏切除手术自不必说，对于采用腹腔镜方式实施腹部手术中难度最高的胰头十二指肠切除手术，肝胆胰外科医生之间，反对的声音仍然不绝于耳。胰头十二指肠切除，即便在开腹手术中也属于高风险手术，死亡率高达 2.8%。胰腺癌本就很难在早期被发现，发现之时往往已经属于进展期，因而无法实施手术治疗。即便是做了手术，大多数病例也会在 3 年内复发，可以说是一种预后不佳的癌症。在这种情况下，腹腔镜手术所具有的优势，如创口较小等，究竟还有多大意义呢？此类争论，仍在持续之中。

其中，有的肝胆胰外科医生持非常严厉的态度，认为"即使普及该种手术,我们也一定会亲眼看见在普及过程中还会有人成为牺牲品"。之所以会有这样的观点,是因为目前能够安全可靠地完成该手术的外科医生还为数不多。就连被誉为精英专家的千叶县癌症中心的医生,也因为实施该手术造成了患者相继死亡的后果。因此,有人怀有这样那样的担忧,也就不足为奇了。

另一个引人关注的问题是,就保险的补助额度而言,腹腔镜手术要比开腹手术高很多。就肝脏切除手术而言,对应于手术费用的保险报销点数是根据切除范围来确定的,但腹腔镜手术的点数几乎相当于开腹手术的二倍。就胰头十二指肠切除手术而言,开腹手术的报销点数为77 950点(1点=10日元),而腹腔镜手术的点数则为158 450点,确实是开腹手术点数的两倍。据某位任职于大学医院的肝胆外科医生说:"如果从医院的角度来看,设定这么高的点数就意味着'干吧'。这一点数的设定相当于起到了积极推进的鼓励作用。"如此说来,这个金额是具有非常大的冲击力的。

据胰腺内窥镜外科研究会曾经作出的推测,全国范围内符合在保险适用范围之内实施腹腔镜胰头十二指肠切除手术条件的医疗机构数量大致有20余家。但是,在腹腔镜高难度手术被纳入保险适用范围之后,全国范围内主动向NCD事前登记并申请实施手术的医疗机构数量就已经达到了54家(2017年度)。这一庞大数字的背后,是否存在高额报销点数的催化作用呢?目前,还不得而知。

外科新技术的引进过程中,往往存在模糊不明之处。不过,这一弊端目前正逐渐得到纠正。

在特定机能医院的认定条件中,除需审核全部死亡病例之外,也要求医疗机构建立一个旨在强化医疗安全的专门机构,负责审查新技术的引进。当医疗机构计划引进一种新技术,或是首次引进某项技术时,必须接受事先审查,从而杜绝少数医生或是诊疗科独断专行。

日本医疗因群马大学医院而改变

群马大学医院因一系列的医疗事故而被取消特定机能医院资格。但也正因为此，群大医院正努力作出改变，为防止类似事故的再次发生而采取了一系列措施。例如，对所有死亡病例进行审查；在引进新的治疗方法时，对其进行安全性和伦理方面的审查；等等。群大医院为解决可能导致诱发连锁性严重事故的各种医疗问题，正在有序且稳步地推进各项改善措施。

上田委员会将其调查报告书最终部分的三分之一篇幅，用于建议如何防止事故的再次发生。具体而言，包括如下几点：统合第一外科和第二外科；对完全交由一名医生负责的封闭性体制作出反思，并将之改制为由多名医生集体管理诊疗的模式；采用互相检查的方式，严格化手术指征判定；标准化知情同意文件；检查病历记录；定期召开病例研讨会；建立规范化的伦理审查机制；等等，涉及多个方面。

在问题曝光之后，群马大学医院于2015年4月着手进行改革。在上田委员会公布调查报告的时候，事实上已经有许多项改革措施付诸实施了。例如，依据诊疗内容而预先制订标准化格式的知情同意书，截至2016年11月已经完成675种样式的知情同意书。

此外，群马大学医院将从2017年起，新设医疗安全讲座，设立先进医疗发展中心。

医学研究科新开设医疗质量与安全学讲座，旨在强化针对医学专业学生的医疗伦理及安全管理教育，并努力创建一种便于其他医疗机构医生参与学习的医疗伦理及安全教育机制。先进医疗发展中心则主要负责研究和制订医疗实践中的安全措施，包括如何在医疗现场正确使用新的医疗技术和尚未获准的创新型药物。

上田委员会还提出建议，促进患者参与医疗进程。群大医院所发生的一系列问题，都昭示出现存医疗体制中的一种弊端——患者和家属对诊疗内容的不知情。为了防止此类问题再次发生，上田委员会在调查报告中对群大医院提出建议，要求其开发一个旨在让患者和家属在住院期间拥有访问和查看权限的电子病例系统。此外，调查报告中还呼吁遗属们积极发挥其在防止事故再次发生方面的作用，鼓励他们积极参与事故纪念活动，从而避免事故的教训随风消逝。并且，调查报告中提议在院内设置医疗事故调查委员会和伦理委员会等各种委员会，并任命遗属为外部委员。对此，群马大学医院也表示，愿意逐步实施患者参与诊疗过程等的相关措施。例如，邀请遭遇医疗事故的患者及其家属担任讲师，为员工进行培训，等等。

上田委员会在报告书中提出观点，认为"有必要由非医学部出身的校长主导推进机构改革"，以打破医学部旧有习惯的种种束缚，真正实现合理的组织机构改革，并要求群大"在未来5年中，维系此一机制保持良性运作"。群马大学接受了以上建议，并在2017年春季的校长换届中聘任工程学院出身的平塚浩士连任校长。

原本计划担任校长的是医院院长野岛美久。在问题曝光后的2015年春天，野岛黯然辞职。平塚在匆忙之间接任校长，因此其任期为通常的一半。平塚本人也曾在公开场合表示："我是临时救急，担任2年。之后的事，还未考虑。"继平塚之后，最有可能于2017年就任新校长的是医学部教授、副校长和泉孝志。不过，和泉曾在第二外科的问题遭到曝光之时担任医学部部长，却未被追究任何责任。因此，大学内部对和泉担任校长一事，原本就有颇多批判意见。

与群马大学医院一样出现类似问题的千叶县癌症中心，也正在逐步推进改革的具体化。

一项典型的具体措施，是在多田罗浩三的强烈建议下，设立了

"第二诊疗意见中心"。多田罗是大阪大学名誉教授,在负责审查检证千叶县癌症中心系列事故的第三方委员会担任会长。事实上,很多医院都设立了第二诊疗意见门诊,以供就诊于其他医院的患者寻求第二诊疗意见。不仅如此,该门诊也为就诊于本院并希望在其他医院获取第二诊疗意见的患者提供支持。这一机制的最终目标是普及第二诊疗意见,从"保护患者"的角度来说,是一项非常重要的措施。

重大的医疗事故原本就是不应该发生的。然而,如果能以之为契机,认真审查检证并充分总结其中教训,就能够为今后的医疗事业做出重大贡献。在这个意义上,可以说群马大学医院和千叶县癌症中心有机会发挥主导医疗机制改革的作用。

群马大学医院的手术患者死亡问题,与英国布里斯托尔皇家医院在1984年至1995年间发生的儿童心脏手术事故,颇为相似。二者具有共通之处,都是由某一特定医师所实施的手术导致患者死亡事故的相继发生,与其说是医疗过失,莫若是医疗质量问题。在英国,针对这一事件开展了大规模的调查。以此为契机,英国着手进行了包括诊疗机制和外科医生能力评估机制在内的一系列医疗改革。针对此一事件,英国学术期刊《英国医学杂志》(1998年6月)评论道:"一切都改变了,完全都改变了,英国医学因布里斯托尔事件而发生了改变。"

上田委员会调查报告的最后一章中,引用了布里斯托尔皇家医院事件,并附上了这样一句:

> 我们由衷地祈祷——"一切都改变了,群大医院的医疗完全改变了,日本医疗因群大医院的前车之鉴而发生了改变"。

* 为使行文简洁,文中省略了一些敬称。

后　记

"最终结果是没能挽救患者的生命。作为一名医师，我感到非常遗憾，并对因此而带来的伤痛，谨致歉意。"（主刀医生）

"作为一名医师，我为产生这样的结果而感到羞愧。给各位遗属带来伤痛，我谨致歉意。"（教授）

群马大学医院原第二外科的主刀医生和诊疗科教授，作为一系列医疗事故的肇事者，即便在相继发生患者死亡之后，似乎也没有改变自己的看法，仍然认为那些患者的死亡是"不可避免的"。一些遗属通过律师团，向他们发出了调查问卷。我们查阅了他们所作的回答，发现有许多地方表明他们并没有完全接受上田委员会调查报告中所指出的诸多问题。

我在"后记"的开头部分，引用了他们两个人的致歉辞。从中可以清楚地看到，他们两个人一定是互相通过气的，商量了道歉的措辞。我不由得感叹，在诊疗和指导的问题上，他们还是没有承认自己犯下了多么严重的错误。

我们曾经尝试寻找机会，对主刀医生和教授本人进行采访。

我们甚至通过代理人正式提出采访申请，但一直都没有得到答复。我们非常想知道，他们面对这一连串的问题，真实的想法究竟如何。在周围人看来，一个是"稳重认真"的主刀医生，一个是"平易近人、为人很好"的教授。这样的两个人，在面对如此严重的事态之时，究竟是怎么想的？

有的遗属委托律师团进行谈判，要求直接与主刀医生和教授见面，并请他们作出解释。据说，直到 2017 年 7 月 30 日，也就是在调查报告公布的整整一年之后，双方终于实现了第一次会面，后来又在 8 月份进行了几次交流。

2016 年 8 月，群马大学宣布了对相关人员的处分决定。主刀医生被处以惩戒解雇，教授被处以劝告解雇。校方强调，给予二人以最为严重的处分——解雇。但是，遗属在接受采访时，惊讶地质问："造成这么严重的问题，怎么还能像以前一样继续当医生呢？"据悉，他们二人从大学医院辞职后，分别在群马县内的其他医疗机构工作，虽然似乎不做手术，但仍然以医生的身份继续从事诊疗工作。一些遗属露出难以置信的神情，质疑道："他们并没有受到作为医生的任何惩罚，这是真的吗？"也有人抛出了这样的疑问："警察难道就不闻不问吗？"

一般来说，医生以及其他医疗从业人员在因医疗事故致患者死亡之后，几乎不会以业务过失致死罪而被提起诉讼。2004 年，一名孕产妇在福岛县立大野医院接受剖腹产手术后死亡。主刀的产科医生于 2006 年被逮捕，并被起诉。医疗界对此提出强烈抗议，最终该产科医生被无罪释放。在那之后直至今日，人们普遍对医疗事故的刑事案件化持有慎重的态度。一些遗属直率地表明自己的态度，希望涉事医生受到刑事处罚。但是，直到目前为止，并未见到有法律方面的相关行动。

厚生劳动大臣拥有对问题医师作出处分的权限，另有一个由有识之士组成的医道审议会，也可以在审查之后作出处分决定。但实际上，处分的对象是因盗窃、酒后驾驶致交通事故以及猥亵等与诊疗并无关系的行为而受到刑事处罚的医师。从 2002 年开始，医师即使并未受到刑事处罚，但因严重违反"注意义务"而致引发医疗事故的话，也会被列入处分对象的范围。但到目前为止，仅有一人受到了警告处分。在这样的情况下，难怪死者家属产生疑问："一名医生，如果引发交通事故，会受到停职数月的处罚，但在诊疗中造成如此之多的问题，却不会受到任何处罚。这不是太不合理了吗?!"

一般的观点认为，遗属一方有律师团的支持，群马大学医院的问题或有可能发展为民事诉讼。但是，就目前的情况而言，显然并非如此。遗属们认为，应该首先直接听到主刀医生或教授的解释，在那之前不会开启民事诉讼程序。群大校方表示，愿意向遗属作出赔偿，但部分遗属持保留态度，并委托律师团进行谈判。不过，也有遗属接受了大学的补偿金，为此事作一个了结。还有一部分遗属在经过一番苦恼的思考之后，向律师团进行咨询。无论如何，无可终结的苦痛、绵绵无尽的纠葛，就如同一团浓厚的阴影，笼罩在遗属的心头，投射在痛失亲人的遗属的人生之上。

一名患者家属曾在手术之后的抗病日志中写道：

"那个深渊之底啊！我究竟要多少次坠落在那深渊之底？"

患者因严重的并发症而与病魔进行着凄惨苦痛的抗争，他们的家人则束手无策、满心绝望地守护在一旁，患者和家属怀着彼此相通的悲苦。逝者已矣，而亲人心中的苦痛，历经数年而无尽无绝。遗属的心理创伤，恐怕要远远超出旁观者的想象。那种悲苦，今后或许也会继续折磨着他们。我们祈祷，遗属的悲苦，能获得哪怕只是少许的治愈。

2017年的日本例行议会，因审议共谋罪[①]，以及森友学园、加

[①] 共谋罪的正式名称是《有组织犯罪处罚法》，也被称为"恐怖袭击等准备罪"。其主要内容是：2人以上的组织性犯罪集团策划重大犯罪的情况下，在尚未实际实施的准备阶段即可进行处罚。因有限制表达自由、扩大搜查权限等倾向，该法案受到日本法律界人士的反对，引发社会舆论。该法案于2017年6月通过，同年7月11日开始实施。

计学园①的问题而陷入风雨飘摇之中。然而，也是在这一次的例行议会上，经讨论通过了一项看似普通而又对所有国民都至关重要的法律议案——《医疗法修订案》。此修订案中，强化了针对特定机能医院的安全管理。

群马大学医院相继发生的手术患者死亡事故，以及东京女子医科大学医院的医疗事故，都是异常惨痛的教训，同时也对大学医院等承担着高端医疗的医疗机构提出了严肃的要求——必须具备与之相应的高水平的医疗安全措施。为强化特定机能医院的医疗安全监管，厚生劳动省已经对特定机能医院的认定条件作出了严格化调整，并以法律形式作出明文规定。医疗现场的观念也需要作出相应的转变，以符合相应的法律条文。这一转变恐怕尚需时日。但是，希望转变能够超出特定机能医院这一范围，进一步扩展、渗透和浸润所有的医院，并且作为一种常识深深地扎根在医疗界。

如果没有各位遗属的合作，如果没有各位相关人士提供宝贵的信息，那么，无论是新闻报道，还是本书的撰写，毫无疑问都是不可能完成的。他们之所以敢于冒着风险向我讲述相关情况，想必是对医疗的改善怀有热切的渴望。对此，我谨致以深深的敬意和真诚的感谢。这一系列的采访得到以下人士的大力支持：铃木希、上村健太、染木彩、石原宗明等前桥支局的诸位同仁，山口博弥、渡边理雄、佐佐木荣等医疗部的各位同仁（所在部门均指当时），以及读卖新闻社的其他同仁。一些敬爱的前辈记者不愿留下姓名，但曾在重要的关键时刻不吝赐教，并惠赐中肯意见。本书的出版，幸蒙讲谈社的浅川继人、小野祐二的大力支持。谨此，一并致以由衷的谢意！

---

① 两起事件几乎同时发生，合称为"森友·加计问题"，是安倍晋三任日本首相期间引发的最大政治丑闻之一。森友学园以 200 万日元购得价值近 10 亿日元的国有土地；加计学园下属冈山理科大学申请增设兽医学部十数年未果，却在 2017 年突然得到文部科学省同意，并获大量资助。两所学园都与安倍或其夫人关系匪浅，有政商勾结的嫌疑，引起轩然大波。

逝者已矣，而未曾得知真相。最后，谨向那些怀着遗憾而离世的患者敬祈冥福，并在心底为他们在世的家人祈求幸福。

2017 年 8 月

高梨有希子

在那之后——文库版后记

在《医院的深渊》单行本出版发行的数日之后，发生了如下事情。

2017年9月1日，群马大学医院召开"改革完成情况报告会"，就相关情况向上田委员会进行说明。一年前的7月30日，上田委员会在其公布的调查报告中要求：将在一年后确认改革进展情况，以审核调查报告所提建议与对策是否得到贯彻和落实。如今，到了履行约定的日子。上田委员会在对医院进行了视察之后，召开记者招待会。

会上，委员长上田裕一先生率先发言，对群大医院改革进展情况进行讲评。他说：

"我们认为，调查报告中所提及的改革建议中，有接近八成达到了90％以上的完成率。"

正如拙著所述，报告大致由三个部分组成，分别为"事实经过""检证结果"和"防止再次发生的相关建议"。"建议"涉及诸多方面，医院在诊疗相关方面的改良措施得到了较为切实的执行，包括以整合第一外科和第二外科为代表的体制上的改进、病历记录的检查和伦理审查程序的明晰化等等。这些方面的改进，是医院获得高度评价的依据。

之后，各位委员分别发言。

"其中也有部分改进超出了我们的预期和想象。我甚至觉得其他大学医院会不会因此而被落下。"

"改革成效如此卓著，院长完全可以去全国各地的大学医院作巡回演讲，传授医疗安全问题的经验和理念！"

委员们顺次发言，轮流献上热情的赞美。我听着听着，不知不觉间竟完全被气氛感染，不由得从心底发出"真好，真好啊"的感叹。或许，我是在无意识之间，为听到了一个故事般的美好结局而感到欣慰。

然而，一位委员话锋一转，那一种氛围也随之而变。

他说道："关于患者参与医疗方面的建议，院方几乎没有任何改进。我认为，这是一个令人无比失望的结果。"

发言的是胜村久司，他自己的孩子也在一次医疗事故中失去了生命。

在那一片赞颂声中，胜村先生大胆地提出了质疑。质疑的焦点正是在"建议"中占据一隅的"推进患者参与医院过程"问题。

我在自己的采访经历中，对这一点也有着深切的感受。遗属们对于已故亲人所接受的治疗，实际上并没有准确的了解，原因就在于他们没有被告知相应的事实。当然，主刀医生口口声声地主张说自己已经作出了解释。假如情况果真如此，那为什么那些年龄不同、背景各异且数量众多的患者遗属竟然都产生了类似的误解呢？难道是所有的人都听错了、记错了他们自己所听到的内容吗？真相果然如此吗？为防止此类情况，委员会提议引入一种体制，让住院患者及其家属能够自由查询患者本人的电子病历记录，并允许患者参与院内会诊，对医生所作的知情同意说明进行录音，等等。还有一项：邀请死于医疗事故的患者的遗属参与到医院改革之中。

想必正因为有胜村先生担任改革委员会的委员，才得以提出这些建议吧！

胜村先生本人就曾因医疗事故失去了亲人。1990年，他的妻子在分娩时遭遇医疗事故。紧接着，刚出生不久的长女也不幸夭折。就在这些不幸事故发生后的第二年即1991年，胜村为确认妻子所接受医疗内容，向医院表明想要查阅院方用于申请医疗费用而提交的诊疗收费清单。但是，院方却拒绝了这一要求，让胜村不禁生出疑问。于是，他在不久之后发起了"医疗信息公开、公示市民请愿会"活动，旨在揭示并致力改变这样一个令人费解却被院方视为理所当然的现实——医院不对当事人出示其本人的相关诊疗记录。参与该项活动的每一个人都坚定地为之付出努力，这些努力最终也结成硕果——医院的诊疗收费清单和病历得以向相关人员公开。

他向群马大学医院提出了更进一步的建议，希望医院将患者和医院之间的信息共享推进到一个更高的层次，例如，允许患者在住院期间实时查看自己的病历。这样有助于发现差错，也有助于尽早消除疑问，从而起到提高医疗安全和医疗质量的效果。这也正是"促进患者参与"这一提议的关注焦点之所在。

毫无疑问，胜村先生的提议是经过深思熟虑的。然而，在上田委员会报告书完成之后一年多的时间节点上，在委员们的诸多建议之中，唯独胜村先生的这一部分提议，就好像是被完全遗漏了似的，几乎没有任何进展。

其实，诊疗方面的所谓改善，无非就是针对"本来就必须完成却没有完成的事情"作出正当化处理。即使在其他医院，这些改善措施也几乎完全没有得到实施。更有甚者，委员会的成员之间甚至弥漫着这样的一种观点——"要求医院改革到那种程度，难道不是强人所难吗？"在记者招待会的现场，也有医院相关人员表现出了畏畏缩缩的态度。当时，我内心惴惴不安，因为就连我自己的想法也产生了些许的动摇，一直以来致力通过媒体报道推进改革的我竟在想："事到如今，作出那样的提议，真的可以吗？"

不过，这一部分的改革后来也逐渐推进了。

就在改革完成情况报告会的第二年，也就是2018年，医院决定引进面向住院患者及其家属的病历自由阅览系统。也是在同一年，知情同意录音制度也开始实施。此外，医院成立了"患者参与型医疗促进委员会"，将遗属吸纳进委员会中，并定期举行讨论会，在有患者参与的情况下，就如何提高医疗安全和医疗质量展开研讨。

据时任校长的平塚浩士后来透露，医院改革能走到如今这一步，实际上经历了莫大的苦痛。2021年春天，平塚在即将卸任之时，接受《读卖新闻》前桥分社的采访，讲述了这样一番话：

"为了确保医疗的透明，我提议将医生对患者所作的病情说明录音，并对患者及其家属公开病历。但是，这些建议在一开始就遭到了强烈的反对。"

"现在，只要患者有意愿，就可以随时查阅病历。病历既是一条线索、一个切入点，也关乎患者能否安心。这一机制不仅给患者以知情权，实际上也能起到保护医生自身的作用——医生完全可以自信地说：'我已经作了说明。'在教授会上，在各种场合，我都坚持不懈地阐明这一观点，最终成功地说服了大家。"

虽然历经了诸多的艰难曲折，但绝大多数的医院竟然被成功说服，接受了这一主张，并作出了从未有过的新尝试。这是我没有想到的。

在诊疗方面，也确乎发生了巨大的转变。

在曾经发生问题的外科领域，2015年就任肝胆胰外科教授的调宪先生成为负责医院外科诊疗的领军人物，着手领导医院的改革。2019年秋，我有幸采访以调宪先生为中心的临床现场情况。促成采访的契机，源于一件意想不到的事情。

高田和男先生在日本电视台担任解说委员，主持学习会节目，邀请调先生、新木健一郎先生（原第一外科肝胆胰外科医生，后来成为调先生部下）担任主讲人，我有幸受邀在节目现场聆听。这个节目的企划宗旨，在于为正在付出努力实现改革的群马大学医院提供支持。学习会的参与者中，有不少是堪称医学界大家的资深医生。在学习会上，调先生谈到，自己在新闻报道的舆论压力下，在艰难的逆境中，不懈地努力，不断地推进改革。新木先生则作为调度医疗现场的骨干医师，从自己的角度立场出发，细致讲述了他一直以来作出的努力。

不过，我在听讲的过程中，还是隐隐地感觉到了一丝不安。在讲座之后的问答环节，我准备举手提问，但就在我稍一犹疑的片刻之间，有人先我一步提出了疑问：

"在那起医疗事故中，有问题的并不仅仅是医生个人，而是整个医院的管理出了问题。对此，请问您有何看法？"

提问的人是山口俊晴先生，曾任癌研有明医院院长。他作为一名主攻胃部的外科医生，是致力推进腹腔镜手术的代表性人物之一。据说，2000年代初期从京都府立医科大学调到癌研之后，他便积极致力提高医疗的安全性。

之后举手发言的，是前厚生劳动省大臣、参议院议员（现任参议院议长）尾辻秀久先生：

"听上去并不像是在反省啊。"

这是一个更为犀利的评论。

我错过了时机，最终也没能提问。学习会结束之后，我向山口先生请教他提问的真正用意。他回答道：

"我认为，他们毋庸置疑是在不断努力的。但是，我也不希望群马大学曾经发生的事情被大家淡忘。当然，这一提问是很犀利的，但我觉得还是应该大声地说出来。"

当时也有其他外科医生在场，都纷纷表示赞同。

离开节目现场的时候，我进了电梯，恰巧发现调宪先生也在电梯里。当时，他的表情显然有些忧郁，和节目中的样子完全不同。我不知道他的真实情绪和想法，但我猜应该是怀着难以抑制的沉重、失落的心情吧！或许，他还怀着些许想要辩驳的情绪，但也意识到赢得信任理应是一种长路漫漫的努力，因而不由得怅然若失。

我向他提出了采访请求：

"我希望能将医生们的改革成果展示出来。"

我采访了一名居住在前桥市市内的男性患者。他曾在群大医院接受肝脏手术。该男子向我讲述了自己对群大医院的印象。他的话足以让我们看到改革所带来的变化。他说：

"在那所医院里，各个科室之间有着良好的横向联系，并不是那种彼此之间隔绝的状态。无论是医生，还是护士，医务人员之间也有着良好的协作。诊疗团队中的任何一个人都清楚地掌握我的情况。不管向谁询问，我都能得到适当的解答。"

这名男子是第一次在群马大学医院住院。他对曾经引起轩然大波的医疗事故有所耳闻，但并不了解详细的情况。在他的眼中，他们与她们的工作情形，俨然已经成为"群大的特征"。在过去，当手术后的患者接二连三地死亡的时候，可以说情况是正好相反的——正如你在本书中所读到的那样。

一名来自埼玉县的男性不顾家人和亲戚的强烈反对，接受了切除肝脏的腹腔镜手术。他说，自己之所以作出这一选择，最为关键的因素就在于为他做诊察的女性医师所说的一段话。那位医师说：

"正是因为曾经出过问题，我们才绝对不会勉强去做，而是以比其他医院更严格的标准去判断手术是否能安全地施行。"

那次手术的主刀医生就是新木。我对治疗的详细过程进行采访，并询问他的目标是成为什么样的外科医生。新木这样说道：

"我想成为一名能够读懂患者是否真心愿意接受手术的外科医生。我认为，技术应该以此为基础，以此为前提。"

一名住在群马大学医院附近的女士，向我讲述了她因胰腺手术而住院的经历。她在约10年前曾因其他疾病在群大医院住院治疗。这次，她敏锐地注意到了住院生活中所发生的变化。

过去，一旦接到教授巡查病房的通知，患者就得在病床上端正坐好，恭恭敬敬地等候教授率领着一众医务人员，威风凛凛地进行完全流于形式的查房。

"就像是《白色巨塔》① 里那样啊！"

她说，自己在内心深处暗暗地发笑，面对这种难以形容的、充斥着权威色彩的情景，不禁生出一股抵触的情绪。然而，在第二次住院的时候，她发现情形已经大不相同了。调先生作为教授，每次来查房的时候，都会在意患者的身体情况，总是弯下腰，用温和稳重的语调和患者说话。她感受到了来自医生的用心，也因此大大缓解了自己对于疾病的不安。她异常坚定地说道：

"群大和过去完全不同了。"

病历自由阅览系统，也确实有人在使用。

我采访了这样一名女性。她是护士，在东京的一所大学附属医院工作。她的父亲住在群马县老家，在群马大学医院接受了肝脏手术。她每次去探望父亲时，都会查看病历，关注诊疗的过程。作为一名医务工作人员，她很清楚医疗从业者的心理。一旦有患者或是家属要求"看一下病历"，他们就会不由得生出一种被怀疑的情绪。但是，正因为自己变成了当事人，她对这件事有了更真切的理解。

她说："我能够确认父亲得到了妥善的诊治，因此而感到安心。"

她说，如果听漏了一部分解释，也可以通过查阅病历去确认。这一点非常好。

在这次采访中，采访对象仅仅是一小部分患者和家属，而且都是医生介绍给我的人选。话虽如此，即使排除这一因素，这些受访者所讲述的经历也确实展现出了一副和以前不同的医院形象。

---

① 日本社会派小说巨匠山崎丰子（1924～2013）的代表作之一，讲述了同一家医院两名行事作风截然不同的医生的故事。一人野心勃勃、不择手段，一人实事求是、热心研究，两人最终走向了不同的结局。这部反映日本医疗现状的经典之作多次被改编成影视作品。

2018年，患者参与型医疗促进委员会成立。遗属会代表木村丰先生、小野里和孝先生成为委员。

木村先生和小野里先生从第一次由遗属举办的记者招待会开始，就以匿名的形式出现在媒体上。在本书单行本写完之后，两人都公布了自己及已故家属的真实姓名。木村先生的父亲木村贞治（享年80岁）死于腹腔镜手术。小野里先生的妹妹美早（享年25岁）在胰腺手术后去世。在本书的单行本中，小野里兄妹俩的化名分别是"冈田健也"和"麻彩"。在本书的文库版中，两人都以真实姓名出现。①

患者参与型医疗促进委员会允许有意愿的公众旁听，相关会议记录也会在医院网页上予以公开。以上两点，是在木村、小野里等遗属会成员的要求下实现的。他们的这些行为，得到了包括梶浦明裕等律师团的有志之士的无偿支持。即便是在赔偿谈判结束之后，律师团仍然继续提供支持，而未收取报酬。

有一次，小野里在委员会上开门见山地说："有一个令人喜悦的消息。"

一直对美早疼爱有加的伯母，住进了群马大学医院并接受了手术。她之前曾对群大医院非常抵触。为她诊疗的医生向她推荐群马大学医院时，她断然地拒绝了。

她说："唯独群大，我是绝对不会去的！美早被他们害得那么惨！"

话虽如此，但在群马县内也没有其他医院能够提供先进的医疗服务。万般无奈之下，她怀着复杂的心情，哭着住进了医院。然而，小野里去医院探望伯母时，发现情形有了变化。她微笑着说道：

"医务人员的施治都很好，关于病情以及治疗的解释也是很容易理解的。能够接受这样令人满意的诊疗，我觉得来这里还真是来对了。"

医院方面不可能知道这位患者是美早的亲属，而她所接受的治

---

① 中文译本主要由单行本译出，根据文库版增加了文库版后记和主要相关报道。

疗应该也不是院方因考虑过去的事情而给予的"特殊待遇"。正是这样的一个小片段，如实地反映出了医院的变化。

然而，遗属们后来才意识到，此时的乐观还为时过早。

2020年年初，时任医院院长在医学部的校友会刊上发表了一篇文章。文章被发布在互联网上，其中的内容引发了遗属们的极大不满。

"在过去的5年里，我们为了这一目标（注：指申请恢复群大医院作为特定机能医院的资格），一直在不懈地努力……"

"我很清楚，（主刀医生和诊疗科科长）在诊疗上绝对没有草率行事，而是为了实现进展期癌症患者希望接受手术治疗的愿望而作出了自己的努力，而且也是为了医院的经营而贡献了自己的力量。"

作为提供先进医疗服务的医疗机构，特定机能医院在诊疗费用方面可以享有优待。大学医院多数都获得了这一认定，但群马大学医院因为一系列的医疗事故而被取消了该项资格。2019年4月，群马大学医院时隔4年再次获批。发表这篇文章的目的可能就是向校友会成员宣布这一喜报，但遗属们看在眼中，却是另一番景象——

"医院所进行的改革，难道是为获批特定机能医院才不得已而为之的吗？"

木村说了这样的一番话：

"我不认为仅凭死亡病例多，就能断言是医院和医生的过错。如果患者和家属都有意押下赌注，愿意接受一种成功率虽低但仍有一线希望治愈疾病的治疗方法，而且，医生也尽了自己的最大努力促使治疗成功，那么，即便结果是令人遗憾的，家属们应该也会心怀感谢之情，而不会仅凭结果就怪罪医院和医生。问题的关键在于，这种手术对于患者而言是否必要？如果医生诱导患者，去接受医生自己所希望施行的手术术式，结果导致死亡病例持续发生，我认为这是有问题的。"

木村的观点，准确地触及了事情的本质。

如果医院和医生将患者的生命、健康和幸福作为第一优先考虑，以此为前提选择治疗方案并尽一切可能施治,患者及家属并不会抓住结果不尽如人意这一点就对医院和医生大加挞伐。院方能理解这个逻辑吗?遗属们对此感到担心。最后,作为撰稿人的医院院长本人向遗属当面谢罪,并删除了文章。至此,这件事才算是画上了句号。这是调查结束几年之后的事了。当时,新型冠状病毒刚刚开始在日本国内肆虐。

或许,相关人士会有这样的想法:我们明明付出了那么多的努力,为什么还要一直被批评?我们明明不是当时的当事人,也明明没有直接参与其中,可为什么却要被归为一方?世间的人,真是什么都不明白啊!

其实,对"付出努力的人"发出犀利的批评,也是伴随着痛苦的,也是需要勇气的。在某种意义上,日本人的特质是比较倾向于"往事不究,见好就收"。尽管如此,该说的话也还是要说的。不论是遗属,还是胜村先生和山口先生,都毫不畏惧地实践了这一点。回顾迄今为止所发生的一切,我不禁思考其中的真意。

家属们反反复复诉说的愿望,其实很简单。在一个由亲属讲述自身经历的委员会会议之后,小野里所说的一席话,颇具象征意义:

"医疗事故,我绝对不会忘记,我希望大家也都不要忘记。不过,如果医院能以此为鉴,引以为教训,并因此而改进,那么,我会由衷地感到高兴。"

希望过往不被遗忘,希望将来因此而更美好。这是因为我们希望我们所爱之人所遭受的那些苦痛,不会随风飘逝。这不仅仅是群马大学医疗事故患者遗属的心愿,也是我在过去十几年的采访遇到的那许许多多因医疗事故而痛失亲人的遗属们所表达的共同的心愿。

2023 年 3 月

高梨有希子

主要相关报道（均为《读卖新闻》东京本社版）

　　腹腔鏡手術後8人死亡　高難度の肝切除　同一医師が執刀　群馬大病院（2014/11/14朝刊1面）
　　腹腔鏡手術後死亡　厚労省　群大病院調査へ　病院長謝罪　保険外の肝手術56件（2014/11/14夕刊1面）
　　群大病院死亡「簡単な手術と言われ」遺族、説明不足に不信感（同社会面）
　　群大病院死亡　手術後　急速に容体悪化　肝機能検査　怠った例も（2014/11/15朝刊社会面）
　　論点スペシャル・腹腔鏡手術　リスクないのか？　金子弘真・東邦大教授/川崎誠治・順天堂大教授（同解説面）
　　群馬大病院死亡　腹腔鏡　保険手術と偽る　診療報酬不正請求か（2014/11/16朝刊1面）
　　連載「腹腔鏡の光と影」上・中・下（2014/11/16—11/18朝刊社会面）
　　手術成績「おおむね良好」執刀医ら　7人死亡後に学会発表（2014/11/17朝刊社会面）
　　腹腔鏡　死亡数調査へ　群馬大問題　全国214施設検証　肝胆膵外科学会（2014/11/21朝刊1面）

腹腔鏡　全手術調査へ　外科学会　消化器対象、2年分（2014/11/23 朝刊社会面）

　腹腔鏡手術　患者死亡後に「安全」認定　群大病院に医療評価機構（2014/12/5 朝刊社会面）

　腹腔鏡　死亡検証せず継続　群馬大病院　術後死拡大　要因か（2014/12/18 朝刊1面）

　手術への緊張感　欠如　群大病院　死亡症例検証せず　診療科全体に問題（同社会面）

　「手術負担で容体悪化」患者8人死亡　群馬大病院が中間報告（2014/12/19 夕刊1面）

　手術継続　動機なお不明　群馬大病院　診療科を再編へ　中間報告（2014/12/20 朝刊社会面）

　開腹手術でも10人死亡　群馬大病院肝切除　腹腔鏡と同じ医師（2014/12/22 朝刊1面）

　群馬大病院　容体悪化後も「順調」執刀医説明　遺族「納得できぬ」（同社会面）

《DAIGAKUBYOUIN NO NARAKU》
© The Yomiuri Shimbun 2017
All rights reserved.
Original Japanese edition published by KODANSHA LTD.
Publication rights for Simplified Chinese character edition arranged with KODANSHA LTD. through KODANSHA BEIJING CULTURE LTD. Beijing, China.
本书由日本讲谈社正式授权，版权所有，未经书面同意，不得以任何方式作全面或局部翻印、仿制或转载。

图字：09-2022-156号

图书在版编目(CIP)数据

医院的深渊/(日)高梨有希子著；张士杰，殷玥译.—上海：上海译文出版社，2024.7
（译文纪实）
ISBN 978-7-5327-9504-8

Ⅰ.①医… Ⅱ.①高…②张…③殷… Ⅲ.①纪实文学-日本-现代 Ⅳ.①I313.55

中国国家版本馆CIP数据核字(2024)第106863号

医院的深渊
[日]高梨有希子/著　　张士杰 殷玥/译
责任编辑/常剑心　装帧设计/邵旻　观止堂_未氓

上海译文出版社有限公司出版、发行
网址：www.yiwen.com.cn
201101　上海市闵行区号景路159弄B座
上海盛通时代印刷有限公司印刷

开本 890×1240　1/32　印张 7.75　插页 2　字数 161,000
2024年7月第1版　2024年7月第1次印刷
印数：0,001-8,000册

ISBN 978-7-5327-9504-8/I・5947
定价：52.00元

本书中文简体字专有出版权归本社独家所有，非经本社同意不得转载、摘编或复制
如有质量问题，请与承印厂质量科联系。T：021-37910000